GEFANGENSCHAFTS GELÜBDE

MAFIA-EHEN BUCH ZWEI

WILLOW FOX

SLOWBURN
PUBLISHING

Gefangenschafts Gelübde

Mafia-Ehen Buch Zwei

Willow Fox

Veröffentlicht von Slow Burn Publishing

Cover Design by MiblArt

© 2022

V4

übersetzt von uragaan

überarbeitet Daniel T.

1

PAIGE

BEVOR ICH ERMORDET WERDE SOLLTE ich gehen.

Alles fühlt sich falsch an.

Der Geruch von abgestandenem Zigarettenrauch liegt in der Luft und brennt mir in der Nase. Die Blümchentapete ist schmutzig, alt und gelb.

Die Haare auf meinem Arm stehen mir zu Berge.

Ich sollte mich umdrehen und weglaufen.

Aber ich benötige einen Job und das hölzerne Schild mit der Aufschrift *Nanny Agency, Inc* quietscht draußen im Wind.

„Hallo?", rufe ich in einen leeren Flur.

Dann betrete ich das einstöckige Backsteingebäude. Von außen sieht das Gebäude neu aus, aber im Inneren erzählt es eine andere Geschichte.

Ein maskuliner Mann mit rauem italienischem Akzent überrascht mich, als er aus dem hinteren Treppenhaus kommt.

Abrupt schließt er die Tür hinter sich.

„Kann ich dir helfen?", fragt er. Er mustert mich gründlich, von oben bis unten.

Warum starrt er mich an?

Ekelhaft!

Mit buschigen Augenbrauen und einer dicken, erhabenen roten Narbe auf seiner Wange und seinen Armen sieht er nicht im Geringsten attraktiv aus. Es sieht aus, als hätte Hook sein Zeichen nach einem Kampf mit einem Krokodil hinterlassen.

Ich trage zwar, keinen Hosenanzug oder Blazer, aber ich habe eine schöne Jeans und eine Bluse an. Ich hatte nicht vor, wegen eines Vorstellungsgesprächs zu kommen, sondern nur um mich zu bewerben.

„Ich habe im Vorbeifahren Ihr Schild gesehen", sage ich.

Er kommt näher, greift zu einem Lautsprecher und dreht das Radio lauter, obwohl ich keine Ahnung habe, warum.

Wir sind nur zu zweit in dem Gebäude.

Das ist eine sehr unhöfliche Geste und ich würde am liebsten abhauen, bevor ich zerhackt in seinem Keller lande. Aber ich brauche einen Job, und ich kann gut mit Kindern umgehen.

Abgesehen von Mr. Ogling Scar Face sehe ich niemanden in seinem Büro.

Ich fange erneut an und beschließe, dass ich vielleicht etwas direkter sein sollte. „Ich bin Paige Stone. Ich habe bereits Erfahrung als Vorschulleiterin und Besitzerin einer Vorschuleinrichtung in Spring Valley. Ich möchte mich erkundigen, ob Sie eine Stelle als Nanny zu vergeben haben."

„Wir haben eine Stelle, die noch nicht besetzt wurde", sagt der Herr. Er mustert mich wieder von oben bis unten.

Hat das etwas mit meinem Aussehen zu tun? Ich schaue nach unten, um sicherzugehen, dass ich keinen Fleck auf meinem Hemd oder ein Loch in meiner Jeans übersehen habe.

„Du bist etwas älter als die Mädchen, die sonst hierherkommen."

„Ich weiß nicht, was für eine Kindermädchen Sie hier suchen, aber ich habe viel Erfahrung, und was meine Person betrifft, werde ich einen Anwalt einschalten, wenn Sie mich aufgrund meines Alters oder meines Körperbaus diskriminieren.

Seine Stirn zieht sich zusammen.

„Das ist nicht nötig", faucht er. Seine Hände ballen sich zu Fäusten.

Meine Drohung scheint ihn eingeschüchtert zu haben.

Gut!

Ich greife nach einer Visitenkarte die auf dem Schreibtisch liegt, und bin bereit eine Beschwerde einzureichen, wenn er mir nicht wenigstens einen Antrag zum Ausfüllen gibt.

„Sind Sie Vance DeLuca?", frage ich und lese den Namen auf der Karte.

„Das bin ich", sagt er.

Er lächelt nicht und der ganze Ort sieht nach Schwierigkeiten aus, aber ich habe nicht vor, für ihn oder seine Familie zu arbeiten. Er ist nur der Mittelsmann, und ich brauche einen Job.

2

PAIGE

DIE TÜRKLINGEL BIMMELT, als ich das kleine Café betrete. Für mein Vorstellungsgespräch bin ich zu früh, ich möchte aber nicht vor meinem Termin auftauchen.

Ich hatte Glück und musste nur einen Tag auf das Vorstellungsgespräch warten.

In meinem Auto zu schlafen, war scheiße.

Ich hole mir einen überteuerten Kaffee und setze mich an einen Tisch, wobei ich die Uhr im Auge behalte.

Ich konzentriere mich hauptsächlich auf mein Telefon. Der Coffee Shop ist um zwei Uhr nachmittags wenig besucht, bis auf das Zischen und Surren der Maschinen, wenn der Barista einen Kaffee für einen anderen Kunden zubereitet.

Ich schaue kurz von meinem Handy auf und schenke ihm ein schwaches Lächeln.

Ich bin in Breckenridge aufgewachsen, es kommt mir wie eine Ewigkeit vor, als ich das letzte Mal hier war. Damals habe ich meiner Mutter geholfen, ihre Sachen zu packen und sie ist zu mir gezogen. Jetzt, wo sie nicht mehr da ist, fühlt es sich einfach richtig an, wieder zu kommen.

Vielleicht liegt es auch daran, dass ich mit der Stadt schöne Erinnerungen verbinden kann.

Wer sagt denn, dass man nicht wieder nach Hause gehen kann?

Zumindest möchte ich glauben, dass das der Fall ist.

Ein weiterer Blick auf mein Handy sagt mir, dass die vorgeschlagene Stelle, von der Nanny-Agentur, gut passen könnte.

Geschäftsmann sucht für ein Mädchen mit besonderen Bedürfnissen ein Kindermädchen in Vollzeit. Inklusive Unterkunft und Verpflegung sowie einem bescheidenen Gehalt.

Der Herr am Tresen greift nach seinem Getränk, hält inne und schaut mich an. „Paige?"

Er ist groß, gut aussehend und hat eine Menge Tattoos auf seiner Haut. Er sieht wirklich gut aus und mein Blick fällt auf den Ehering, den er trägt.

Verdammt!

„Ja?" Ich erkenne ihn nicht.

Aber er kennt mich.

„Wow, du erinnerst dich nicht an mich. Stimmt's?", fragt er.

Ich lächle verlegen und streiche mir eine verirrte Haarsträhne hinter mein Ohr. Ich bezweifle, dass er als ich ihn das letzte Mal sah, mit so vielen Tattoos bedeckt war.

Sein Grinsen ist breit und strahlend, und er sieht glücklich aus.

So möchte ich mich auch fühlen. Ich hoffe, dass der Umzug hierher, mir die gleiche Art von Freude bringen kann.

„Jaxson Monroe", sagt er und hält mir seine Hand hin.

Ich lächle und nicke und tue so, als würde ich ihn erkennen. „Richtig."

Ich könnte nie eine Schauspielerin sein. Ehrlich gesagt, weiß ich nicht, wer er ist, aber er sieht einfach umwerfend aus. Er sieht aus, als käme er direkt von der Titelseite eines Liebesromans.

„Du erinnerst dich nicht an mich", sagt er.

Nun, er weiß, wer ich bin. Mein Name ist nicht sehr geläufig. „Ich schätze, ich habe mich nicht so sehr verändert", sage ich lachend. „Ich wette, du hattest diese Tattoos nicht, als wir uns das letzte Mal gesehen haben.“

Jaxson lächelt warmherzig. Er schüttelt den Kopf. „Ich würde nein sagen. Auf der Highschool haben wir uns das letzte Mal gesehen. Ich denke, wir waren zusammen auf der Junior High und in der Grundschule. Versprochen, ich nehme es dir nicht übel, wenn du dich nicht daran erinnern kannst. Er macht eine Geste der Pfadfinderehre.

Er sieht nicht gerade wie ein Pfadfinder aus, aber ich lächle höflich. Ich zaubere mir ein Grinsen ins Gesicht, um nicht so verlegen zu wirken.

Er merkt nicht, dass ich mich unwohl fühle. Vielleicht ist er auch nur einer dieser freundlichen und aufgeschlossenen Typen, der nicht merkt, dass nicht alle so gut reden können.

Er hat Glück.

Ich habe es nicht.

„Bist du hier auf Familienbesuch?“, fragt Jaxson.

Für eine kurze Sekunde spannen sich meine Lippen. „Nein. Ich habe beschlossen, wegen eines Jobs hierher zurückzuziehen.“ Ich schaue auf meine Uhr. „Ich muss zu einem Vorstellungsgespräch.“

Ich stehe auf, nehme meinen Kaffeebecher mit und werfe ihn in den Mülleimer.

„Viel Glück.“

„Danke. Es war schön, dich wiederzusehen, Jaxson", sage ich über meine Schulter.

––––––––

Der Café-Laden war hell, sonnig und wirkte freundlich, wahrscheinlich weil ich Jaxson getroffen habe.

Ich fahre zu der Adresse für mein Vorstellungsgespräch. Es ist eine Spelunke.

„Ernsthaft?"

Welcher Geschäftsmann führt in einer Bar ein Vorstellungsgespräch mit einem Kindermädchen? Ich brauche den Job und Überheblichkeit wird mir nicht helfen, den Job zu bekommen.

Ich bin nur etwa fünf Minuten zu früh. Ich schalte mein Handy auf lautlos, nehme meinen Lebenslauf vom Vordersitz und steige aus dem Auto.

Ich schließe das Auto zu und gehe hinein. Ich trage einen Rock in A-Linie, eine Bluse, einen kurzärmeligen Pullover und Schuhe mit hohe Absätze.

Kleide dich für den Job, den du willst.

Was genau trägt ein Kindermädchen?

Ich bin nicht Mary Poppins. Wem ich ehrlich bin, brauche ich dringend einen Job.

Wenn ich den Job nicht bekomme, werde ich wohl auf unbestimmte Zeit in meinem Auto schlafen müssen.

Ich habe jeden Cent für Krankenhausrechnungen, die Pflege und die Beerdigung meiner Mutter ausgegeben.

Die Tür ist schwer und knarrt in den Angeln, als ich sie aufmache.

Es dauert einen Moment, bis sich meine Augen an das Halbdunkle gewöhnt haben, und ich schaue mich nach einem Herrn im Geschäftsanzug um.

Es sind nicht viele Leute in der Bar. Zwei Männer in Lederjacken spielen Billard. Sie gehören wahrscheinlich zu einem Motorradclub.

Der Barkeeper nickt in die Richtung des hinteren Teil der Bar.

In der Ecke steht ein Tisch, mit einem Schild „Reserviert".

Ich gehe zu dem Herrn, der an dem Tisch sitzt. Die Haare auf meinen Armen stehen zu Berge. Etwas stimmt nicht, aber ich verdränge alle meine Ängste und Befürchtungen.

Es liegt wahrscheinlich daran, dass ich nervös bin.

„Hi, ich bin Paige Stone", sage ich und strecke meine Hand aus, um mich vorzustellen.

„Moreno Ricci", stellt er sich vor. „Bitte, setz dich."

Der Tisch ist gewölbt und ich gebe mein Bestes, um möglichst weit von ihm entfernt zu sitzen. Es ist kein Date, und ich möchte nicht, dass es gemütlich wird.

Warum hat er nicht einen Tisch ausgesucht, an dem wir uns gegenüber sitzen? Verdammt, warum hat er nicht einen anderen Ort für unser Treffen gewählt?

Er trägt einen schwarzen Anzug, ein weißes Hemd und eine Krawatte ohne jeden Makel. „Erzähl mir von dir, Paige."

Seine Frage hört sich fast ein wenig zu persönlich an, wie bei einem Date. Aber ich weiß, dass ich das überbewerte. Das ist nur ein Vorstellungsgespräch.

Er wird mein Chef, sollte ich eingestellt werde.

„Ja, natürlich." Ich schiebe ihm eine Kopie meines Lebenslaufs zu. Ich behalte eine zweite Kopie für mich, um gelegentlich einen Blick darauf zu werfen. Das hilft mir, dabei mich auf das zu konzentrieren, was ich sagen möchte und verhindert, dass ich etwas Wichtiges vergesse.

„Bis zum letzten Herbst besaß ich eine Vorschule

in Spring Valley, bis ich einen Käufer fand, der die Einrichtung übernahm."

Ich möchte nicht näher darauf eingehen, warum ich das Geschäft verkauft habe.

Es sei denn, er fragt danach.

Seine Augen verdichten sich und er nickt schwach. „Eine Vorschule zu besitzen ist nicht dasselbe wie mit Kindern zu arbeiten."

„Ich habe einen Abschluss in Pädagogik und habe ein Jahrzehnt lang Kinder im Vorschulalter unterrichtet und für andere Lehrer privater Vorschulen Lehrpläne geschrieben. Du hast in deiner Anzeige erwähnt, dass deine Tochter besondere Bedürfnisse hat. Ich habe viel Erfahrung in der Arbeit mit einer Vielzahl von Kindern mit besonderen Bedürfnissen.

„Das ist alles schön und gut", sagt Moreno, „aber du musst verstehen, dass du bei diesem Job mit Unterkunft und Verpflegung Dinge sehen könntest, wo du keine Fragen stellen oder mit jemandem darüber sprechen darfst."

„Ich kenne hier niemanden", sage ich. Nun, das stimmt nicht ganz, ich kenne fast niemanden. Ich habe heute Morgen Jaxson getroffen, aber der zählt wohl eher nicht. Es ist nicht so, dass wir Freunde wären und Geheimnisse austauschen. Ich weiß nicht einmal, wo er wohnt oder wie seine Telefonnummer lautet, außerdem ist er verheiratet, da er einen Ring trägt.

Ich habe den Kontakt zu meinen Freunden aus der Kindheit nicht wirklich aufrechterhalten. Ich nehme an, die meisten von ihnen sind weggezogen.

Moreno presst die Lippen zusammen. „Verschwiegenheit wird erwartet und steht über allem anderen."

Er holt seine Aktentasche vor und nimmt eine Reihe von Papieren und einen Stift heraus.

„Wenn du Interesse hast, müssen mein Arbeitgeber und ich dich bitten, diese Papiere zu unterschreiben, um sicher zu gehen, dass du deine Verantwortung verstanden hast und alles, was du siehst oder hörst, vertraulich behandelst."

„Das war's. Ich unterschreibe die Papiere und der Job gehört mir?" frage ich.

Ich habe das kleine Mädchen, noch gar nicht kennengelernt, aber ich kann mir nicht vorstellen, dass eine Vierjährige so schrecklich ist. Und selbst wenn, ich benötige diesen Job und Moreno scheint mich zu brauchen.

„Du musst dich mit meiner Tochter Nova treffen, das kann aber erst geschehen, wenn du die Papiere unterschrieben hast", sagt Moreno.

Ich kann mir nicht vorstellen, dass er Nova mitgebracht hat. „Gehört dieser Laden dir?" frage ich und schaue mich in der Bar um. Ich kann mir nicht vorstellen, warum er sonst vorgeschlagen hat, dass wir uns hier treffen.

„Der Laden gehört meinem Chef", sagt Moreno und räuspert sich.

Hat er mein Unbehagen bemerkt?

„Ich weiß die Diskretion zu schätzen, die mir hier geboten wird", sagt er.

„Ich verstehe."

„Tust du das?", fragt Moreno.

Nein, eigentlich nicht. Ich greife nach den Seiten mit den Unterlagen, die ich durchsehen und unterschreiben soll. „Die Agentur hat mich schon einen Haufen Papierkram ausfüllen lassen", sage ich.

„Ja, da bin ich mir sicher, aber wir verlangen von jedem, der unser Haus betritt, dass er unsere Regeln kennt und sich daran hält. Der Anstellungsvertrag ist unsere Sache. Wir bezahlen die Agentur dafür, dass sie dich zu uns bringt."

Meine Aufmerksamkeit richtet sich wieder auf das Paket mit den Dokumenten, die ich unterschreiben soll. Auf einer ganzen Seite geht es um Diskretion, Geheimhaltung und darum, dass ich seinen Anweisungen immer Folge leisten muss.

Es steht fest, der Vertrag ist ziemlich Komplex.

Aber dieser Job ist besser, als in meinem Auto zu schlafen. Obwohl ich mich in dem Café, in dem ich mich heute Morgen aufgehalten habe, bewerben könnte, bezweifle ich, dass ich dort genug verdienen würde, um mir eine Wohnung vor Ort zu mieten.

Die Tatsache, dass man mir Unterkunft und Verpflegung anbietet, ist es wert.

Ich kritzle meinen Namen in die Zeile und unterschreibe die einzelnen Seiten, die er mir nacheinander vorlegt.

Ich überfliege die Einzelheiten des Vertrages. Es sind verflixte neunzig Seiten. Ich würde den ganzen Tag hier sitzen, wenn ich jede Zeile lesen würde, aber ich habe das Wesentliche verstanden. Ich darf nichts preisgeben, was ich sehe, höre oder finde.

Als er mit meiner Unterschrift zufrieden ist, legt er die Seiten zurück in seine Aktentasche und verlässt den Tisch. „Wenn du mir folgen möchtest, kann ich dich zum Grundstück führen."

Ich stehe vom Tisch auf und streiche meinen Rock glatt.

Moreno macht lange, schnelle Schritte und ich muss mit meinen hohen Absätzen fast rennen, um ihn einzuholen.

Er reißt die schwere Holztür auf und das helle

Nachmittagslicht zwingt mich dazu, die Augen zu schließen.

„Wo ist dein Auto?"

Ich zeige auf die zweitürige Limousine. Das Auto ist nichts besonderes, aber ich brauche auch nichts Extravagantes.

Er schnaubt leise vor sich hin. „Damit kommst du im Winter nicht den Berg rauf und runter. Ich werde langsam fahren, denn ich wette, du hast keinen Allradantrieb an dem Ding."

„Willst du mir die Adresse geben, damit ich sie in mein Handy eingeben kann?"

„Das GPS ist hier draußen sehr lückenhaft", sagt Moreno. „Vor allem, wenn wir weiter weg von der Hauptstraße fahren."

„Oh, okay." Ich steige in mein Auto und folge Moreno in seinem glänzenden schwarzen SUV. Er sieht brandneu aus - sogar die Räder glänzen.

Ich fahre mit einem Schaltgetriebe und schalte herunter, während ich ihm den Berg hinauf und dann weg von der Hauptstraße folge. Wir fahren eine Weile durch den Wald und dann kommt links eine Lichtung mit offenen Feldern und Heuschobern.

Es ist wunderschön.

Moreno schaltet sein Signal ein und wir fahren

eine schmale Einfahrt hinunter. Die Bäume überdachen die Straße und lassen sie wie eine Brücke aussehen, als wir uns dem Grundstück nähern.

So weit ich sehen kann ragen schmiedeeiserne Tore empor. Wir halten an und ich sehen einen Wachturm mit einem Mann in der Kabine.

Der Wald liegt in der Ferne, aber über zwei Grundstücke erstreckt sich eine Lichtung mit einer riesigen Blockhütte. Es ist sehr abgelegen, aber wunderschön. Die riesige Hütte ist frisch gebeizt, und das Holz glänzt in der Sonne. Man könnte es als Herrenhaus bezeichnen, aber von außen wirkt es rustikal und nicht im Geringsten protzig.

Was genau macht Moreno beruflich?

Die Tore öffnen sich und ich fahre langsam hinter Moreno hindurch und nicke dem Wachmann kurz zu, als ich das Gelände betrete.

Privater Sicherheitsdienst?

Ich habe den Jackpot geknackt, wenn ich in so einem Laden unterkomme.

Das ist besser, als in meinem Auto zu schlafen.

Für wen arbeitet Moreno?

Für die CIA?

3

MORENO

ICH PARKE den SUV vor dem Haus und warte darauf, dass Paige hinter mir einparkt.

„Bist du bereit?" Das ist nicht wirklich eine Frage. Ich begleite sie zum Haus, die Haustür ist verschlossen und das Sicherheitssystem aktiviert. Bevor wir eintreten entschärfe ich das Sicherheitssystem. Am Haupteingang zum Foyer hat ein Wachmann Dienst.

Leone hat normalerweise keinen Dienst am Haupteingang. Meistens benötigen wir keinen Wachmann an der Tür da wir mehrere Wachen am Haupteingang haben.

Aber heute ist es anders.

Wenn ein Fremder auf das Gelände kommt, sind besondere Vorsichtsmaßnahmen erforderlich.

Leone wurde beauftragt, auf das neue Kindermädchen aufzupassen, wenn sie nicht von Don Ricci oder mir begleitet wird.

Paige folgt mir mit leisen Schritten. Ihre Absätze klacken auf den Holzdielen, als sie mir durch das Foyer und den Flur zum Spielzimmer im Erdgeschoss folgt.

„Du hast beschlossen, diese Kleidung zu einem Vorstellungsgespräch für eine Nanny-Stelle zu tragen?" Ich werfe einen Blick auf Paige. Wenn wir fertig sind, hat sie ihre schönen Klamotten wahrscheinlich schon ruiniert.

Sie runzelt die Stirn und bringt ihre Jacke und ihren Rock in Ordnung.

Zweifellos habe ich sie beleidigt, aber sie hat schon mit Kindern gearbeitet. Sie besaß eine Vorschule. Paige hätte wissen müssen, dass sie etwas praktischeres tragen sollte.

„Du hast ein schönes Haus." Sie ignoriert meine Bemerkung.

„Danke." Ich korrigiere sie nicht, um ihr zu sagen, dass es nicht mein Zuhause ist. Dante hat mir das Privileg eingeräumt, unter seinem Dach zu leben. Das ist für mich eine Ehre, da das Haus acht Schlafzimmer hat, gibt es auch kein Platzproblem.

Außerdem sind Luca und Nova praktisch

unzertrennlich, abgesehen von der Zeit, in der Luca im Kindergarten ist.

Ich gehe ins Spielzimmer und entdecke Luca, der an der Leinwand malt, und Nova, die eine Teeparty mit ihren Stofftieren feiert.

Dante konzentriert sich auf sein Handy, und lehnt mit dem Rücken an der Wand. „Oh, gut, du bist mit der neuen Nanny hier." Er blickt kaum auf. „Nikki hat einen Arzttermin. Ich muss nachsehen, ob eine neue Lieferung eintrifft. Hast du das?"

„Ja, Chef."

Dante stürmt aus dem Spielzimmer.

Es geht immer ums Geschäft. Ich bin ehrlich gesagt etwas verwundert, dass er nicht Leone oder Rhys auf Nova und Luca aufpassen lässt. Das letzte Mal, als Rhys aufpassen sollte, waren die Wände mit Permanentmarkern beschmiert.

„Hallo, Moreno", sagt Luca. Er steht mit dem Rücken zu mir und malt weiter an seinem Bild von unserem Zuhause.

Ich räuspere mich. „Nova, wir haben einen Besucher."

Sie blickt von ihrer Teeparty auf und blinzelt mit ihren hellblauen Augen. Sie hat das blau ihrer Mutter und rotblondes Haar. Manchmal frage ich mich, ob sie überhaupt von mir ist, aber ich weiß, dass es so ist. Serene war nur mit einem Mann zusammen gewesen.

„Nova, komm mal her."

Sie zögert, wie immer.

„Nova", sage ich wieder. Ich versuche, ruhig zu bleiben, mit dem neuen Kindermädchen muss es klappen Ich kann Nova nicht im Auge behalten und gleichzeitig meine Rolle als Dantes Stellvertreter weiterführen.

Der Unterboss der Familien zu sein, ist keine leichte Aufgabe. Es ist kein Nine-to-Five-Job. Was auch immer Dante benötigt, ich tue es für ihn.

Wortlos schiebt Nova den Stuhl zurück. Er quietscht auf den Dielen, bevor er hinter ihr umkippt.

Sie mag stumm sein, aber ihre Handlungen sind nichts dergleichen.

Nova steht auf, aber sie hört nicht zu, sie hört mir nie zu.

Mit einem schweren Seufzer gehe ich auf Nova zu, ergreife ihren Arm und ziehe sie zu Paige.

„Paige, das ist meine Tochter, Nova."

„Hi, Nova", sagt Paige und beugt sich sofort zu Nova hinunter. „Deine Stofftiersammlung gefällt mir."

Nova kaut auf ihrer Unterlippe und wirft einen Blick über ihre Schulter auf ihre Stofftiere.

„Wäre es okay, wenn du mir deine Freunde zeigst?" fragt Paige meine Tochter.

Nova blickt von der Nanny zu mir.

„Nur zu, du kannst ihr deine Spielsachen zeigen", sage ich.

Ich verschränke die Arme vor der Brust und beobachte das Zusammenspiel der beiden.

Paige spricht sanft mit Nova und lächelt warmherzig. Sie versucht, die Ängste meiner Tochter zu lindern, was ich verstehen kann.

Aber das wird nicht funktionieren.

Nova benötigt eine feste Hand und eine starke, autoritäre Person. Sie zu verhätscheln ist das Letzte, was in dieser Situation hilft. Sie hört nicht zu, und ist ständig am Träumen und Umherschweifen.

„Welcher Freund ist dein Liebster?", fragt Paige.

Nova antwortet nicht.

„Sie kann dir nicht antworten", erinnere ich Paige.

Ihre Augen straffen sich und sie lächelt Nova warmherzig an. „Ich bin gleich wieder da."

Novas Augen sind groß und sie lässt sich mit verschränkten Beinen und ihren Stofftieren auf den Boden fallen.

„Kann ich dich kurz allein sprechen?", fragt Paige.

Hinter ihrem Blick liegt ein Feuer.

Sie wird uns Ärger bereiten.

4

PAIGE

„KANN ich Sie kurz allein sprechen, Sir?", frage ich.

„Natürlich. Warum gehen wir nicht in den Flur hinaus?" Moreno führt mich aus dem Spielzimmer, aber wir sind immer noch in Sichtweite von Luca und Nova.

Seine Aufmerksamkeit scheint mehr auf den Kindern als auf mir zu liegen.

„Wenn du mich mit der Betreuung deiner Tochter beauftragst, dann erwarte ich, dass du dir mein Fachwissen als Betreuerin anhörst", sage ich. Ich weiß, dass ich meinen Verpflichtungen nachkomme. In seinem blöden Vertrag stand, dass er das Sagen hat, ich verstehe das er der Chef ist, aber ich finde es nicht in Ordnung, wie er mit seiner Tochter umgeht.

Ich rede weiter, bevor er mich unterbrechen oder zur Tür hinauswerfen kann.

„Du kannst nicht so mit deinem Kind reden. Sie kann vielleicht nicht sprechen, aber sie kann immer noch kommunizieren, und du solltest sie dazu ermutigen."

„Wie bitte?" Moreno spottet. „Du willst mir sagen, wie ich meine Tochter erziehen soll?" Er kommt näher und dringt in meinen persönlichen Bereich ein.

Er zwingt mich, einen Schritt zurückzutreten. Seine Aufmerksamkeit ist nicht mehr auf die Kinder im Raum gerichtet, sondern ganz auf mich.

Die Hitze seines Blicks jagt mir einen Schauer über den Rücken.

„Du glaubst zu wissen, was das Beste für Nova ist?", fragt Moreno. „Dann kann ich dir aber versichern, dass du dich in allem, was du zu wissen glaubst, irrst."

Seine Nasenlöcher blähen sich auf und ich öffne meinen Mund, schließe ihn aber schnell wieder, als Luca aus vollem Halse schreit.

Moreno stürmt ins Spielzimmer und zieht die Waffe aus dem Halfter an seiner Hüfte.

Ich wusste gar nicht, dass er eine Waffe bei sich hat. „Du jagst ihm Angst ein!", schimpfe ich mit

Moreno und eile an ihm vorbei, um nach Luca zu sehen.

Novas Augen sind weit aufgerissen und voller Angst, aber sie bewegt sich nicht und es scheint, dass die einzige Gefahr Moreno ist.

„Mami!" Luca schreit noch lauter als zuvor. „Ich will zu Mami!"

Ich drehe mich auf dem Absatz um und zeige auf Moreno. „Du nimmst die Waffe weg und verschwindest von hier." Ich gestikuliere in Richtung seiner Waffe.

Ich habe noch nie Waffen gemocht, sie in der Nähe zu haben, macht mir Angst, aber im Moment scheint Luca den Angstpreis zu gewinnen.

Warum zum Teufel hat Moreno seine Waffe gezogen? Was könnte seiner Meinung nach passiert sein, dass eine Waffe im Spielzimmer nötig war?

Das Haus ist schwer bewacht, mit Toren, Wachen und einem Sicherheitssystem, das scheint einwenig übertrieben zu sein.

Moreno verlässt das Spielzimmer und ich knie mich auf die Höhe von Luca nieder.

„Hey, Luca, ich bin Paige", sage ich und versuche, ihn zu beruhigen. „Möchtest du mir dein Bild zeigen?" Ich weiß nicht, was ihn erschreckt hat, aber das jetzt anzusprechen, wäre eine schlechte Idee.

Nova steht auf und gesellt sich zu Luca und mir neben die Leinwand.

Luca schnieft und wischt sich mit seinen farbverschmierten Händen über das Gesicht, sodass ein blauer Fleck auf seiner Wange zurückbleibt.

„Ich habe mein Haus gestrichen", sagt er. Seine Augen sind rot und verschmiert, aber die Tränen haben nachgelassen.

Ich lächle und bin wirklich zufrieden mit seinem Bild. „Das hast du fantastisch gemacht", sage ich.

Nova blickt zu mir auf. Ein schwaches Lächeln zeigt sich an ihren Lippenwinkeln. Fast so, als würde sie versuchen, nicht zu lächeln. „Malst du auch gerne?", frage ich sie.

Sie zuckt mit den Schultern, ohne mir eine Antwort zu geben.

Ich wette, sie malt wirklich gerne.

„Tut mir leid, dass ich zu spät bin." Eine Frau in einem leuchtend gelben Sonnenkleid steuert in das Spielzimmer. „Luca, warst du gut zum neuen Kindermädchen?", fragt die Frau und schlendert direkt zu dem kleinen Jungen hinüber. „Ich bin Nikki", stellt sie sich vor.

„Hi, ich bin Paige", sage ich und strecke meine Hand aus, um mich vorzustellen. Sie wirkt warmherzig, freundlich und völlig deplatziert, nachdem ich Moreno und Dante kennengelernt habe. „Du musst Lucas Mutter sein", vermute ich.

Nikki lächelt und nickt. „Das bin ich. Bist du bereit für die Wanderung, Luca? Tut mir leid, dass du auf diesen kleinen Tiger aufpassen musstest. Ich verspreche dir, dass das nicht regelmäßig vorkommen wird."

„Das war überhaupt kein Problem", sage ich. Ich gehe nicht darauf ein, dass ich noch nicht einmal eine Stunde hier bin und Dante schon aufgepasst hat, bevor ich auftauchte.

„Sag mir Bescheid, wenn du etwas benötigst, Fragen hast oder so", sagt Nikki. „Ich habe einen ziemlich vollen Terminkalender, aber ich helfe dir gerne, wenn ich eine freie Minute habe."

„Danke."

Nikki begleitet Luca aus dem Spielzimmer. „Komm mit, Luca ich werde dich abwaschen. Du hast Farbe auf deiner Wange und in deinen Haaren. Dann gehen wir auf die Wanderwege."

„Okay, Mama." Er klammert sich an ihre Hand und folgt ihr aus dem Spielzimmer.

Jetzt sind nur noch Nova und ich da. Ich lächle warmherzig und zeige auf ihre Teeparty. „Darf ich mit dir und deinen Freunden spielen?"

Mein Handy summt und ich ziehe es aus meiner

Handtasche, um einen Blick auf die SMS zu werfen, sie ist von Moreno.

Ich werfe einen Blick zurück auf den leeren Türrahmen, er ist nirgends zu sehen. Warum hat er nicht einfach mit mir gesprochen, anstatt mir eine SMS zu schreiben?

Der Job gehört dir. Vermassle das nicht. Nova verlässt sich auf dich. Das tun wir beide.

5

MORENO

„DAS NEUE KINDERMÄDCHEN IST — SÜSS", sagt Dante und grinst mich an.

„Ist mir gar nicht aufgefallen." Das ist eine Lüge, wie könnte ich ihre schönen langen Beine unter ihrem Rock nicht bemerken?

Dante lacht leise vor sich hin. „Natürlich ist es dir aufgefallen, du hast sie doch eingestellt, nehme ich an."

Ich reibe mir die Stirn. Auf dem Papier war ihre Erfahrung ausgezeichnet, aber ich war nicht zufrieden, wie sie mit mir sprach. Wenn ich gegenüber Dante ein Wort darüber verliere, würde er sagen, ich solle sie feuern.

„Ich kann nicht ständig Kindermädchen einstellen", sage ich.

„Das ist dein zweites Kindermädchen und das erste Vorstellungsgespräch seit Novas Geburt."

Dante redet nicht um den heißen Brei herum.

„Stimmt", sage ich. „Ich bin es nicht gewohnt, Außenstehende in unser Haus und unser Leben zu lassen." Ich gehe in die Küche, um mir eine Tasse Kaffee zu holen, und Dante folgt mir auf dem Fuße. „Wie läuft es mit der Lieferung?" Er hatte mit dem Geschäftlichen zu tun, als ich heute Nachmittag mit Paige hereinkam.

„Spät, aber nichts, was ich nicht hinbekommen könnte. Es stellte sich heraus, dass der Truck eine Panne hatte und kein Handyempfang möglich war. Du weißt ja, wie es auf den Straße zugeht", sagt Dante. „Alles läuft wieder nach Plan."

„Gut." Das ist eine Sache weniger, um die ich mich heute Abend oder morgen kümmern muss. Dante tat mir den Gefallen, sich um die Lieferung zu kümmern. Das war eigentlich meine Aufgabe, aber ich hatte ein neues Kindermädchen für Nova einzustellen.

„Du wirkst so anders, so ruhig." Dante ist mir immer einen Schritt voraus. Das war ich früher auch, aber seit dem Angriff auf das Gelände bin ich etwas unaufmerksam.

„Du weißt ja, wie das ist", entschuldige ich mich,

greife nach dem Kaffee und gieße mir eine Tasse ein. Ich nehme einen Schluck aus dem Becher. Ich brauche heute eine Extraportion Koffein. Ich muss auf Zack sein, besonders wenn Paige mit in unserem Haus wohnt.

Dantes Lippen sind zusammengepresst. „Ich kann dir eine eigene Wohnung und einen privaten Sicherheitsdienst besorgen und dich und Nova von meinem Haus wegbringen", sagt er.

„Nein." So verlockend das Angebot auch ist, das kann ich nicht tun. Ich würde mich nicht sicher fühlen, wenn ich nicht das gleiche Maß an privater Sicherheit hätte, was Dante für seine Familie hat. „Ich würde nie wo anders zu Hause sein können. Wir wissen beide, dass das für Nova nicht ideal wäre." Ich habe Paige nicht eingestellt, um meine Tochter zu erziehen, sondern um auf sie aufzupassen, während ich arbeiten muss.

„Hast du das neuen Kindermädchen schon zu ihrer Unterkunft und Novas Schlafzimmer geführt?", fragt Dante.

Das habe ich nicht. Ich bin abgehauen, nachdem ich mich vor den Kindern blamiert hatte. Wie sollte ich nicht das Schlimmste befürchten, als ich Lucas entsetzten Schrei hörte? Als er meine Pistole sah, ging es natürlich erst richtig los und die hysterischen Schreie wurden noch lauter.

An manchen Tagen fühle ich mich nicht dazu geeignet, ein Vater zu sein. Serene war diejenige, die eine Mutter sein wollte. Und sie hatte mich mit Nova allein gelassen.

Dante hatte recht.

„Noch nicht. Sie ist mit Luca und Nova im Spielzimmer", sage ich.

Ich muss Paige unbedingt herumführen, aber ein Teil von mir geht ihr aus dem Weg.

Warum war das so?

„Nikki ist gerade mit Luca zum Wandern gegangen."

„Ich kann nicht glauben, dass du sie allein gehen lässt." Wie kann er nach dem jüngsten Angriff so unvorsichtig sein?

„Sie verlassen das Gelände nicht, und einer der Wächter ist immer bei ihnen. Sie sind nie allein", sagt Dante. „Das würde ich nicht zulassen." Er schnappt sich ein Glas vom Tresen und dann den Whiskey aus dem Schnapsschrank und schenkt sich ein Glas ein. „Ich würde dir ja einen Drink anbieten, aber..."

„Ja, nein danke." Ich trinke nicht. Mein Vater war Alkoholiker und deshalb habe ich immer darauf geachtet, das Zeug zu vermeiden. Ich will nicht so werden, wie mein alter Herr.

Dante schwenkt die bernsteinfarbene Flüssigkeit, bevor er sie in einem Zug hinunterschluckt. Er schenkt sich gleich ein zweites Glas ein. „Das Kindermädchen, das du eingestellt hast, ist süß."

„Lass das", warne ich ihn. Warum fühle ich mich für Paige verantwortlich?

Er kichert. „Ich habe das nicht wegen mir gesagt . Es ist ein Jahr her, Moreno, deine Frau ist weg. Du hast ein wenig Spaß verdient", sagt Dante.

Ich beiße mir auf die Zunge. Ich will nicht über Serene sprechen. Dieses Gespräch ist tabu. Ich kann mir nicht einmal vorstellen, Paige zu ficken.

Nein, das ist nicht wahr. Es ist leicht, sich vorzustellen, wie ich ihren Rock hochschiebe, ihr das Höschen zerreiße und sie auf dem Flur ficke, damit die Wachen zusehen, wie ich sie meinen Namen schreien lasse.

Aber sie ist meine Angestellte und das Kindermädchen meiner Tochter.

Ich muss es in der Hose behalten, wenn nicht für mich, dann für Nova. Sie kann nicht schon wieder ein Kindermädchen verlieren.

Das kann ich auch nicht.

Wir haben überall im Haus Kameras, besonders im Spielzimmer. Ich rufe das Bild auf und sehe Paige mit meiner Tochter.

Die beiden spielen Teeparty und tauchen in eine Welt der Fantasie ein. Wenigstens hat Nova eine neue Freundin, mit der sie tagsüber spielen kann, wenn Luca in der Schule ist.

Ich ziehe mein Handy heraus und schreibe Paige eine kurze SMS.

Der Job gehört dir. Vermassle das nicht. Nova verlässt sich auf dich. Das tun wir beide.

Sie blickt auf ihr Telefon, antwortet aber nicht auf meine SMS.

Sie hat einen trotzigen Zug an sich. Ich kann es hinter ihren glitzernden grünen Augen sehen.

Mein Schwanz zuckt in meiner Hose.

Scheiße!

Auf keinen Fall.

Sie ist das Kindermädchen meiner Tochter. Sie zu ficken, wird nicht passieren.

Sie fährt sich mit der Hand durch ihr hellbraunes Haar, ihre langen Locken sind leicht zerzaust, dass macht sie noch mehr sexy und unwiderstehlich. Sie hat natürliche blonde Strähnen, wahrscheinlich vom Aufenthalt in der Sonne die ihr Gesicht einrahmen.

„Schaust du dir immer noch das Wetter an?"
Dante kichert, als er über meine Schulter blickt.

Ich räuspere mich.

Baseball. Fußball. Schneeflocken im Winter.

Ich lasse mir nur saubere, nicht sexuelle
Gedanken durch den Kopf gehen, um mein
Verlangen zu unterdrücken. Funktioniert das?

Auf keinen Fall.

Mit einem lauten Seufzer kippe ich die Tasse
Kaffee hinunter und nehme mir eine zweite Tasse.
Warum glaube ich, dass Koffein mir helfen wird?

„Was ist ihre Geschichte?", fragt Dante. Er setzt
sich an den Rand des Tisches und verschränkt die
Arme vor der Brust.

Dante ist ein paar Jahre jünger und größer als
ich. Seine Augen sind immer dunkel, auch wenn er
versucht, seinen Sohn Luca sanft anzuschauen.

„Ich weiß es nicht."

„Blödsinn", sagt Dante. „Ich weiß, dass du die
hübsche Brünette überprüft hast. Ich hätte auch
nichts anderes von dir erwartet, da du sie in mein
Haus gebracht hast."

„Sie war nie verheiratet. Ihre Mutter ist kürzlich
an Krebs gestorben. Sie verkaufte die Vorschule, die
sie besaß, um sich um ihre Mutter zu kümmern. Den
Unterlagen zufolge steckt sie bis zum Hals in

Arztrechnungen, hat ihr Haus verkauft, ihr Hab und Gut, alles um die Schulden zu begleichen."

Dante stößt sich vom Tisch ab und nickt mir zu, damit ich ihm aus der Küche folge.

Ich nehme meine Tasse Kaffee und gehe ein paar Schritte hinter ihm her. Er schlendert ins Arbeitszimmer und lässt sich in den Sessel fallen. Dort steht ein eingebautes Holzregal mit Hunderten von Büchern, die Nikki unbedingt in die Regale an einer Wand stellen wollte. Von Kinderbüchern, aus denen sie den Kindern vorliest, bis zu Liebesromanen für ihren privaten Bedarf.

„Ihr habt beide jemanden verloren, der euch nahe stand", sagt Dante und schlägt die Beine übereinander.

Sind ihre Wunden so frisch wie meine? Das ist kein Wettbewerb.

Ausnahmsweise versucht er nicht, den blutigen Verband einer Narbe abzureißen, die er verursacht hat. Serene starb, weil Vance DeLuca einen Anschlag auf unsere Familie anordnete.

6

PAIGE

NOVA und ich verbringen den Nachmittag mit einer gemeinsamen Teeparty, bevor ich sie aus dem Spielzimmer führe.

Dante und Moreno führen in einem anderen Zimmer auf dem Flur ein hitziges Gespräch. Ich kann nicht ganz verstehen, was gesagt wird. Aber ihre Töne bringen mich dazu, in die andere Richtung zu gehen.

Ich vermeide es, einen der beiden zu stören. Ich bin mir sicher, dass sie beschäftigt sind.

„Wie wäre es, wenn wir in den Park gehen?", sage ich zu Nova.

Der Wachmann am Haupteingang ist verschwunden.

Das ist gut.

Es war warm, als wir ankamen, also wird Nova keine Jacke benötigen. Ich führe sie zur Vordertür hinaus zu meinem Auto.

„Du wirst einen Autositz brauchen", murmle ich vor mich hin.

Die Haustür geht hinter mir auf.

„Was machst du da?", brüllt Moreno.

„Ich wollte Nova in den Park bringen, aber ich muss mir einen Autositz aus deinem Truck leihen." Ich nehme an, er hat einen auf dem Rücksitz angeschnallt.

Er stößt einen lauten Atemzug aus. „Auf gar keinen Fall. Du verlässt mit ihr nicht das Gelände."

„Was? Warum nicht? Vertraust du mir nicht?" frage ich.

„Ich kenne dich nicht." Er reißt mir die Autoschlüssel aus der Hand und steckt sie ein. „Nova, geh rein!" Moreno zeigt auf die Tür und fordert sie auf, ins Haus zurückzugehen.

Sie schmollt und tritt beim Gehen mit den Füßen so auf den Boden, dass ihre makellosen weißen Schuhe schmutzig werden. Schließlich geht Nova zurück ins Foyer.

Moreno geht auf das Haus zu, knallt die Tür zu und möchte mit mir allein reden.

Mein Magen schlägt Purzelbäume.

Seine Augen verdunkeln sich, als er näher kommt und in meinen persönlichen Raum eindringt. „Du darfst sie nicht mit vom Grundstück nehmen."

„Niemals? Keine Exkursionen oder Nachmittage auf dem Spielplatz?" Ich kann nicht glauben, wie unvernünftig er ist. Ist er sauer auf Nova oder auf mich?

„Das stimmt." Er verschränkt die Arme vor der Brust. „Wenn du mit ihr in den Park gehen willst, gibt es hinter der Küche einen schönen Garten, in den du sie mitnehmen kannst."

Ich will widersprechen, aber er reißt die Haustür auf. „Rein mit dir, sofort!"

Sein Tonfall lässt mich erschaudern. Vielleicht sollte ich diesen Job noch einmal überdenken, aber Nova braucht mich. Sie braucht ein Kindermädchen, das warmherzig, freundlich, geduldig und liebevoll ist. Ich bin mir nicht sicher, ob Moreno, ihr Vater, etwas von all dem ist.

„Du musst nicht so ruppig sein", murmle ich, als ich wieder ins Foyer gehe.

Moreno knallt die Tür zu, und das Haus vibriert.

Novas strahlend, blaue Augen leuchten auf. Sie macht einen Schritt zurück und rennt dann ins Spielzimmer.

„Nova!", ruft Moreno ihr zu, damit sie zurückkommt.

„Ich hole sie", sage ich und gehe ins Spielzimmer, um von Moreno wegzukommen.

Er packt mich am Handgelenk. „Nicht so schnell." Er reißt mich zurück an seine Seite. „Du und ich, wir sind noch nicht fertig."

Sind wir das nicht? Ich wäre gern fertig. Ich würde es vorziehen, keine weiteren Gespräche mit Moreno zu führen, aber irgendwie habe ich das Gefühl, dass die Entscheidung nicht bei mir liegt.

Nova verlässt mit schleppenden Schritten das Spielzimmer und drückt eines ihrer Stofftiere fest an ihre Brust.

„Geh hoch, Nova." Moreno zeigt auf die Treppe.

Wortlos steigt sie die Treppe hinauf, und Moreno gibt mir ein Zeichen, ihm zu folgen.

Er lässt mich los und ich atme erleichtert aus, weil er mich in Ruhe lässt. Besteht eine Möglichkeit, dass er mich in Ruhe lässt?

Nein.

Er folgt mir die Treppe hinauf.

„Ich bringe dich in dein Zimmer", sagt Moreno.

Ich schaue hinter mich. Er ist eine Stufe unter mir. „Meine Taschen sind im Auto", sage ich.

Er hat meine Schlüssel.

„Ich lasse Leone deine Sachen holen und dein Gepäck auf dein Zimmer bringen."

„Das ist nicht nötig. Ich kann meinen Koffer holen. Da ist nicht viel drin."

Als meine Mutter starb, habe ich den Minimalismus auf eine ganz neue Ebene gebracht. Alles, was ich besitze, ist in meinem Auto: ein Koffer, ein Rucksack und eine Tasche mit Toilettenartikeln. Alles andere habe ich verkauft, um die Kosten zu decken, die die Versicherung nicht übernommen hat.

„Gut, dann wird Leone keine Probleme haben, es auf dein Zimmer zu bringen", sagt Moreno. Er deutet mit zwei Fingern an, dass ich weitergehen soll.

Nova ist bereits oben an der Treppe und wartet auf mich. Hat sie vor, mir ihr Zimmer zu zeigen?

Es ist noch zu früh, um sie ins Bett zu bringen. Keiner von uns hat bisher zu Abend gegessen. Würden wir alle zusammen als Familie essen?

Als ich die oberste Stufe erreicht habe, führt mich Moreno den Flur entlang zu einer Tür auf der rechten Seite. Er dreht den Griff und öffnet die Tür, um eine große Matratze zum Vorschein zu bringen. Das Zimmer ist eher schlicht eingerichtet, mit kahlen weißen Wänden, aber eine Kommode steht neben den malerischen Fenstern.

„Du kannst gerne Bilder aufhängen oder das Zimmer dekorieren, wie du möchtest."

„Danke." Ich hatte nicht vor, viel mit dem Raum anzustellen. Es war ein Zimmer, in dem ich pennen konnte. Das war alles, was mir wichtig war.

„Du hast dein eigenes Badezimmer", sagt Moreno, während er weiter ins Schlafzimmer geht und die Badezimmertür öffnet. Er schaltet das Licht an und geht dann durch den Raum zu einer anderen Tür. „Dein Zimmer grenzt an das Zimmer von Nova. Sollte sie in der Nacht etwas benötigen, wirst du dich um sie kümmern."

Moreno öffnet die Nebentür.

Nova eilt in ihr Zimmer und dreht sich zu mir um, die Hände vor ihrem Körper verschränkt.

„Ja, natürlich", sage ich.

Ich folge Nova in ihr Schlafzimmer. Die lavendelfarbenen Vorhänge mit gelben Verzierungen sind zurückgezogen, um das Sonnenlicht in den Raum zu lassen. Die Jalousien sind weit geöffnet und tauchen die hellgelb gestrichenen Wände in ein sonniges Licht.

„Dein Zimmer gefällt mir", sage ich und lächle Nova an.

Sie zuckt mit einem Grinsen zur Seite. Es ist das breiteste Lächeln, das ich heute von ihr gesehen habe. Ihre Augen werden weicher und färben sich in einen wärmeren Blau-Ton.

„Ich werde Leone bitten, das Abendessen für euch beide auf euer Zimmer zu bringen", sagt Moreno, während er zur Tür geht.

„Was?" Bestraft er uns dafür, dass ich versucht habe, Nova aus dem Haus und in den Park zu bringen?

„Ich muss meine Arbeit beenden und habe keine Lust, mich mit euch beiden herumzuschlagen. Moreno knallt die Tür zu, als er aus dem Schlafzimmer geht.

Nova steht in der Tür zwischen unseren Schlafzimmern.

„Ist dein Vater immer so mürrisch?", frage ich.

Sie lächelt und nickt.

Das ist die erste Form der Kommunikation außer einem schwachen Lächeln, die ich heute von ihr gesehen habe. Sie wartete, bis ihr Vater den Raum verlassen hatte.

Hat sie Angst vor ihm? Ich würde es ihr nicht verdenken.

Er kommandiert uns gerne herum. Nun, die Dinge werden sich ändern müssen.

7

MORENO

ICH WEISE LEONE AN, Paige und Nova das Abendessen hochzubringen, während ich mich mit Dante in seinem Büro vergrabe.

Leone hat außerdem die Anweisung, die beiden unter keinen Umständen aus ihrer Suite zu lassen.

„Wie geht's Nova?", fragt Dante und nippt an seinem Glas Whiskey. Seine Augen sind dunkel und er starrt auf die bernsteinfarbene Flüssigkeit, bevor er sie hinunterschluckt und sich ein zweites Glas einschenkt.

„Mit dem neuen Kindermädchen? Das kann ich noch nicht genau sagen", ich lehne mich in den Stuhl gegenüber von Dante zurück und lasse mich in das Leder sinken.

Zu sagen, dass ich erschöpft bin, wäre eine

Untertreibung. Ich kann mich nicht erinnern, wann ich das letzte Mal eine Nacht durchgeschlafen habe. Das muss vor ihrem Tod gewesen sein.

Er ist ruhig, nachdenklich und starrt auf das Getränk in seiner Hand.

„Was ist los, Chef?"

„Ich habe versucht, Luca und Nikki ein fast normales Leben zu ermöglichen . Vielleicht sollte das auch für Nova gelten. Sie ist noch etwas zu jung für die Grundschule, aber wir können es uns sicher leisten, sie in eine private Vorschule zu schicken, wo sie mit anderen Kindern zusammen kommt."

Bei seinem Vorschlag klappt mir die Kinnlade herunter. „Hältst du das für eine gute Idee?"

Ich möchte nur das Beste für meine Tochter. Ich brauche niemanden, nicht einmal Don Ricci, der mir sagt, was ich für Nova tun muss.

„Kleine Schritte ", sagt Dante. „Ich habe den Streit zwischen dir und dem neuen Kindermädchen gehört. Sie soll Leone mitnehmen und das Kind an die frische Luft gehen lassen. Vielleicht findet Nova im Park ein paar Freunde in ihrem Alter."

Ich kann seinen Vorschlag nicht glauben.

„Vance DeLuca ist immer noch da draußen!" Ich stehe auf und gehe in Dantes Büro umher. Der Raum ist heiß, und stickig, mein Magen schlägt

Purzelbäume. Ich löse meine Krawatte und wische mir den Schweiß von der Stirn.

Zum Glück habe ich noch nicht zu Abend gegessen, sonst hätte ich es wieder hochgebracht.

„Es gibt keinen Grund anzunehmen, dass er hinter Nova her ist, und Leone wird auch ein Auge auf das Kindermädchen haben, damit sie in Sicherheit ist."

„Ihr Name ist Paige", sage ich. Ich bin nicht sicher, warum, aber ich muss ihn korrigieren.

„Du vertraust Paige Nova an?", fragt Dante.

Ich hätte sie nicht eingestellt, wenn ich nicht darauf vertrauen könnte, dass Nova bei ihr in guten Händen ist. „Auf jeden Fall." Das bedeutete aber nicht, dass ich jemand anderem vertraue in der Nähe meines Kindes zu sein.

„Dann lass sie morgen in den Park gehen, Nova könnte eine Abwechslung gebrauchen."

Ein scharfes, knackiges Klopfen an die Milchglastür unterbricht uns.

„Komm rein", sagt Dante.

Nikki streckt ihren Kopf ins Büro. „Tut mir leid, dass ich störe." Ihre Augen funkeln und sie schenkt uns ein warmes Lächeln.

„Setz dich", sagt Dante zu mir und deutet auf den

Stuhl, auf dem ich vor ein paar Minuten noch gesessen habe.

Ich habe das Gefühl, dass sie mich zu einem Tag-Team machen wollen. Ich bin mir nur nicht sicher, warum. Ich mache meinen Mund zu und lasse mich auf dem Stuhl gegenüber von meinem Chef fallen. Ich falte meine Hände in meinem Schoß zusammen.

„Ja?" Ich warte darauf, was sie mit mir vorhaben.

Gefällt ihnen das Kindermädchen was ich eingestellt habe nicht? Ist sie zu heiß?

Das war nicht nur der Grund, warum ich sie eingestellt habe, aber das ist auf jeden Fall ein Pluspunkt.

„Ich mache mir Sorgen um Nova", sagt Nikki. Sie faltet die Hände vor ihrem Bauch zusammen und schaut Dante an.

„Ich weiß, aber ich glaube, das neue Kindermädchen, Paige, wird gut zu uns passen", sage ich. Ich bin immer noch sauer, weil sie versucht hat, Nova aus dem Haus zu bringen, aber ich glaube nicht, dass sie es böse gemeint hat.

„Wir machen uns alle Sorgen um deine Tochter, obwohl ich erleichtert bin, dass du ein neues Kindermädchen für sie eingestellt hast, braucht sie etwas mehr als das, was Paige ihr bieten kann. Sie braucht ein Gespräch mit einem Kinderpsychologen", sagt Dante.

Ich lache über seine Andeutung. „Nova spricht nicht." Hat er sich an den Kopf gestoßen?

Nikki tritt näher und legt eine Hand auf meinen Arm. „Kinderpsychologen sind für die Arbeit mit kleinen Kindern ausgebildet und es gibt andere Möglichkeiten, Nova zum Kommunizieren zu bringen, zum Beispiel mit Kunstwerken."

„Und ihr beide denkt, dass das eine gute Idee ist?" Unsere Welt ist von Geheimnissen umgeben. Was, wenn Nova eines davon verrät?

Ganz zu schweigen davon, dass ich ihre Kunstwerke gesehen habe. Sie sind ja ganz niedlich, aber sie ist erst vier. Es ist nicht so, dass der Therapeut viel von einem Haufen Kritzeleien hat.

Dante räuspert sich. „Ja, ich glaube, das ist das Beste für Nova, obwohl ich nicht begeistert bin, eine Außenstehende hinzuzuziehen, wurde mir diese Frau sehr empfohlen. Wir haben sie gründlich überprüft, um sicherzustellen, dass sie keine Verbindung zu den DeLucas oder anderen wichtigen Personen hat." Er stützt seine Hände auf den Schreibtisch. „Was sagst du dazu?"

Ich glaube nicht, dass sie mich Nein sagen

lassen. Ich habe keine große Wahl und ich will das Beste für meine Tochter. „Ja, sicher."

„Gut, ich habe den Termin schon gemacht", sagt Nikki und kramt in ihrer Tasche, um mir eine Visitenkarte zu geben.

Ich werfe einen Blick auf die Karte und den Termin, der für diesen Freitagnachmittag auf die Rückseite gekritzelt ist.

„Sieht so aus, als bräuchte ich ein paar Stunden frei, Chef." Ich lächle schwach und versuche, die Situation auf die leichte Schulter zu nehmen. Das ist alles, was ich tun kann.

Ich möchte diese Aufgabe dem neuen Kindermädchen überlassen. Paige soll Nova in die Stadt bringen, damit ich dem Therapeuten nicht die Situation erklären muss.

Aber so wird das nicht funktioniert.

Ich bin kein Idiot.

Ich behalte meine Scheiße für mich.

Reden wird nicht helfen, aber ich kann die dunklen Wolken, die über meinem kleinen Mädchen hängen, nicht ignorieren.

Es muss etwas getan werden, bevor das Trauma, was sie erlitten hat, unumkehrbar ist.

Ich hoffe nur, dass es noch nicht zu spät ist.

8

PAIGE

ICH WERDE vom leisen Klopfen der kleinen Nova geweckt.

„Hey, guten Morgen."

Sie steht neben meinem Bett, ihre ausgestopfte Giraffe hält sie fest im Arm und hat den Daumen in den Mund gesteckt.

„Willst du mir Gesellschaft leisten?", frage ich und klopfe auf das Bett neben mir.

Ich habe noch nicht auf die Uhr geschaut. Die Sonne geht gerade auf und lugt durch die Vorhänge, was bedeutet, dass es zu früh ist, um wach zu sein.

Nova klettert auf meine Decke. Sie bleibt für den Bruchteil einer Sekunde neben mir liegen, bevor sie auf die Knie geht und mir erneut auf die Schulter klopft.

Ich drehe mich auf die Seite.

Sie wird mich nicht mehr schlafen lassen. „Hast du Hunger auf Frühstück?"

Ihre Augen sind weit aufgerissen und sie nickt energisch, als wäre sie am Verhungern.

Wir hatten ein Festmahl zum Abendessen. Der Wachmann brachte unser Essen ins Schlafzimmer, wo wir beide uns für ein Picknick auf dem Boden mit ihren Stofftieren entschieden.

Hoffentlich können wir uns in die Küche schleichen, ohne Moreno zu stören.

Ich möchte mir auch den Rest des Hauses ansehen.

„Du musst dich anziehen", sage ich und klettere unter der Bettdecke hervor.

Ihre Füße trappeln eilig über den Holzboden zur offenen Nachbartür. Nova geht hinein und wartet darauf, dass ich sie begleite.

Es dauert ein paar Sekunden, bis ich richtig wach bin. Ich reibe mir den Schlaf aus den Augen und entdecke Nova, die ihren Kopf um die Ecke der Tür steckt.

Sie wartet bis ich mitkomme. Ich gehe in ihr Schlafzimmer und hole ein weißes Kleid mit roten Mohnblumen, aus ihrer Kommode. Es ist ein Sommerkleid, es ist perfekt für das heutige Wetter.

„Wie wäre es damit?", frage ich und zeige ihr das Outfit.

Sie grinst und reißt mir das Kleid aus der Hand. „Wenn du dich anziehst, dann mache ich mich auch fertig."

Ich spüre kein Zögern, also gehe ich durch die Nebentür hinaus und schließe sie fast ganz.

Meine Tasche steht auf dem Boden neben der Kommode. Ich habe mir nicht die Mühe gemacht, meine Kleidung oder die wenigen Habseligkeiten, die ich besitze, auszupacken. Ich war nicht in der Stimmung, als Leone gestern Abend meine Sachen in mein Zimmer brachte.

Es gibt auch nicht viel zum Auspacken.

Ich bücke mich, öffne den Reißverschluss meines Kleidersacks und greife nach einem geblümten gelb-blauen Kleid mit Flügelärmeln und einem Schlüsselloch auf der Vorderseite. Es ist knielang und eins meiner bequemen Lieblingskleider. Ich nehme die dazugehörige Unterwäsche, gehe ins Bad und schließe die Tür hinter mir.

Aber es gibt kein Schloss.

Na toll.

Hoffentlich wird Nova nicht unangekündigt durch die Tür platzen.

Ich bezweifle, dass sie anklopft, und sie wird kein Wort sagen, um mich zu warnen, dass sie ins Bad kommt.

Ich beeile mich, meinen Schlafanzug auszuziehen, und streife mir das Kleid über meinen Kopf, binde es vorn zu, um das Schlüsselloch-Mieder zu schließen. Es ist süß, leicht und passt sich meiner Figur an. Nicht, dass es mir etwas ausmachen würde. Ich mische nicht Geschäft und Vergnügen.

Ich fahre mir mit den Fingern durch die Haare, bevor ich die Badezimmertür öffne.

Nova sitzt an der Kante meines Bettes und strampelt mit ihren Beinen wild in der Luft. Sie summt ein Schlaflied und hört abrupt auf, als sie zu mir aufschaut.

Ertappt.

Es ist der erste Laut, den ich von ihr höre.

War es ein Lied, das ihre Mutter ihr vorgesungen hat, oder ein früheres Kindermädchen?

Ich bezweifle, dass Moreno Nova je ein Schlaflied vorgesungen hat. Er scheint nicht der Typ dafür zu sein.

„Bist du bereit, nach unten zu gehen?", frage ich sie.

Sie klettert vom Bett herunter, das ist das einzige

Zeichen, als Antwort. Nova lächelt nicht, sie nickt nicht einmal verständnisvoll. Aber ich weiß, dass sie jedes Wort versteht, was ich sage.

Vielleicht würde es ihr helfen, die Gebärdensprache zu lernen, damit sie sich verständigen kann. Obwohl ich nicht sehr viele Wörter kenne, könnten wir sie gemeinsam lernen.

Aber da sie gerade ein Schlaflied gesummt hat, werde ich das nagende Gefühl nicht los, dass da mehr ist, als Moreno mir erzählt.

Ich drehe den Griff der Schlafzimmertür und sie öffnet sich quietschend. Leone steht als Wache vor meinem Zimmer.

„Kann ich dir helfen?", fragt er.

„Ich gehe mit Nova nach unten zum Frühstück", sage ich. Ich frage ihn nicht um Erlaubnis. Es ist ihr Haus, und sie sollte sich darin frei bewegen dürfen. Außerdem ist ihr Spielzimmer unten und ich kann mir nicht vorstellen, dass wir gezwungen werden, jede Mahlzeit oben im Schlafzimmer einzunehmen.

Ich nehme an, dass Moreno mich gestern Abend verwarnt hat, weil ich versucht habe, Nova ohne Erlaubnis vom Grundstück zu bringen.

Er hatte recht. Sosehr es mich auch schmerzt, es zuzugeben, ich war erst ein paar Stunden mit ihr zusammen und hätte sie nicht in den Park entführen dürfen, ohne mit ihrem Vater zu sprechen.

„Gut, dann zeige ich dir die Küche", sagt Leone und geht auf die Treppe zu.

Nova und ich folgen ein paar Schritte hinter ihm. Sie legt ihre Hand in meine, als wir gemeinsam die Treppe hinuntergehen.

Ich werfe ihr einen kurzen Blick zu und sehe, wie ein leichtes Lächeln ihre Lippen umspielt. Das ist gut, wenigstens kommen wir gut miteinander aus,

wenn man das auch von ihrem Vater und mir sagen könnte.

Leone führt mich am Foyer vorbei in die Küche auf der gegenüberliegenden Seite des Hauses. Das Blockhaus ist riesig.

„Wie lange arbeitest du schon für Moreno?", frage ich Leone und versuche, Small Talk zu machen.

Er wirft mir einen Blick über die Schulter zu, als er die Küche betritt und das Licht anschaltet. Dort steht ein hoher Tisch aus dunklem, edlem Holz mit vier Stühlen. Die Küche ist nicht für Kinder gemacht, aber ich bin mir sicher, dass Nova dort sitzen kann, wenn ich ihr auf den Stuhl helfe.

„Du meinst Dante", korrigiert mich Leone. „Und das ist schon einige Zeit her."

Kryptisch, wie immer.

„Dante hat einen Chefkoch angestellt. Er wird in einer halben Stunde hier sein, um ein üppiges Frühstück zuzubereiten, aber ich nehme an, jemand kann es mit dem Essen nicht erwarten?", fragt Leone und blickt auf Nova hinunter.

Sie versteckt sich hinter meinen Beinen.

„Es ist schon gut, ich bin auch hungrig", sage ich. „Es macht mir nichts aus, für uns beide zu kochen."

„Nur zu, macht aber keine zu große Sauerei", sagt Leone, während er aus der Küche geht und den Eingang der Küche neben dem offenen Flur bewacht.

Ist Moreno so besorgt, dass ich mich mit seiner Tochter davonschleichen könnte, dass er mich bewachen lässt?

„Magst du Pfannkuchen?", frage ich Nova und drehe mich zu dem kleinen Mädchen um.

Sie öffnet den Mund, ihre Augen sind weit aufgerissen, als wolle sie mir etwas sagen, jedoch schließt sie die Lippen schnell wieder. Die rosafarbenen Linien ihrer Lippen sind fest verschlossen. Nova wirft einen kurzen Blick zur Tür und nickt dann kurz.

Ich öffne die Speisekammer und krame darin herum, ich freue mich über die

Pfannkuchenmischung die ich gefunden habe. Wenigstens muss ich sie nicht von Grund auf neu zubereiten. Ich schnappe mir auch eine Tüte mit Schokoladenchips.

„Was denkst du, Nova? Gehören Schokosplitter in Pfannkuchen?" Ich zeige ihr die Tüte, sie nickt und springt aufgeregt auf und ab.

„Rein", gestikuliere ich mit meiner Hand. „Oder obendrauf?"

„Was machen wir denn hier?" Moreno schlendert in die Küche und schnappt nach der Tüte mit den Schokoladenchips in meiner Hand.

„Frühstück", sage ich und spreche das Offensichtliche aus.

Er sieht nicht im Geringsten amüsiert aus. „Mit Schokolade?"

„Schon mal was von Pfannkuchen gehört?" Es ist ja nicht so, dass ich ihr einen Schokoriegel zum Frühstück gebe, aber der angewiderte Gesichtsausdruck von Moreno könnte das vermuten lassen.

Er öffnet die Vorratskammer und stellt die Schokoladenchips wieder hinein.

„Was machst du da?" Ich kann es nicht glauben, dass er denkt, er könnte mich herumkommandieren. Ja, er ist ihr Vater und weiß bestimmt, was das Beste für sie ist, aber es gibt nur heute Schokoladenpfannkuchen. Das sollte keine große Sache sein.

„Nova isst keine Schokolade zum Frühstück." Er reißt den Kühlschrank auf und holt ein Glas Blaubeeren heraus. „Gib die zum Anrühren des Teigs dazu."

Ich schaue zu Nova, die mich mit großen Augen anschaut und den Kopf zur Seite neigt. Ich möchte schwören, sie will mir sagen, dass ich mit ihrem Vater darum kämpfen soll, dass sie Schokolade bekommt, aber ich möchte nicht noch mehr Ärger bekommen.

„Toll", murmele ich mit einem falschen Lächeln vor mich hin. Das ist alles, was ich anbringen kann. „Wo sind die Rührschüsseln?" Ich weiß nicht, wo in der riesigen Küche etwas ist, obwohl die Speisekammer offensichtlich war, gibt es Dutzende Schränke. Die Schüsseln könnten überall sein.

Moreno bückt sich, öffnet den Schrank neben dem Kühlschrank und holt eine Metallschüssel heraus, in der ich die Zutaten mischen kann. „Das Besteck ist in dieser Schublade." Er zeigt auf die Schublade über den Schüsseln. „Und der Pfannenwender und der Schneebesen sind hier drüben."

„Danke."

Er öffnet die Schublade und reicht mir einen Schneebesen, bevor er sich an den Tresen lehnt und die Arme vor der Brust verschränkt.

„Soll ich dir auch ein Frühstück machen?," frage ich ihn. Ich bin mir nicht sicher, warum er mich anstarrt, das ist nervenaufreibend.

„Das ist nicht nötig. Chefkoch Savino wird gleich hier sein. Ich wollte mit dir unter vier Augen sprechen", sagt Moreno.

Moreno öffnet den Kühlschrank, um eine Karaffe mit frischem Orangensaft herauszuholen, nimmt einen Becher aus dem Schrank, um alles zu Nova an den Tisch zu bringen. Er schenkt ihr einen Becher Saft ein und streichelt ihren Kopf. „Hast du gut geschlafen?"

Ich mische die Zutaten in der Schüssel und versuche, nicht auf die Interaktion zwischen Moreno und seiner Tochter zu schauen. Ihre Schultern sind angespannt, ihr Körper ist steif.

Hat sie Angst vor ihm?

Er seufzt und kommt um den Tresen herum, um sich an den Rand zu setzen. „Ich glaube, du hast recht, zumindest teilweise." Er beeilt sich, seinen Standpunkt klarzustellen.

„Womit?"

Moreno wirft einen Blick über die Schulter auf seine Tochter. „Nova könnte einen Tag im Park benötigen. Vielleicht würde es ihr guttun, mit anderen Kindern in ihrem Alter zu spielen. Luca ist ein süßes Kind, aber er ist schon ein wenig n älter."

Ich kann mir ein Grinsen nicht verkneifen. „Das ist gut, sie könnte ein paar Freunde finden ", sage ich. Ich habe das Gefühl, dass sie normalerweise mit niemandem außer Luca spielt.

„Vielleicht", sagt Moreno, „aber du musst Leone mitnehmen."

„Was? Warum?" Ist er verrückt? Leone wird jeden im Park abschrecken, hauptsächlich die Freunde, die Nova vielleicht finden könnte.

„Als Geschäftsmann ist meine Familie ein leichtes Ziel. Ich kann nicht riskieren, dass Nova etwas zustößt. Das verstehst du doch, oder?" fragt Moreno.

Ich verstehe es nicht, aber ich lächle und nicke. „Ja, sicher." Na gut, wenn er möchte, dass uns ein Wachmann begleitet.

„Leone wird euch beide in den Park fahren und an jeden anderen Ort, den ihr für lehrreich haltet", sagt Moreno. „Ich möchte, dass meine Tochter eine vielseitige Erziehung genießt, bevor sie zur Schule geht.

Ich lasse den Löffel in die Rührschüssel fallen und trete näher an Moreno heran. Irgendetwas fühlt sich merkwürdig an. Als würde er sich sehr anstrengen.

„Was ist hier los?" Ich schaue in sein finsteres Gesicht und traue mich nicht, den Blick abzuwenden. Wenn ich mich um seine Tochter kümmern soll, muss er mir die Wahrheit sagen. Ich kann nicht blind in irgendetwas hineinrennen und riskieren, dass ihr etwas zustößt.

Moreno räuspert sich und rückt von mir ab. „Nichts, worüber du dir Sorgen machen müsstest, Nanny."

Ich fluche leise vor mich hin. „Ich heiße Paige", korrigiere ich ihn. „Es sei denn, du möchtest, dass ich dich Novas Vater oder Geschäftsmann nenne?"

Sein Kiefer ist angespannt und er schiebt seine Hände in die Hosentaschen. Er ist bereits für den Tag gekleidet, Anzug und Krawatte. „Ich verstehe."

Als er nichts weiter sagt, gehe ich wieder an die Rührschüssel zurück. Ich werfe eine Handvoll Blaubeeren hinein. „Sagst du mir, warum du plötzlich deine Meinung geändert hast?"

Er starrt mich ausdruckslos an, als ob er keine Ahnung hätte, wovon ich rede.

„Du hast mir erlaubt, Nova mit in den Park zu

nehmen. Gestern warst du noch hundertprozentig dagegen. Heute lässt du uns mit einer Anstandsdame so ziemlich überall hingehen, wo wir wollen." Es ist schwer, den plötzlichen Wandel seines Verhaltens nicht seltsam zu finden.

Er räuspert sich, wendet seinen Blick ab und konzentriert sich auf den Boden, neben mir. „Ich habe für Nova am Freitag einen Termin bei einem Arzt gemacht. Ich versuche nur, den Dingen zuvorzukommen."

Arzt?

Moreno schnappt sich eine Bratpfanne aus einem anderen Schrank, greift nach dem Öl und gibt es mir in die Hand.

Vielleicht will er damit nur ablenken, aber ich bin dankbar für seine Hilfe.

„Ist alles in Ordnung? Wenn sie gesundheitliche Probleme hat, Moreno, muss ich auf dem Laufenden gehalten, und über Allergien und andere Dinge informiert werden, die sie betreffen wenn wir zusammen sind."

„Solch ein Arzt ist das nicht", sagt er mit leiser Stimme nur zwischen uns beiden.

Ich bin mir nicht sicher, worauf er eigentlich hinaus will.

„Mir wurde ein Kinderpsychologe empfohlen

und ich dachte, es wäre gut, jemanden zu haben, mit dem sie reden kann." Moreno zuckt bei seiner Wortwahl zusammen.

„Oh. Okay. Das ist gut", sage ich und versuche, ihm meine Unterstützung anzubieten.

„Sie wird sicher vorschlagen, dass wir versuchen, Freunde zu finden, damit sie sich mit anderen Kindern in ihrem Alter beschäftigt und so weiter. Ich kann dich auch mit ihr in den Park gehen lassen."

Ich atme erleichtert auf. „Danke."

Moreno schiebt seine Füße nach vorn und drängt sich an mir vorbei, das Gespräch ist für ihn erledigt. „Nova mag ihre Pfannkuchen lieber als Silberdollar."

„Danke."

Ohne ein weiteres Wort verlässt er die Küche.

Ich schalte den Herd aus und bringe den Teig herüber. „Silberdollar", halte ich einen Finger hoch, „oder Mickey Maus Pfannkuchen?", frage ich Nova und halte einen zweiten Finger hoch.

Sie hält zwei Finger hoch und legt dann ihre Hände an ihren Kopf, um Mickey-Ohren zu machen.

„Willst du Schokoladenstückchen obendrauf?", frage ich Nova und kenne die Antwort schon.

Moreno ist nicht da. Was er nicht weiß, macht ihn nicht heiß.

Novas Augen leuchten auf. Mit einem breiten Grinsen zeigt sie auf den Schrank, in den ihr Vater die Schokoladenchips gelegt hat.

Außerdem ist es ja nicht so, als würde sie ihm etwas verraten.

9

PAIGE

NACH DEM FRÜHSTÜCK bringt Leone Nova und mich mit dem Bus zum Park. Es ist ein ganzes Stück von dem malerischen Haus und der herrlichen Landschaft entfernt.

Obwohl wir nicht in der Nähe einer großen Stadt sind, gibt es auf der anderen Straßenseite einen Park, einen Spielplatz und ein paar Geschäfte. Wir sind so nah an der Innenstadt, wie es in Breckenridge nur geht.

Ich setze mich auf eine leere Holzbank und beobachte Nova genau, während sie zum Sandkasten läuft.

„Du musst mich nicht beschatten", sage ich zu Leone. Er steht genau hinter mir. Ich kann seine

Anwesenheit spüren, und das nicht nur, weil er die Sonne abhält.

Ich mag das Sonnenlicht, die warme Luft und die Tatsache, dass es Sommer ist. Das schöne Wetter wird nicht mehr lange anhalten.

Der Winter in Breckenridge ist brutal. Ich freue mich nicht im Geringsten darauf, auch wenn der Gedanke, mit Nova Schlitten zu fahren, sehr verlockend ist.

„Ich soll dafür sorgen, dass Nova in Sicherheit ist."

Ich werfe einen Blick über die Schulter auf den Wachmann im schwarzen Anzug. „Du fällst auf. Geh da rüber." Ich deute mit der Hand auf die gegenüberliegende Seite des Parks.

„Warum?", fragt Leone. Er holt eine Sonnenbrille aus seiner Brusttasche. Als ob ihn das unauffällig aussehen lassen würde.

Jetzt sieht er einfach wie ein Spinner im Park aus.

„Ich würde gerne andere Kindermädchen oder Mütter kennenlernen, damit Nova ein paar Freunde finden kann. Wenn du dich hier herumtreibst, wird niemand hierherkommen."

Wahrscheinlich hängt er über meiner Schulter,

damit die Mütter nicht die Polizei rufen und einen Perversen melden, der ihre Kinder beobachtet.

Ich kann es ihnen nicht verdenken. Ich wäre die Erste, die anrufen würde.

Wenn ich ihn von mir weg bekomme, kann ich vielleicht sogar eine anonyme Anzeige aufgeben.

Es ist schrecklich, aber ich habe genug von einer Anstandsdame. Ich fühle mich nicht zu ihm hingezogen, also gibt es auch keine Bodyguard-Fantasien.

Moreno sieht eher aus wie ein Bodyguard und Beschützer als Leone.

Vielleicht sind es die Tattoos, die Moreno den Eindruck eines bösen Jungen vermitteln.

Ich sollte mich nicht zu ihm hingezogen fühlen, aber ich tue es.

Leone geht um die Bank herum, verschränkt die Arme vor der Brust, und stellt sich in die Nähe des Parkeingangs.

Gut. Wenigstens habe ich ein paar Minuten für mich.

Nova steht aus dem Sandkasten auf und eilt die Treppe zur Rutsche hinauf. Sie sieht nicht im Geringsten ängstlich aus. Wenn sie spielt, scheint sie völlig unbekümmert zu sein.

So sollte es auch sein.

Immer.

„Ist dieser Platz frei?"

„Bitte", sage ich und deute mit einer Geste auf den leeren Platz neben mir auf der Bank.

Ihre beiden Mädchen rennen zu den Schaukeln. Sie sind ein wenig älter als Nova, aber immer noch im Grundschulalter. Zumindest wären sie das, wenn nicht gerade Sommerferien sind.

Luca hat das Glück, unter der Woche an einem Sommercamp teilzunehmen, was ihn aus dem Haus und mit anderen Kindern in seinem Alter zusammen bringt.

„Ich bin Paige", sage ich und stelle mich der Brünetten neben mir vor.

„Freut mich, dich kennenzulernen, Paige. Ich bin Ariella, und das ist Olivia", sagt sie und deutet auf die jüngere ihrer beiden Töchter, „und Izzie. Lass mich raten. Du bist das neue Kindermädchen der Familie Ricci."

War es so offensichtlich? „Woher wusstest du das?"

„Der Bodyguard ist ein eindeutiges Indiz", sagt Ariella und lacht. „Ich meine, ich kann das verstehen. Du solltest jemanden haben, der euch beschützt, besonders nachdem, was mit ihrer Mutter passiert ist."

Mein Mund fühlt sich trocken an, obwohl ich Ariella ansehen möchte, kann ich meinen Blick nicht von Nova abwenden. Die Nachmittagssonne brennt heiß und der Schweiß rinnt mir über die Stirn. „Was meinst du?" Ich stottere.

Moreno hatte Novas Mutter mit keinem Wort erwähnt und ich wollte nicht neugierig sein. Es ging mich auch nichts an.

„Scheiße", murmelt Ariella leise vor sich hin. „Ich wollte dich nicht beunruhigen. Ich bin mir sicher, dass es dir und Nova gut gehen wird."

„Du kennst Nova?" Ich werfe einen Blick zur Seite auf Ariella. Sie beißt sich auf die Unterlippe und sieht nicht im Geringsten erfreut aus, dass sie den Mund aufgemacht hat.

Nun, jetzt kann sie ihn nicht mehr so einfach schließen.

„Was ist mit ihrer Mutter passiert?", frage ich. „Moreno hat sie nicht einmal erwähnt."

Ariella wirft einen Blick auf Leone und dann wieder auf den Spielplatz. „Das kann ich nicht mit Sicherheit sagen. Sie ist verschwunden und wurde tot im Fluss gefunden. Ich würde ja nichts sagen, aber du solltest wissen, auf was du dich da einlässt, und wer die Familie Ricci ist. Nova ist ein süßes Mädchen, aber ich habe das Gefühl, dass sie jemanden braucht, der sich um sie kümmert."

Moreno ist ein Geschäftsmann. Oder? Tragischerweise verstarb seine Frau, aber das änderte nichts an der Tatsache, dass er jemanden braucht, der sich um seine Tochter kümmert. „Deshalb hat Moreno mich eingestellt."

„Natürlich", sagt Ariella.

Leone nimmt seine Sonnenbrille ab und schlendert zu uns herüber.

„Hör zu, ich gebe dir meine Nummer. Wenn du etwas brauchst, ruf an, oder schreib eine SMS, egal zu welcher Tages- oder Nachtzeit."

„Das ist sehr freundlich von dir", sage ich.

Sie holt einen Zettel aus ihrer Handtasche und kritzelt ihre Nummer darauf, bevor sie ihn mir in die Hand drückt. „Nova ist ein gutes Kind, sie hat etwas viel Besseres verdient, als was man ihr jetzt zugesteht. Früher hat sie immer über Schmetterlinge und Feen gejammert. So süß, wie es geht."

Nova hat nicht gesprochen.

Zumindest hatte ihr Vater das gesagt.

Warum hat Moreno gelogen?

Ariella hat keinen Grund, mich anzulügen und die Tatsache, dass sie ein Schlaflied gesummt hat, zeigt, dass etwas nicht stimmt.

Was war passiert, dass Nova sich weigerte zu sprechen?

10

MORENO

„BOSS", unterbricht Leone Dante und mich, als wir über unsere letzte Waffenlieferung sprechen.

Die Ware war wieder verspätet und ich habe den Verdacht, dass die DeLucas sich einmischen, aber ich habe noch keine Beweise dafür.

„Komm rein." Dante winkt ihn in sein Büro.

Ich sitze Dante gegenüber, der hinter seinen Schreibtisch sitzt.

„Was können wir für dich tun?", fragt Dante. „Ist heute alles gut gelaufen mit dem neuen Kindermädchen?"

„Ich wollte mit Moreno darüber sprechen, was im Park passiert ist." Leone kommt einen Schritt weiter ins Büro und schließt die Tür hinter sich. Der

Raum ist schalldicht und bietet absolute Privatsphäre.

Ich schlucke den Kloß in meinem Hals hinunter. „Hatte Nova ein Problem mit einem der anderen Kinder?" Sie hat noch nicht viele Kinder kennengelernt. Wenn ich Luca nicht mitzähle, war sie seit dem Vorfall nicht mehr mit anderer Kinder zusammen.

„Es war nicht Nova", sagt Leone. „Da war eine Frau mit langen dunklen Haaren. Sie unterhielt sich ein paar Minuten mit dem Kindermädchen. Ich habe sie nicht erkannt, aber ich habe den Eindruck, dass sie wusste, wer wir sind."

„Gut", sage ich und zucke nur mit den Schultern.

Wir haben hart gearbeitet, um uns unseren Ruf zu verdienen. Als zweiter Mann nach Dante bin ich stolz auf die Familie Ricci und auf das, was wir in den letzten Jahren erreicht haben.

„Lass uns auf ihn hören", sagt Dante und schlägt vor, dass ich dem Chef die Zügel überlassen soll.

Das ist in Ordnung für mich.

Er ist der Boss.

Leone schiebt seine Hände in die Hosentaschen. „Ich habe nichts weiter zu berichten. Sie haben sich ein paar Minuten unterhalten, wahrscheinlich Nummern ausgetauscht, dann bin ich auf die beiden zugegangen, was alles das über eine Plauderei hinausging beendet hat ."

„Ich sehe das Problem nicht", sage ich und verschränke die Hände hinter dem Kopf.

Dante wirft mir einen bösen Blick zu. „Das Problem ist, dass Serene mit Nova in den Park gegangen ist. Die Mütter werden bestimmt darüber reden, warum der geschwätzige kleine Tiger plötzlich seine Stimme verloren hat."

Ich bin kein Idiot. Mir ist klar, dass das mit Paige zur Sprache kommen wird, ich hatte nur gehofft, dass es nicht gleich in der ersten Woche ihrer Anstellung passiert.

Ich wollte sie nicht in den Park gehen lassen. Dante und Nikki hatten darauf gedrängt, dass Nova einen Kinderpsychologen aufsucht, was mich ermutigte, beiden Mädchen mehr Freiheiten zu geben.

Das war ein Fehler.

Ich räuspere mich und spüre die strengen Blicke der beiden. „Ich werde schon damit fertig."

„Da bin ich mir sicher", sagt Dante amüsiert. „Darf ich dir vorschlagen, dass du dich mit ihr an einem Ort unterhältst, wo viel Platz ist und sie sich hinlegen kann?"

„Warum?" Ich verstehe nicht, worauf er mit seinem Vorschlag hinaus will.

„Sie wird sich gefangen fühlen, wenn sie den Anschlag auf unsere Familie bemerkt. Bring sie an einen sicheren, abgelegenen, aber romantischen Ort."

Ich schnaube leise vor mich hin. „Versuchst du, mich mit dem Kindermädchen zu verkuppeln?"

Dante deutet Leone an, uns in Ruhe zu lassen.

Mir wäre es lieber, wenn Leone jetzt nicht gehen würde, aber Dante ist der Boss. Was er sagt, gilt.

Ich werde das Kindermädchen nicht ficken, nur weil Dante es für richtig hält.

„Es ist fast ein Jahr her, dass deine Frau gestorben ist. Ich finde, du hast ein bisschen Glück verdient, und wenn das bedeutet, dass sie auf die Knie fällt, um dir einen zu blasen, dann sehe ich kein Problem."

„Musst du so grob sein?" Ich fahre mir mit der Hand durch die Haare, weil mir die Diskussion unangenehm ist. Ich bin nicht auf der Suche nach Sex oder nach etwas Unverbindlichem. Ich habe ein Kind.

Ich brauche eine Mutter im Moment mehr als eine Frau.

Aber ich werde das Kindermädchen nicht

heiraten oder ficken, obwohl mir der Gedanke schon durch den Kopf gegangen ist.

Wie sollte es auch anders sein? Sie ist perfekt, jede Kurve ist gut ausgeprägt, und sie trägt es mit Selbstbewusstsein, was sie noch aufreizender macht.

„Ich glaube, du wärst viel glücklicher, wenn du Sex hättest", sagt Dante und seine Lippen verziehen sich zu einem Grinsen.

Er hat nicht unrecht, aber ich kann diesen Weg mit Paige nicht einschlagen. Das ist aus verschiedenen Gründen gefährlich.

„Du wirst es nicht glauben, was Nikki und ich alles gemacht haben. Ich dachte immer, ein Kind würde die Libido bremsen, aber verdammt, jede Woche möchte sie etwas Neues ausprobieren."

„Und du beschwerst dich?" Ich glaube ihm nicht. Er strahlt jedes Mal, wenn Nikki den Raum betritt.

„Nein", sagt er und lacht. „Ich bin einfach nur glücklich und ich möchte, dass du auch glücklich bist. Du musst das Kindermädchen nicht flachlegen. Es gibt genug andere heiße Bräute in der Bar."

„Ich gehe nicht in eine Bar oder einen Club." Ich bin zu alt, um Ärschen hinterherzujagen, selbst wenn Dante der Besitzer des Clubs ist. Das ist nicht mein Stil. Ich trinke nicht gerne und fühle mich fehl am Platz, wenn alle anderen sich besaufen.

„Stimmt. Die Mafia, wer hätte das gedacht?"
stichelt Dante.

Ich möchte ihm eine reinhauen, aber nur, weil
wir eine Familie sind. Ich liebe den Kerl und hasse
ihn gleichzeitig.

Familie.

––––––––

Ich löse meine Krawatte und gehe hoch in mein
Schlafzimmer, aber nicht ohne vorher an Paiges
Schlafzimmer vorbeizugehen. Es ist schon spät. Die
Tür ist geschlossen und Leone steht Wache.

„Schläfst du denn nie?", scherze ich mit ihm.

Er sieht furchtbar aus. Ich kann mir nicht
vorstellen, dass sie ihm das Leben leicht macht.

„Dante lässt mich übernehmen, bis Rhys
zurückkommt."

„Du Glücklicher. Gibt es Probleme?" Ich erwarte
keine, aber Leone wird mich nicht anlügen,
während ich mir nicht sicher bin, ob Paige mir die
Wahrheit über Novas Verhalten sagen würde.

Leone rollt mit den Augen. „Leise wie eine Maus.
Hattest du etwas anderes erwartet, Moreno?"

Ich schaue auf meine Uhr. Es ist schon lange
überfällig, das Nova im Bett sein sollte. Ich gehe an

Paiges Schlafzimmer vorbei und mache leise die Klinke zu Novas Zimmer auf. Die Tür öffnet sich ohne ein Quietschen.

Neben dem Bett steht ein Nachtlicht, das einen warmen Schein auf Novas schlafende Gesichtszüge wirft. Auf Zehenspitzen schleiche ich mich in ihr Zimmer, richte die Decke, die halb von der Matratze herunterhängt, und beuge mich hinunter, um sie auf die Wange zu küssen.

Sie rührt sich nicht. Nova schläft tief und fest.

Die Tür des angrenzenden Schlafzimmers steht weit offen und ich schleiche durch das Schlafzimmer in Richtung des Kinderzimmers. Ihr Zimmer ist dunkel. Ich erwarte nicht, dass sie wach ist. Ich sollte wirklich nicht meinen Kopf in ihr Zimmer stecken, aber ich kann mich nicht zurückhalten.

Ein Blick, und sie starrt mich mit diesen immergrünen Augen an.

Ertappt.

Sie hat einen eBook-Reader in der Hand, das sanfte Leuchten erhellt ihre Züge und sie legt das Tablet auf das Bett.

„Sir?" Paige setzt sich im Bett auf und zieht die Decke um sich herum hoch.

Ich räuspere mich. Ich hatte nicht erwartet, dass

sie wach ist. Das Licht im Schlafzimmer war aus, aber das war wahrscheinlich, um Nova beim einschlafen zu helfen und sie nicht zu stören.

Ich sollte mich vom Eingang ihres Schlafzimmers zurückziehen, aber meine Füße verraten mich. Vorsichtig schließe ich die Nebentür, während ich näher an ihr Bett trete und wir beide ganz allein sind.

„Ich wollte fragen, wie es Nova ergangen ist. Ihr beide wart heute Nachmittag im Park." Wir sollten dieses Gespräch am Morgen führen oder wenn wir beide angezogen sind. Nicht, wenn Paige bettfertig ist.

Es scheint sie nicht zu stören. Oder wenn doch, dann ist sie höflich genug, die Tatsache, dass ich unangemeldet gekommen bin, nicht anzusprechen. Es ist ihre einzige freie Zeit und ich bin der Mistkerl, der sie ihr stiehlt.

Paige greift nach der Nachttischlampe und legt den Schalter um. Sie blinzelt einen Moment in das helle Licht.

Das tun wir beide.

Ich hocke mich an den Rand der Matratze. Ich frage sie nicht, ob ich mich setzen darf.

Sie hat das Licht angemacht, um zu zeigen, dass

sie bereit ist, mit mir zu reden. Das ist die einzige Ermutigung, die ich brauche.

„Fragst du, weil du wissen willst, wie es deiner Tochter geht, oder geht es um das Mädchen, das ich im Park getroffen habe?"

11

PAIGE

ICH HÄTTE WAHRSCHEINLICH NICHT ERWÄHNEN SOLLEN, dass ich Ariella im Park getroffen habe, aber ich bin mir sicher, dass Moreno bereits weiß, dass wir uns getroffen haben. Lässt er uns deshalb von seinen Männern beschatten?

Es gibt keinen Moment der Privatsphäre innerhalb oder außerhalb dieser vier Wände.

Seine Augen verdichten sich und ich ziehe die Decke fester um mich. Mein Nachthemd ist zu dünn für seine hitzigen Blicke. Ich hätte eine Jogginghose anziehen sollen, etwas weniger Aufreizendes und Freizügiges.

„Machst du es dir zur Gewohnheit, alle deine Kindermädchen spät in der Nacht zu besuchen, indem du dich in ihr Schlafzimmer schleichst?"

Bei meinen Worten überkommt ihn eine dunkle Vorahnung. Habe ich einen Nerv getroffen?

„Ich war meiner Frau immer treu", brüllt Moreno. Seine Worte treffen mich wie ein Schlag ins Gesicht, und er steht auf.

Ich habe ihn beleidigt.

Er hätte wahrscheinlich nicht unangemeldet in mein Schlafzimmer kommen sollen.

Er muss noch ein bisschen Respekt lernen. Nur weil ich für ihn arbeite, heißt das noch lange nicht, dass ich ihm gehöre. Er kann nicht einfach ohne Erlaubnis in mein Schlafzimmer kommen.

„Tut mir leid", entschuldige ich mich. „Aber können wir dieses Gespräch nicht morgen führen?" Ich schaue auf die Uhr. Es ist kurz nach neun Uhr. So spät ist es eigentlich nicht. Ich gehe früh ins Bett, denn Nova zu unterhalten ist anstrengend.

Nicht, dass ich das Moreno gegenüber zugeben möchte.

„Nein." Sein Ton ist schroff. „Zieh dich an und wir treffen uns unten."

Moreno steht wortlos auf und verlässt mein Zimmer durch die Eingangstür.

Was zum Teufel ist gerade passiert?

Ich bleibe ein paar Sekunden sitzen und starre auf die Tür, bevor ich aus dem Bett aufstehe und seiner Aufforderung nachkomme. Warum muss ich mich anziehen?

Ich grummele vor mich hin und schnappe mir eine Jogginghose und ein T-Shirt.

Wir gehen doch nirgendwo hin, oder?

Ich eile ins Bad, ziehe mich an und verlasse dann leise das Schlafzimmer.

Ich bin überrascht - und erleichtert - dass keine Wache vor der Tür steht. Vielleicht fängt Moreno an, mir zu vertrauen. Ich beaufsichtige seine Tochter.

Ich gehe den Flur hinunter und er wartet am Ende des Treppenhauses auf mich.

„Du hast lange genug gebraucht." Moreno zieht die Stirn in Falten. „Dieses Outfit ist nicht gut genug. Geh zurück und zieh dir etwas an, was du auch außerhalb des Hauses tragen kannst."

Ich schaue auf meine bequeme Kleidung hinunter. „Das würde ich draußen tragen", murmle ich vor mich hin. Es ist nicht gerade modisch oder hübsch, aber muss es das sein?

Er trägt immer noch seinen mitternachtsschwarzen Anzug, den er heute Morgen getragen hat, Anzug, Krawatte und Hemd.

Ich bin kurz davor, mich wie seine Tochter aufzuführen und einen Wutanfall zu bekommen, aber stattdessen atme ich schwer aus.

„Gut." Ich gehe zurück ins Schlafzimmer und schließe die Tür.

Außer meinem Kostüm für das Vorstellungsgespräch habe ich nichts Schickes dabei, das werde ich aber nicht anziehen, bei dem was er vorhat.

Ich höre Schritte, Moreno muss die Treppe hochkommen.

Will er mir helfen, etwas auszusuchen?

Und warum?

Ich schnappe mir einen schwarzen knielangen Rock und eine dunkelrote Bluse. Ich weiß nicht, was die ganze Aufregung soll. Moreno hat sich einen Stock in den Hintern geschoben.

Ich kichere und ziehe mich mit einem verschmitzten Lächeln im Bad schnell um. Als ich die Schlafzimmertür öffne, steht Moreno auf der gegenüberliegenden Seite und mustert mich von oben bis unten.

Es ist ganz offensichtlich, dass er findet das ich gut aussehe.

Sein Blick auf meinen Körper bringt eine verbotene Hitze auf meine Wangen.

„Wohin gehen wir?", frage ich und schließe die Tür hinter mir.

Er führt mich die Treppe hinunter ins Foyer, wo

ich meine Schuhe anziehe. Er schnappt sich die Schlüssel zu seinem Auto.

„Ich dachte, du könntest einen Abend auswärts gebrauchen, und es ist eine Gelegenheit für uns, einander kennenzulernen. Oder hast du schon andere Pläne?"

Ich lache leise, während ich in meine schwarzen Schuhe schlüpfe. „Du meinst, außer vor dem Schlafengehen zu lesen?" Ich mag meine nächtliche Routine, aber auszugehen ist auch keine schlechte Entscheidung. Ich möchte mehr über Novas Mutter erfahren, und wer könnte das besser erzählen als Moreno?

Er öffnet die Haustür und führt mich nach draußen zu seinem schicken Sportwagen.

„Netter Schlitten", sage ich. Neulich bin ich seinem Geländewagen bis zum Haus gefolgt. „Du hast mehr als ein Auto?"

Moreno drückt auf die Knöpfe, um die Beifahrertür zu entriegeln und öffnet sie für mich. „Das ist das Auto des Chefs, aber ich leihe es mir bei jeder Gelegenheit."

Wenigstens ist er ehrlich.

Moreno wartet, bis ich eingestiegen bin, bevor er die Tür hinter mir schließt.

„Danke", sage ich und schnalle mich an, während er auf die Fahrerseite eilt.

Ich fühle mich unbehaglich, als wäre das ein Date. Dabei sollte es eigentlich nichts anderes sein, als dass ein Chef und seine Angestellte miteinander ausgehen.

Ich sollte das nicht tun, Geschäft und Vergnügen vermischen, aber vielleicht interpretiere ich das Angebot mit mir auszugehen falsch?

Er ist nicht an mir interessiert.

Moreno hat nicht zu erkennen gegeben, dass er mich mag.

Er toleriert mich, aber das ist auch schon alles, was er von mir will.

Ich kümmere mich um seine Tochter und jede Freundlichkeit, die er zeigt, ist wegen Nova.

„Wohin fahren wir?" frage ich noch einmal und entspanne mich, als der Motor schnurrt. Die Tore werden bereits geöffnet, bevor wir uns nähern und auf die Straße fahren.

„Ausgehen, um etwas zu trinken. Du trinkst doch?"

„Ja", sage ich.

Das Auto hat ein Schaltgetriebe und Moreno lässt die Gänge ausrollen, während wir die Straße hinunterfahren. Mein Magen ist wie verknotet.

Die Sonne geht zeitiger im Spätsommer unter, aber der Himmel ist immer noch hell erleuchtet, dabei ist es schon weit nach neun Uhr abends. „Ich habe vergessen, wie lange es hier oben hell bleibt", sage ich.

„Ja, ich denke schon. Ich gebe ungern zu, dass ich es nicht bemerkt habe. Meistens bin ich nachts im Haus eingesperrt." Moreno wirft mir einen kurzen Blick zu, bevor er sich wieder auf die Straße konzentriert.

„Dante hält dich auf Trab?"

Sein Griff um das Lenkrad wird fester.

„Die Arbeit hält mich auf Trab", sagt Moreno.

„Du hast mir nie erzählt, womit du dein Geld verdienst." Ich bezweifle, dass er sich mir gegenüber öffnen wird, aber einen Versuch ist es wert.

Moreno rutscht in seinem Sitz. Er greift nach seiner Krawatte und zupft daran, um den Stoff etwas zu lockern. „Ist dir heiß?", fragt er und dreht die Klimaanlage auf.

Es ist ein wenig warm, aber das stört mich nicht.

Der Schweiß klebt auf seiner Stirn und ich bin mir nicht sicher, ob es an meiner Frage liegt oder an der warmen Augustluft, die das Auto durchwärmt.

„Mach es dir bequem. Es ist dein Auto", sage ich.

„Ja", sagt er und stellt das Thermostat am Fahrzeug ein.

Er hat immer noch nicht auf meine Frage geantwortet. Ich lasse es nicht auf sich beruhen. Noch nicht. „Du hast nicht gesagt, was du beruflich machst."

„Ich bin Geschäftsmann."

Kryptisch. Diese Antwort hätte ich anhand seines Anzugs erraten können. Er ist elegant und beeindruckend gekleidet. Es ist offensichtlich, dass er kein Immobilienmakler ist, und ich habe ihn noch nicht lange genug außer Haus gesehen, um ein Anwalt zu sein.

„Das ist der Code für einen Auftragskiller", scherze ich.

Moreno wirft mir einen langen Seitenblick zu.

Mist.

Er sieht nicht im Geringsten amüsiert über meine Bemerkung aus.

„Moment mal, du tötest doch nicht wirklich Leute, um deinen Lebensunterhalt zu verdienen?" Mein Magen senkt sich, als würde er gleich auf den Boden fallen.

„Ich bin kein Auftragskiller", sagt Moreno.

Ich atme erleichtert auf. „Oh, gut. Ich möchte

Nova nicht erklären müssen, womit ihr Vater sein Geld verdient."

Er legt den Gang wieder ein, während wir aus der Stadt fahren.

„Ich dachte, wir wollten etwas trinken gehen", sage ich.

„Du stellst zu viele Fragen."

Kryptisch wie immer.

Wo zum Teufel will er mit mir hin?

12

MORENO

AUFTRAGSKILLER? Hat sie gesagt, dass sie denkt, ich töte Menschen für meinen Lebensunterhalt? Ich bin müde, aber ich habe mir ihre Frage nicht eingebildet.

Das Mädchen macht Ärger.

Mist.

Ja, ich habe Menschen getötet, aber ich habe mich nicht verpflichtet, einen Spitzel zu ermorden. Das ist Teil der Verantwortung, die man als Dantes Stellvertreter hat.

Nicht, dass das hübsche, kleine Kindermädchen das wissen muss. Es ist besser, wenn sie im Ungewissen bleibt. Das ist sicherer für sie und meine Familie.

„Wohin gehen wir?", fragt Paige erneut, und dieses Mal zittert ihre Stimme.

„Ich sagte doch, wir trinken." Es ist nicht so, dass ich trinke. Ich halte mich von Alkohol fern, aber ich bin es gewohnt, Dantes Anstandswauwau zu sein. Zumindest als er noch ausgegangen ist und hübsche Mädchen aufgerissen hat. Das war, bevor er Nikki traf und sie schwängerte.

Ich werde nicht denselben Fehler machen.

Nicht, dass Dante nicht glücklich wäre, er ist wahnsinnig in das Mädchen verliebt, mit dem er geschlafen hat, aber es war wieder besseres Wissen, mit der Tochter seines Feindes zu schlafen.

Ich habe wenigstens ein bisschen Klasse.

Ich habe nicht vor, mit dem Kindermädchen zu schlafen.

Ich werfe ihr aus dem Augenwinkel einen Blick zu und richte meine Aufmerksamkeit dann wieder auf die Straße. Das Auto fühlt sich stickig an, obwohl ich meine Krawatte schon gelockert habe, kühlt das nicht genug ab.

„Bist du immer so kryptisch?", fragt Paige.

Das Zittern aus ihrer Stimme ist verschwunden. Ihre Hände liegen in ihrem Schoß. Sie sieht ruhig und gefasst aus.

Ist das nur gespielt?

Kann sie die Art von Mann, der ich bin, durchschauen?

„Das kommt davon, wenn man für Dante arbeitet", sage ich und lache leise vor mich hin. Sie weiß nichts von den Geheimnissen, die ich für mich behalten muss.

„Wie ich schon sagte, kryptisch." Sie starrt mich an, und mir wird noch wärmer unter ihrem Blick.

Heute Abend geht es darum, sie auf den heißen Stuhl zu setzen, nicht andersherum. Wie zur Hölle schafft sie es, mir einen Knoten in den Hintern zu machen?

Es muss an der einfachen Tatsache liegen, dass sie in diesem Outfit heiß aussieht.

Vielleicht hätte ich sie heute Abend eine Jogginghose und ein T-Shirt tragen lassen sollen, damit ich sie nicht in Gedanken ausziehe.

Seit dem Tod von Serene hatte ich keinen Sex mehr. Mit einer anderen Frau zu schlafen, fühlte sich falsch an, als würde ich meine Frau betrügen.

Aber sie ist tot und ich bin schon viel zu lange ein unglücklicher Bastard.

Ich will nur einmal von der süßen, verbotenen Frucht kosten.

Paige ist tabu. Sie ist das Kindermädchen meiner Tochter, das hält mich aber nicht davon ab, es zu genießen, in ihrer Nähe zu sein. Und mir vorzustellen, wie es wäre, sie zu küssen, sie zu berühren und meinen Schwanz in sie zu stecken.

„Wir sind gleich da", sage ich und biege von der Hauptstraße auf den Parkplatz eines Nachtclubs ein. Es ist ruhig für Mitte der Woche, ohne viele Gäste.

Perfekt.

Dante besitzt eine ganze Reihe von Clubs und Bars in Breckenridge und außerhalb der Stadt. Ich habe mich für die schwer zugängliche und stilvollere Location Spring Valley entschieden. Paige scheint mir ein Mädchen zu sein, das sich gerne bewirten lässt.

Ich fahre vor, parke den Wagen und übergebe die Schlüssel an den diensthabenden Angestellten. „Sir, schön, Sie wiederzusehen."

Ich gebe ihm die Schlüssel und einen Zwanziger, und der junge Mann gibt mir ein Ticket für den Parkservice. Nicht, dass ich das bräuchte. Jeder, der hier arbeitet, weiß, wer ich bin. Obwohl Dante der Besitzer des Clubs ist, habe ich geholfen, ihn zu leiten, die Einstellungen vorzunehmen und mich um die Probleme zu kümmern, die gelegentlich auftreten.

Paige zieht neugierig eine Augenbraue hoch und lehnt sich an mich. Ihr Körper schmiegt sich an meinen, während sie mir ins Ohr flüstert: „Ich kann nicht glauben, dass du sie dein Auto parken lässt.

„Dantes Auto", korrigiere ich sie mit einem verschmitzten Grinsen.

„Sir", nickt der Türsteher und öffnet uns die Tür.

Ich lege meinen Arm um Paiges Taille und führe sie an dem Türsteher vorbei hinein. Wenn er sie auch nur schief ansieht, ist er tot.

Der Türsteher fragt uns nicht nach unseren Ausweisen. Wir sehen weit über einundzwanzig aus und er wird mich auch nicht belästigen, wenn er seinen wertvollen Job behalten will.

Ihr Blick schweift über das Innere des Clubs. Die pulsierende Musik hallt von den Wänden wider, als ich sie in die VIP-Lounge führe.

„Schick", sagt sie, als ich den Vorhang aus cranberryfarbenen Samt zurückschiebe.

Ich schiebe den Vorhang zurück, damit wir nicht versteckt sind. Heute Abend sind nicht viele Gäste da, und ich habe sie nicht hierhergebracht, um sie zu ficken. Wenn ich das gewollt hätte, könnten wir das auch in ihrem Schlafzimmer tun.

Es gibt ein langes Sofa und einen Glastisch, der unten auf dem Boden steht. Ich setze mich hin und Paige setzt sich neben mich, lässt aber viel Platz zwischen uns.

Ich hätte sie zuerst hinsetzen lassen sollen, damit ich näher heranrücken kann. Ich werde diesen Fehler korrigieren, bevor die Nacht zu Ende ist.

Oder nachdem sie ihren ersten Drink getrunken hat.

Die neueste Mitarbeiterin, Ashlee, die kaum wie einundzwanzig aussieht, schlendert auf uns zu. „Kann ich euch beiden etwas zu trinken bringen?"

„Long Island Iced Tea", sagt Paige.

„Ich nehme das Übliche", sage ich.

Ashlee nickt kurz, lächelt während sie aus der VIP-Lounge eilt. Sie ist klein, blond und süß, aber nicht mein Typ. Ashlee ist zu jung. Ich bevorzuge eine Frau mit mehr Lebenserfahrung als eine, die gerade aus der Highschool kommt und jedem Mann gefallen will, den sie in die Finger bekommt.

Ich drehe mich auf dem Sofa zu Paige um und stütze meinen Arm auf die Lehne des Sofas. Ich könnte leicht ihren Hals streicheln, wenn ich meine Finger wandern ließe, aber ich tue es nicht.

Nicht jetzt.

Es ist verlockend, aber sie gehört mir nicht.

Zumindest jetzt noch nicht.

Ich will sie zu meiner machen und hören, wie sie darum bettelt, dass ich ihr Freude bereite.

„Lass uns reden", sage ich, während ich in Paiges

faszinierenden Blick starre. „Du hast im Park eine Mutter getroffen."

Sie soll denken, dass ich versuche, Small Talk zuhalten.

Ashlee kommt schnell mit unseren Getränken zurück und stellt sie auf dem Glastisch ab. Ich beuge mich vor, um meine Cola zunehmen , und rücke dabei näher an Paige heran.

„Hast du mich deshalb hergebracht? Um mich aufzumuntern, damit ich mit dir über Ariella rede?" Sie greift nach ihrem Getränk und führt das Glas an ihre Lippen.

Ich verziehe das Gesicht zu einem Grinsen. „Du hast mich durchschaut."

Was ich wissen will, ist, was diese Göre Ariella Paige über meine Familie erzählt hat.

Ich lasse mir nicht anmerken, dass ich vorhabe, völlig nüchtern zu bleiben, obwohl ich nicht vorhabe, sie körperlich auszunutzen, werde ich sie dazu bringen, mir alles zu erzählen.

„Ja, das war gar nicht so schwer", sagt Paige. Sie nippt an ihrem Drink, bevor sie das Glas wieder auf den Tisch stellt. „Und ja, ich habe eine Mutter auf dem Spielplatz getroffen. Das ist keine Überraschung. Trotzdem habe ich ein paar Fragen an dich."

„Ich hätte nichts anderes erwartet", sage ich. Wie viel hat sie Paige über die Familie Ricci erzählt?

Ich weiß nicht viel über Ariella, aber ich weiß ganz genau, dass sie mit einem dieser Eagle Tactical verheiratet ist, der mir auf die Nerven geht.

Das bedeutet, dass Paiges neue Freundin zu ihrer eigenen Sicherheit vom Gelände ferngehalten werden muss. Ich würde es hassen, eine unschuldige Freundschaft mit einer Kugel zu ruinieren.

13

PAIGE

MEIN LONG ISLAND ICED TEA ist süß und scharf zugleich. Der Laden verwässert seinen Alkohol nicht.

Ich lasse meine Schuhe von den Füßen gleiten, schiebe meine Beine auf das Plüschsofa und drehe mich zu Moreno um.

Er wird das Treffen zwischen Ariella und mir nicht auf sich beruhen lassen. Wenn es nach mir geht ist sein dämlicher Bodyguard eine Ratte.

„Keiner hat etwas über Novas Mutter gesagt." Ich versuche, vorsichtig mit einem heiklen Thema umzugehen. Ich will nicht, dass Moreno erfährt, dass ich etwas aus meinem Gespräch mit Ariella erfahren habe. „Wo ist sie?", frage ich. Meine Stimme ist sanft.

„Ich weiß nicht, was dich das angeht."

Ich greife nach meinem Getränk, weil ich einen leichten Rausch verspüre, der mir hilft, mich zu entspannen. Moreno ist herrisch und ich kann mir vorstellen, dass er nicht nur bei mir ein mürrischer Chef ist.

Ist er auch im Bett mürrisch?

„Ich kümmere mich um Nova. Es würde mir helfen, mich in sie hineinzuversetzen und ihre Situation besser zu verstehen, wenn ich die ganze Geschichte kennen würde."

Er muss zugeben, dass ich nicht falsch liege. Wenn seine Tochter früher gesprochen hat, würde er nicht wollen, dass sie wieder spricht? Welche Eltern würden nicht das Beste für ihr Kind wollen?

Wenn ich ihn zu sehr dränge, wird er zurückweichen oder mich sogar feuern.

„Ihre Mutter ist nicht auf dem Bild."

„Ohne Scheiß", murmele ich vor mich hin.

Morenos Blick ist finster und lässt mir einen Schauer über den Rücken laufen.

„Wie bitte?", brüllt er.

Mein Mund fühlt sich wie Sandpapier an und ich greife nach meinem Glas, um einen weiteren Schluck zu trinken - etwas, das meine ausgetrocknete Kehle beruhigt.

„Meine Frau Serene wurde ermordet, aber ich nehme an, das hast du schon von deiner kleinen Freundin erfahren."

Ich trinke den Rest meines Getränks aus und stelle das leere Glas auf den Tisch. „Es tut mir leid."

„Tut es dir leid, weil ich das Gefühl habe, dass du noch zwanzig weitere Fragen hast, die zu dieser Frage passen?"

Er hat nicht unrecht, aber jetzt fühle ich mich wie ein Stück Scheiße, wenn ich ihn nach seiner toten Frau frage, was passiert ist und so tue, als hätte ich die ganze Zeit nichts davon gewusst. „Es tut mir wirklich leid. Ich wollte dich nicht verärgern."

Ich greife nach seinem Arm und lege meine Hand auf sein Jackett. Ich fühle mich nackt in meiner Bluse und meinem Rock im Vergleich zu den vielen Schichten, die Moreno trägt.

Er zieht die Stirn in Falten und kneift die Lippen zusammen. „Ich habe Serene geliebt. Ich liebe sie immer noch, aber sie ist nicht mehr hier, und wir müssen uns mit dem begnügen, was wir bekommen haben."

Moreno greift nach seinem Drink, steht auf, nimmt ihn mit und lässt mich zurück, während er in Richtung Bar schlendert.

Mist.

Ich wollte ihn nicht beleidigen. Ich rutsche vom Sofa herunter und greife nach meinem Glas. Ich trete aus der VIP-Kabine und gehe hinunter zum Hauptgeschoss, wo sich die Bar befindet.

Moreno lehnt sich nach vorn, die Hände auf der Bar verschränkt, während er mit Ashlee spricht. Ich kann mir nur vorstellen, worüber sie reden. Am liebsten würde ich in die andere Richtung laufen.

Soll ich ihm Platz machen?

Alles in mir schreit danach, mich wieder hinzusetzen.

Aber meine Beine verraten mich, als ich einen Schritt nach vorn mache, einen Fuß vor den anderen.

Ich muss etwas tun. Ich weiß nur nicht genau, was.

Moreno ist mein Chef. Wenn ich das nicht in Ordnung bringe, bin ich aufgeschmissen. Es ist nicht so, dass ich nach meiner Schicht nach Hause gehen, mich entspannen und der Arbeit entfliehen kann.

Ich lebe mit diesem Mann zusammen, obwohl wir kein gemeinsames Schlafzimmer haben, leben wir unter einem Dach.

Das ist ziemlich kompliziert.

Ich trete absichtlich etwas lauter auf , als ich mich ihm nähere. Meine Absätze klappern über die

Holzdielen, aber die Musik ist zu laut, als dass er es merken würde.

„Ich habe dich noch nie Whiskey bestellen sehen", sagt Ashlee, während sie ihm ein neues Glas einschenkt. „Verdammt, ich habe noch nie gesehen, dass du Alkohol bestellt hast."

Ashlees Augen weiten sich und sie geht zur Seite, um uns Privatsphäre zu geben.

Ich weiß nicht, ob ich mich bei ihr bedanke, oder ob sie wiedernäher kommen soll, damit es zwischen uns zivilisiert bleibt.

„Können wir über Nova reden?" Meine Stimme ist weich, sanft und nicht bedrohlich. Ich möchte nicht mit ihm streiten. Ich habe das Gefühl, dass er eine tickende Zeitbombe ist und jeden Moment explodieren kann.

Sein Schweigen macht mir mehr Angst als alles andere.

Er kippt seinen Drink hinunter und winkt den Barkeeper heran. „Lass die Flasche einfach stehen."

Ashlee schnappt sich den hochprozentigen Whiskey und stellt ihn auf den Tresen, bevor sie außer Sicht- und Hörweite ist.

„Was willst du wissen?", fragt Moreno, aber seine Frage klingt eher wie eine Anschuldigung und ich habe den leisen Verdacht, dass es nicht gut ausgeht, wenn ich frage, was ich unbedingt wissen möchte.

„Mir ist aufgefallen, dass sie keine Freunde hat."

Er verzichtet auf ein Glas für den zweiten Whiskey und führt stattdessen die Flasche an seine Lippen. „Sie hat Luca."

„Er ist fast sechs", erinnere ich ihn. „Sie braucht Freunde in ihrem Alter."

Er dreht sich schnell zu mir um und ich spüre, wie mich seine Nähe mit Wärme durchflutet. Doch dabei bleibt es nicht.

Nein, er kommt noch näher und zwingt mich, einen kleinen Schritt zurückzutreten, nur um mich an der Hüfte zu packen und zwischen ihm und der Theke einzuklemmen.

Ich atme scharf ein.

„Ich habe dich mit ihr in den Park gehen lassen." Es liegt keine Freundlichkeit in seinen Worten und kein bisschen Wärme in seinen dunklen, strengen Augen, die auf mich herabschauen.

Ich stoße ihn nicht weg.

Vielleicht sollte ich nach draußen gehen, um frische Luft zu schnappen. Der Gedanke schießt mir durch den Kopf, aber er ist wieder weg, als er seine Lippen auf meine legt.

Sein Atem ist heiß und feurig, mit seinen

Händen zieht er an meinen Hüften und drückt mich gegen sich. Er ist hart und fordernd, aber seine Kraft wird nur durch meine Begierde erwidert.

„Moreno", flüstere ich und bin überrascht von dem einzigen Wort, das mir über die Lippen kommt.

Was machen wir hier eigentlich?

Warum küsst er mich?

Seine Hand liegt an meinem unteren Rücken. Er zieht mich noch fester an sich und lässt mich sein Verlangen spüren, während er seine andere Hand an meinen Schenkeln hinunter unter meinen Rock schiebt.

Nein. Nein. Nein.

Er ist mein Chef.

Ich sollte das nicht mit ihm machen.

Wir sollten das nicht tun.

Ich versinke in einem Meer aus Wärme und Verlangen, während seine Finger mich durch mein Höschen hindurch kitzeln. „Jemand könnte uns sehen", hauche ich gegen seine Lippen.

Schon jetzt macht er mich atemlos.

„Willst du, dass ich aufhöre?", flüstert er mir ins Ohr und beginnt, an meinem Ohrläppchen zu saugen und zu zerren.

Fuck!

Er weiß genau, was er tun muss, damit ich zusammenbreche.

Ich habe weiche Knie, im wahrsten Sinne des Wortes, und ich weiß nicht, wie lange ich noch durchhalte. Ein Teil von mir überlegt, auf die Bar zu springen, damit er mich ficken kann, aber ich weiß, dass wir nicht allein sind.

Es ist nur eine flüchtige Fantasie. Das darf nicht passieren.

Verdammt, das sollte nicht passieren, aber es passiert, und ich halte ihn nicht auf.

Moreno zieht sich zurück und blickt auf meine Lippen hinunter.

„Warum hast du aufgehört?" Ich bin schon ganz außer Atem, keuche und schnappe nach Luft, als er seine Finger unter meinem Rock hervorzieht.

„Du hast mich nicht angefleht, dich kommen zu lassen", sagt Moreno mit einem verschmitzten Grinsen.

Ich möchte ihm das selbst gefällige Grinsen aus dem Gesicht wischen. Ist das alles ein Spiel für ihn?

Ich beuge mich vor, um ihn zu küssen und ihm zu beweisen, dass ich ihn will und dass ich möchte, dass es zwischen uns passiert.

„Moreno!", schallt eine dröhnende Stimme

durch die Bar. „Sieht aus, als hättest du einen charmanten Ersatz gefunden."

Die Verlegenheit brennt mir auf den Wangen. Hat Vance gesehen, was wir gemacht haben?

Der Vertrag, den ich mit der Nanny Agency Inc. unterschrieben habe, versprach, dass ich jederzeit professionell handeln würde.

Solch ein Mist.

„Vance DeLuca", der Tonfall von Moreno lässt mich erschaudern.

„Grüß Nicole von mir", sagt Vance mit einem verruchten Grinsen.

Die Art, wie Vance sich auf Moreno zubewegt, hat etwas Düsteres und Unheimliches an sich.

„Beweg dich nicht", warnt mich Moreno.

Was? Und warum?

Wohin sollte ich gehen?

Ich habe nicht die geringste Ahnung, was hier vor sich geht, aber ich spüre den Ärger. Diese beiden Männer haben eine gemeinsame Vergangenheit.

Wenn sie sich hassen, warum hat Moreno dann die Nanny Agency, Inc. beauftragt, mich einzustellen?

Ich greife in meine Tasche und ziehe mein Handy heraus. Meine Hände zittern. Ich bin mir ehrlich gesagt nicht einmal sicher, wen ich anrufen soll. Ich habe Dantes Nummer nicht und die Polizei kann mir auch nicht helfen. Ich vermute, dass die Bar in Schutt und Asche liegt, wenn sie auftaucht, und Moreno zusammen mit dem Mann verhaftet wird, der mich als Kindermädchen für die Riccis eingestellt hat.

Moreno zieht seinen Arm zurück und verpasst Vance einen kräftigen Aufwärtshaken.

Dann packt er mich am Arm und zerrt mich eilig aus der Bar, vorbei an dem Türsteher, der Wache hält, während wir zum Auto eilen.

Der Parkservice hat den Wagen bereits vorgefahren. Wir haben nicht auf sein Auto gewartet, als ob sie wüssten, dass er von hier abhauen will.

Aber woher sollten sie das wissen?

„Was ist hier los?", frage ich. Ich eile zum Auto und Moreno sitzt bereits auf dem Fahrersitz, als ich mich anschnalle.

Er gibt Gas und wir verlassen den Parkplatz im Rekordtempo.

Morenos Kiefer ist angespannt, seine Hände umklammern das Lenkrad. Er wirft immer wieder einen Blick in den Rückspiegel, und wir rasen mit Rekordgeschwindigkeit davon.

Wenn wir an einem Polizisten vorbeifahren,

bekommt   Moreno   einen   Strafzettel   für rücksichtsloses Fahren. Sein Fuß geht nicht vom Gaspedal, während wir in die Kurven fahren und zurück in die Stadt.

„Sprich mit mir!"

Ich kann die Stille nicht ertragen.

Wenn er denkt, dass ich nicht damit umgehen kann, er hat nicht einmal versucht, es mir zu erklären.

14

MORENO

ICH HÄTTE NICHT VERSUCHEN SOLLEN, Paige zu küssen.

Nicht, dass ich es bereue, meine Zunge in ihren Mund gesteckt oder meine Hand unter ihren Rock geschoben zu haben. Ich konnte spüren, wie sie in meinen Armen zitterte.

Paiges Stimme ist auch jetzt noch voller Angst, als wir zurück zum Gelände eilen. Das ist der einzige sichere Ort für sie, wo Dutzende von Männern Wache stehen, um unsere Familie zu schützen.

Das war der Fehler, der an dem Tag gemacht wurde, als Serene starb. Sie war nicht zu Hause, in Sicherheit.

Und das hatte sie das Leben gekostet.

Sie war nicht die Einzige, die an diesem Tag starb, ermordet von Vance und seinen Männern.

„Sprich mit mir!"

Ich möchte ihr alles erzählen, aber ich bezweifle, dass sie damit umgehen kann, sie gehen zu lassen, ist keine Option mehr.

„Vance DeLuca ist das Oberhaupt der DeLuca-Familie."

Sie schweigt.

Ein wenig zu leise. „Die sind von der Mafia", wiederhole ich und habe den Verdacht, dass sie nicht weiß, wovon ich rede. Warum sollte sie auch?

„Und was hat das mit Nikki zu tun? Er hat auch Nicole erwähnt."

Ich atme schwer aus. Es ist nicht meine Aufgabe, Paige von Nikkis Vergangenheit zu erzählen. Das ist ihre Geschichte, die sie erzählen muss. „Sie sind eine alte Familie", sage ich.

„Nikki ist Teil der Mafia? Das kann ich nicht glauben", sagt Paige. Ihre Hände liegen auf ihrem Schoß, sie fummelt an ihren Fingern herum und zupft an ihren perfekt polierten Nägeln.

„Hineingeboren" trifft es wohl eher. Eine Mafiaprinzessin."

„Niemals." Paige schüttelt verneinend den Kopf.

„Und du findest es in Ordnung, mit ihnen zu leben? Mit deiner Tochter unter ihrem Dach?"

Weiß sie denn nicht, dass ich zu ihnen gehöre?

Ich bin kein DeLuca. Ich bin ein Ricci.

„Nikki ist kein Teil der DeLuca-Familie mehr. Das war sie schon nicht mehr, bevor Luca geboren wurde. Ihr Vater ist tot und Vance hat danach das Geschäft übernommen. Nikki kam schon vorher zu uns um für immer zu bleiben."

Das ist mehr, als ich ihr anvertrauen sollte.

„Nichts davon darf mit irgendjemandem besprochen werden. Hast du verstanden?" Ich werfe ihr einen strengen Blick zu, bevor ich meinen Blick wieder auf die Straße richte.

Draußen ist es dunkel, die Nachtluft hat sich endlich abgekühlt und im Auto ist es bequem, abgesehen von der dicken Spannung zwischen uns.

„Ich werde nichts sagen. Wem sollte ich es sagen?" sagt Paige. „Außerdem, wer würde mir schon glauben?"

„Ich muss Dante anrufen. Kein einziges Wort. Okay?" warne ich sie, bevor ich ihn über das Bluetooth-System des Autos anrufe.

„Was gibt's?" Dante antwortet nach dem ersten Klingeln.

„Wir haben Besuch", sage ich.

Er antwortet schnell. „Eingeladen oder uneingeladen?" Er fragt leise, ob wir Verstärkung brauchen oder ob ich ein Date mitbringe.

„Ungebeten." Ich habe Paige mit im Auto. Wen sollte ich denn sonst mit nach Hause bringen oder einladen? Er sollte mich besser kennen.

„Dachte ich mir schon. Wir werden bereit sein, wenn du kommst", sagt Dante.

Ich lege den Anruf auf und atme schwer aus.

Nova wird in Sicherheit sein. Luca ,Nikki und sie werden im Panikraum eingeschlossen, sobald Dante den Hörer auflegt.

Es gibt Protokolle zu befolgen. Es spielt keine Rolle, dass es für Nova und Luca mitten in der Nacht ist. Sie werden aus ihren Betten geholt und zum Schlafen in den Panikraum gebracht.

„Und was jetzt?", fragt Paige. Sie wirft einen Blick in den Seitenspiegel, als sich eine Reihe von Scheinwerfern von hinten nähern.

Es ist nicht ungewöhnlich, dass andere um diese Zeit auf der Straße unterwegs sind.

Es ist Sommer.

Es sind viele Touristen auf dem Weg zum Glacier. Der Nationalpark ist nicht weit von Breckenridge entfernt, und es fahren viele Wohnmobile durch die Stadt.

Aber ein weiterer Blick in den Rückspiegel zeigt, dass es kein Wohnmobil ist.

Die Scheinwerfer sind niedriger und stehen näher beieinander.

Es ist ein Auto, aber es ist zu dunkel und zu weit weg, um es zu erkennen.

Ich gebe mehr Gas, lasse den Motor aufheulen und die Gänge durchdrehen, während wir zurück zum Gelände eilen.

Wenn es Vance ist, wird er nicht ohne Gefolge kommen.

———

Wir fahren zurück durch das Haupttor und ich führe Paige ins Haus zum Panikraum. Der Eingang ist im Schlafzimmer von Dante und Nikki im Schrank versteckt.

Ich gebe den Code ein und die Tür schwingt langsam auf. „Geh rein."

„Wo ist Nova?", fragt Paige. Sie dreht sich auf dem Absatz um und starrt zu mir hoch.

„Sie schläft hier drin", antwortet Nikkis leise Stimme aus dem Panikraum.

Glaubt sie wirklich, ich würde sie hineinbitten und meine Tochter vergessen?

„Was ist mit dir?" Paige zögert. Ihre Hand ergreift meinen Arm und ich spüre das leichte Zittern in ihrer Berührung.

„Ich komme schon zurecht. Jemand muss euch Mädchen und die Kinder beschützen."

Ich beuge mich zu ihr herunter, um noch einen Kuss zu bekommen, falls sich die Gelegenheit nie wieder ergibt. Ich bin mir nicht sicher, ob Vance auf dem Weg zu uns ist , aber er ist nicht zufällig in Spring Valley in einem Club aufgetaucht, der Dante gehört.

15

PAIGE

ICH SPÜRE IMMER NOCH seinen Atem an meinen Lippen, mein Herz hämmert gegen meinen Brustkorb, als er mich in den Panikraum schiebt und die Tür schließt.

Wir sind hier eingeschlossen.

Nikki setzt sich auf ein Futonsofa und schiebt ihre Beine beiseite, damit ich mich zu ihr setzen kann. Der Raum ist klein, aber möbliert. An der Wand stehen zwei Etagenbetten. Luca schläft in dem oberen Bett und Nova hat sich neben Nikki auf dem Sofa zusammengerollt.

In dem Moment, wo ich den Raum betrete und auf das Sofa zusteuere, streckt Nova ihre Arme nach mir aus.

„Du solltest doch schlafen", sage ich und ziehe

Nova in meine Arme, während ich mich auf die Couch setze.

Die Kleine klettert auf meinen Schoß, um zu kuscheln, und Nikki reicht mir eine Decke von der Rückseite des Futons, mit der ich es Nova etwas bequemer machen kann.

„Viel Glück dabei, sie zum Schlafen zu bringen", sagt Nikki mit einem schiefen Grinsen. „Das ist das erste Mal, dass wir sie einsperren. Ich wette, das ist nicht das, was du dir als Kindermädchen vorgestellt hast.

Ich kichere leise vor mich hin. „Moreno hat bestimmt nichts von einem Panikraum erwähnt."

„Ich wette, das hat er nicht." Sie lacht und schüttelt den Kopf.

Der Raum riecht nach frischer Farbe, neuem Holz und einer neuen Konstruktion, im Gegensatz zum Rest des Hauses, das zwar gepflegt, aber nicht neu zu sein scheint.

„Ich habe gehört, du hattest ein heißes Date mit dem Chef", sagt Nikki.

Ich bin sprachlos und Nova schaut neugierig zu mir hoch, um unser Gespräch zu verfolgen. Nova sieht ungefähr so gestresst aus, wie ich mich fühle.

„Entspann dich, das war nur ein Scherz. Ich bin

mir sicher, dass ihr beide nur als Freunde ausgegangen seid, um euch kennenzulernen."

Ich reibe sanft Novas Rücken, damit sie sich beruhigt. Sie scheint sich dabei wohlzufühlen und legt ihren Kopf auf meine Brust, während sie sich an mich schmiegt und kuschelt.

„Das war aber ein toller Kuss", sagt Nikki.

Ist es hier drin ein paar Grad wärmer geworden?

Nova streckt ihren Kopf hoch und starrt mich an.

Ausnahmsweise bin ich dankbar, dass sie nicht spricht. Ich bin mir nicht sicher, was sie dazu sagen würde, dass ihr Vater und ich uns geküsst haben.

Sie ist vier Jahre alt, und es ist nicht so, dass sie mitbestimmen kann, mit wem ihr Vater ausgeht.

Nicht, dass wir zusammen wären.

„Wie auch immer", sage ich mit einem übereifrigen Grinsen und versuche, das Thema zu wechseln. „Kommt das regelmäßig vor?" Ich zeige auf den Panikraum. Wie oft sollte ich mich daran gewöhnen, hierherzukommen?

„Spielst du Verstecken und bitte nicht suchen?" Nikki stichelt. „Öfter als mir lieb ist, aber so oft ist es wirklich nicht. Ich glaube, im letzten Jahr, seit Dante den Raum bauen ließ, waren wir zweimal hier drin."

Das war gar nicht so schlecht.

„Wie viel hat Moreno dir darüber erzählt, warum wir uns hier verstecken?" fragt Nikki.

Sie scheint vorsichtig zu sein, als wolle sie nicht mehr verraten, als nötig. Ich habe den Eindruck, dass Nikki, wenn ich sie zum Reden bringe, wie ein Wasserfall erzählen wird. Schon jetzt hat sie mehr gesagt als ich, seit wir zusammen eingesperrt sind.

Vielleicht plaudert sie alle Geheimnisse von Moreno aus.

„Ich habe Vance im Club getroffen", sage ich und beobachte ihren Gesichtsausdruck. Vielleicht sollte ich nicht erwähnen, dass er die Nanny Agency, Inc. leitet.

Die Farbe verschwindet aus ihrem Gesicht. „Er ist zurück?" Nikki streckt ihre Zunge raus, leckt über die Lippen und steht auf.

Sie beginnt, durch den Raum zu gehen. Er ist nicht übermäßig groß, aber wir sind auch nicht in einem Schrank.

Zurück?

Wann ist er gegangen?

Novas Griff um mich wird fester.

Ich hatte gehofft, dass sie eingeschlafen ist, oder sich zumindest zugedeckt hat, aber als sie Vances Namen hört, reagierte sie genau wie Nikki.

Was ist hier los?

„Er hat dich erwähnt", sage ich und schaue zu Nikki hoch. Wahrscheinlich sollte ich aufpassen, was ich in Novas Gegenwart sage, aber ich kann sie nicht in ein anderes Zimmer bringen und dieses Gespräch nur mit den Erwachsenen führen. Wir sind hier alle zusammen eingesperrt.

„Das ist keine Überraschung. Er versucht, mich zu kriegen, seitdem ich weggelaufen bin. Der Mistkerl denkt, er kann mein Leben bestimmen, selbst nach dem Tot meines Vaters." Sie verschränkt ihre Arme vor der Brust und lässt sich auf die Couch fallen.

„Niemand wird zulassen, dass dir oder irgendjemandem hier etwas zustößt", sage ich.

„Ich weiß." Nikkis Lippen rollen sich fest zusammen, als sie ihren Mund schließt.

Es gibt etwas, das sie nicht sagen möchte.

Sie ist nicht die Einzige, die Geheimnisse hat.

———

„Falscher Alarm", sagt Dante, als er die Tür zum Panikraum aufschließt.

Moreno folgt ihm und sucht in der leeren unteren Koje nach Nova, bevor er merkt, dass sie in meinen Armen liegt und fest schläft.

Ich war für ein paar Minuten eingeschlafen, oder waren es Stunden, die vergangen waren?

„Es ist schon spät. Wir sollten sie ins Bett bringen", sagt Moreno. Er beugt sich vor und nimmt mir das schlafende Kind aus den Armen.

Schweigend stehe ich auf und folge ihm aus dem Panikraum.

Noch mehr Fragen schwirren mir durch den Kopf. Die Sonne geht bereits auf und lugt durch die Vorhänge.

„Bist du sicher, dass es sicher ist?" Ich reibe meine brennenden Augen, während ich Moreno folge, er bringt Nova ins Bett und zieht die Decke fest um ihren kleinen Körper.

Er beugt sich zu ihr hinunter, drückt ihr einen Kuss auf die Stirn, bevor er über seine Schulter zu mir schaut.

„Du solltest etwas schlafen. Nova wird früh aufstehen."

Ich atme schwer aus. „Das ist unwahrscheinlich. Ich bin überrascht, dass ich da drinnen überhaupt eingeschlafen bin", gebe ich zu.

„Ich setze eine Kanne Kaffee an. Willst du auch einen?"

Ich folge ihm die Treppe hinunter. Er hat bereits seinen Anzug ausgezogen. Ich weiß nicht, wann er sich umgezogen hat, aber ich muss über das enge dunkle Hemd und die Jogginghose lächeln, die er anhat.

Ich habe ihn noch nie so lässig gekleidet gesehen, er sieht aber genauso sexy aus wie in seinem überteuerten Anzug.

„Ja, das klingt gut." Ich folge ihm, gehe die Treppe hinunter und setze mich an den Hochtisch in der Küche.

Moreno holt eine Kaffeetasse für mich und eine für sich selbst und setzt sich mir gegenüber.

Er sieht genauso müde aus, wie ich mich fühle. „Du musst nicht mit mir aufbleiben", sage ich.

Ich bezweifle, dass das der Grund dafür ist, dass er noch wach ist, aber ich möchte nicht, dass er das Gefühl hat, er müsse mich im Auge behalten.

„Das Adrenalin ist ungefähr so stark wie vier Tassen Kaffee", sagt Moreno und lächelt auf seine Tasse hinunter.

„Wenn das so ist, dann nehme ich dir das ab." Ich greife nach seiner Kaffeetasse, aber er schnappt sie mir vor der Nase weg.

Moreno grinst schief. „Netter Versuch." Sein Blick fällt zurück auf sein dampfendes, heißes Getränk. „Hör zu, ich weiß, du willst mit Nova in den

Park gehen und Abenteuer erleben, aber ich kann das nicht mehr zulassen."

Es war ein einmaliger Ausflug.

Ich nippe an meinem Getränk. Die Flüssigkeit brennt auf meinem Gaumen und ich zucke zusammen.

„Ist das wegen Ariella oder wegen des Typen aus dem Club?" Ich bin mir nicht sicher, ob er überfürsorglich oder kontrollierend ist. Ich kenne Moreno noch nicht lange genug, um zwischen diesen beiden Möglichkeiten zu unterscheiden.

Vance hat einen hohen Unheimlichkeitsfaktor. Das habe ich auch so empfunden, als ich ihn zum ersten Mal begegnete, aber ich weiß nicht, ob Moreno übertreibt oder ob er recht hat.

Moreno stellt seinen Becher energisch auf dem Tisch ab.

Es klappert und ich zittere unwillkürlich.

„Ist das wichtig?", fragt er.

Für mich ist es wichtig, aber ich glaube nicht, dass er eine ehrliche Antwort geben wird.

„Du kannst Nova nicht immer einsperren."

Seine Augen verengen sich und eine Dunkelheit liegt über ihm, während er spricht. „Es ist ihr Zuhause."

„Sie ist keine Gefangene. Sie ist ein Kind."

Moreno stöhnt laut auf. „Du kannst auch nicht gehen.“

„Was?“

Das kann nicht sein Ernst sein.

„Glaubst du, da draußen bist du sicher? Vance weiß, dass du für mich arbeitest. Du bist eine Zielscheibe.“

Ich will ihm sagen, dass Vance derjenige ist, der die Kindermädchen-Agentur betreibt, aber dann lasse ich es lieber bleiben. Er würde mir nicht mehr trauen und denken, dass ich für Vance arbeite.

„Wir werden schon klarkommen. Ich nehme Leone mit.“

„Du nimmst die Sache nicht ernst genug“, sagt Moreno. Er tritt vom Küchentisch weg und gießt sich eine zweite Tasse Kaffee ein. „Genau deshalb kannst du nicht weggehen und schon gar nicht mit meiner Tochter.“

Noch eine Tasse Kaffee.

Ja, das ist genau das, was er braucht.

Er ist bereits verkabelt.

„Scheiße.“

„Was ist los?“ Ich werfe einen Blick über meine Schulter auf ihn. Er schaut auf sein Handy. Etwas hat ihn wütend gemacht, ich war es diesmal nicht.

16

MORENO

DER VERDAMMTE THERAPEUTENTERMIN.

Ich hatte ihn fast vergessen. Nun, ich wollte ihn vergessen, weil es nicht meine Idee war, Nova zu einem Psychiater zu bringen.

Ich muss Dante und Nikki dafür danken, dass sie sich in meine Angelegenheiten eingemischt haben.

Sie versuchen, mir zu helfen und sich um die Familie zu kümmern, aber das erleichtert es nicht. Ich möchte nicht über Serenes Tod sprechen, aber es wird zwangsläufig zur Sprache kommen.

Der Therapeut hat mir eine E-Mail geschickt, er bittet mich, vor der Sitzung dieses blöde Formular auszufüllen. Ich dachte, es sei nur ein Versicherungsproblem, weil sie Informationen zur

Bezahlung benötigen. Ich habe genügend Geld, um ihr einen Hunderter zu geben und muss mich nicht weiter darum kümmern, aber ein Blick genügt und ich liege völlig falsch.

Sie erwartet einen detaillierten Bericht über unsere Familie.

Die Therapeutin verlangt, dass beide Elternteile bei dem Termin dabei sind.

Mist.

Ich dachte, Nikki kümmert sich um diese Information?

Offenbar nicht.

„Willst du mit Nova von hier verschwinden?" Ich werfe Paige einen Blick zu.

Eine schreckliche Idee schießt mir durch den Kopf. Ich sollte es nicht vorschlagen.

Sie zögert mit der Antwort, was kein Wunder ist. Ich hatte erst von ihr gefordert, dass sie mit meiner Tochter das Gelände nicht verlassen darf. „Ich dachte, der Park ist tabu?"

Ich gieße die zweite Tasse Kaffee ein und lasse die heiße, bittere Flüssigkeit mit einem großen Schluck meine Kehle hinuntergleiten.

Der Park ist tabu. Sie muss mich in die Praxis des Therapeuten   begleiten   und   nicht   als

Kindermädchen. Nova wird kein Wort sagen, aber Nikki würde das nie durchgehen lassen.

Außerdem würden sich die Fragen auf ein Minimum beschränken und wir müssten nicht über den Mord an Serene sprechen.

Ich bin nicht bereit, darüber zu reden, und Nova spricht nicht.

Problem gelöst.

„Ich möchte, dass du am Freitag mit Nova und mir zu einem Termin gehst."

Sie zieht die Stirn in Falten. „Das verstehe ich nicht."

Wie sollte sie auch? Ich stoße einen schweren Seufzer aus. Wie soll ich das erklären, ohne wie ein Arschloch dazustehen ?

Wen verdammt kümmert das schon? Ich trauere, und sie ist meine Angestellte. Sie wird mir gehorchen.

„Du wirst im Dienst sein", sage ich. „Ich bezahle dir Überstunden, wenn du mich als Novas Mutter zum Therapietermin begleitest."

Sie lacht.

Wie dreist sie ist, über meinen Schmerz zu lachen. „Findest du das lustig?"

Das Lächeln verschwindet aus ihrem Gesicht und ihr Teint wird blass. „Meinst du das ernst?"

Paige dachte, ich würde mit ihr scherzen. Ich benutze Humor nicht als Krücke. „Es gibt einige Dinge, die ich lieber für mich behalte. Ich benötige deine Dienste mit Nova am Freitag außer Haus. Ist das ein Problem?"

Wortlos schüttelt sie den Kopf.

„Was ist das?"

„Das ist kein Problem", sagt Paige.

„Gut." Ich trinke den Rest meines Kaffees aus und lege den Becher in die Spüle.

Ich hasse den Blick, den sie mir zuwirft. Hat sie Mitleid mit mir? Ich bin die mitleidigen Blicke und ständigen Grüße von anderen Familienmitgliedern nach dem Tod von Serene leid.

Ich trauere immer noch jeden einzelnen Tag um meine Frau.

Ich hätte nie gedacht, dass ich jemals an eine Frau denken würde, die nicht nur platonisch ist, aber ein Blick auf Paige und ich fühle mich schuldig.

Ich will sie, mein Körper will sie. Mein Herz schlägt endlich wieder wie bei einem lebendigen Menschen.

Aber ich kann sie nicht haben, sie gehört mir nicht.

Paiges Blick ist auf mich gerichtet, und ich schwöre, er ist voller Traurigkeit und Verzweiflung.

Sie hat Mitleid mit mir. Ich kann es nicht ertragen. Ich hasse diese mitleidigen Blicke.

Ich will keinen Mitleidsfick.

Ich stürme aus der Küche und lasse sie allein, damit sie ihren Kaffee austrinken kann.

———

Ich habe Paige so gut es ging gemieden. Vor allem bin ich jedem Gespräch mit ihr ausgewichen.

Wir haben zusätzliche Wachen im Haus und auf dem Grundstück, damit die Familie sicher ist.

Paige hat nicht darauf gedrungen, in den Park zu gehen, und ich bin dankbar, dass ich mich nicht wieder mit ihr streiten musste.

Es klopft leise an meiner Zimmertür, während ich mir meine Hose anziehe.

„Wer ist es?"

„Ich bin's, Paige." Ihre Stimme ist sanft und zaghaft.

„Nur eine Sekunde", rufe ich zurück, während ich den Reißverschluss meiner Hose zumache und zur Tür gehe. Ich schnappe mir noch mein Hemd, reiße die Tür auf und frage mich, was sie an meiner Schlafzimmertür zu suchen hat.

Stimmt etwas mit Nova nicht?

„Ist alles in Ordnung?", frage ich und schaue sie von oben bis unten an. Ich erwarte, das meine Tochter an ihrer Seite ist, aber sie ist nicht da.

Es ist noch früh. Sie ist wahrscheinlich im Spielzimmer oder zieht sich für den Tag an. Hilft ihr Paige nicht dabei.

„Der Therapietermin ist heute früh", sagt sie.

Ich starre sie ausdruckslos an. Warum kommt sie an meine Tür, um mir zu sagen, was ich schon weiß? Hat sie gedacht, ich hätte es vergessen? „Ja, ich weiß."

„Wenn ich dich begleite, ist es vielleicht gut, wenn ich weiß, was ich sagen soll. Sind wir verheiratet? Bin ich ihre Mutter und ihr Kindermädchen?"

Ich stöhne und werfe meine Arme in die Luft. Der Punkt war, dass ich überall das nicht reden oder nachdenken wollte.

Ich lasse die Schlafzimmertür offen, damit sie mir ins Zimmer folgen kann, während ich ein Hemd aus meinem Schrank hole.

„Mach die Tür zu, ja?" Ich werfe ihr einen Blick über meine Schulter zu.

Ich will nicht, dass Dante oder Nikki von diesem Gespräch Wind bekommen.

Das Schloss der Tür rastet ein. Ich atme

erleichtert auf und fahre fort. „Du wirst mich als ihre Mutter begleiten. Hör zu, ich will nicht über Serene reden. Wenn du dich einfach an das hältst, was ich sage, wird alles gut."

„Wird es?", fragt Paige. „Soweit ich weiß, hat Nova früher gesprochen."

Ich ziehe mein Hemd an und drehe mich zu ihr um. „Wer hat dir das erzählt?" Wut steigt in mir auf und ich trete näher an Paige heran, wobei ich vergesse mein Hemd zuzumachen.

Sie weicht nicht zurück oder duckt sich. Paige bleibt standhaft. „Ist das wichtig?"

„Es war Ariella, nicht wahr? Diese kleine Göre!"

Paige bleibt weiter standhaft . „Wen interessiert es, wie ich es herausgefunden habe? Die Tatsache, dass du es nicht abstreitest, sagt mehr über deinen Charakter aus als über ihren."

Ich sollte sie dafür hassen, dass sie so respektlos mit mir spricht, aber stattdessen spüre ich nur ihre Wärme, gemischt mit Wut. „Du weißt nicht, wovon du redest."

„Ich habe Nova neulich ein Schlaflied summen hören."

„Du lügst." Ich glaube ihr nicht. Das sind alles nur Spielchen und Manipulationstaktiken, damit ich ihr vertraue und mich ihr anvertrauen soll. Nun, das wird nicht funktionieren. Ich wende mich ab und begegne ihrem Blick nicht, während ich mein Hemd zuknöpfe.

„Ich weiß, dass du das Beste für deine Tochter willst. Ich glaube zwar nicht, dass es die beste Lösung ist, den Therapeuten anzulügen, aber ich bin bereit, alles zu tun, was Sie als mein Arbeitgeber verlangen."

„Gut." Ich schnappe mir eine Krawatte aus meinem Regal im Schrank. „Ich bin froh, dass das geklärt ist. Du kannst gehen."

Es ist mir egal, ob Paige fertig ist oder nicht. Für den Moment bin ich mit ihr fertig. Ich will ein paar Minuten Ruhe haben, bevor ich die pure Folter eines Psychiaters ertragen muss.

Wahrscheinlich bin ich zu dramatisch. Die Therapeutin ist für Nova, und sie wird nicht meine Familie analysieren.

Zumindest hoffe ich, dass sie nicht zu tief in unser Leben blicken wird. Ich warte, bis Paige weg ist und sich die Tür hinter ihr schließt, bevor ich zu meinem Nachttisch gehe.

Ich ziehe die oberste Schublade auf und hole ein kleines Holzkästchen heraus, in das die Initialen von Serene eingraviert sind. Es war ein Geschenk, das ich für sie von meinen Reisen nach Übersee mitgebracht hatte.

Darin sollten ihre Bilder, Schmuckstücke und Erinnerungsstücke aufbewahrt werden - alles, was sie für richtig hielt.

Als ich den Deckel öffne, sehe ich eine Handvoll Fotos, eine Kinokarte und Novas Babyarmband. Ich durchforste den Inhalt und suche Serenes Ehering und Verlobungsring. Die Ringe waren verschmolzen, und nach ihrem Tod habe ich sie zu den anderen Sachen in die Holzkiste gelegt.

Gelegentlich werfe ich einen Blick hinein, als bittere Erinnerung an alles, was ich verloren habe.

Manchmal bringt es mir Frieden.

Meistens zwingt es mich vor lauter Trauer in die Knie, aber es rührt mich nie zu Tränen.

Auf den ersten Blick sehe ich den Ring nicht. Ich kippe den Inhalt auf das Bett.

Vier Fotos.

Ein Ticketabriss.

Novas Babyarmband.

Es gibt keinen Ehering.

Ich schlucke den Kloß in meinem Hals hinunter. Meine Augen brennen, und ich stürme aus dem Schlafzimmer.

Dante und Nikki würden mich niemals betrügen. Meine Männer wissen es besser, als mein Zimmer zu betreten, geschweige denn mich zu bestehlen.

„Paige!" Ich schreie ihren Namen und fordere sie auf, zu mir zu kommen.

17

PAIGE

GERADE ALS ICH Nova die Hosen anziehe, schreit Moreno aus vollem Halse meinen Namen.

Was jetzt?

Er klingt wütend und ein Schauer durchfährt meinen Körper.

Novas Augen sind groß und ihr Körper verkrampft sich. „Alles wird gut", sage ich und schenke der Kleinen ein warmes Lächeln.

Seine Schritte sind schwer, als er in mein Schlafzimmer stapft. Ich höre, wie die Tür aufgeht und frage mich, ob er sie aus den Angeln gehoben hat.

Moreno stürmt durch die Nebentür in Novas Zimmer.

„Kannst du mir erklären, warum der Ehering meiner verstorbenen Frau fehlt?"

Das ist keine Frage.

Ich spüre, dass er mich anklagt.

Er kommt näher, ein wenig zu nah, denn er dringt in meinen persönlichen Raum ein.

„Ich will nicht...", beginne ich und werfe einen Blick auf Nova.

Sie zittert und ihre Augen füllen sich mit Tränen, die ihr über die Wangen laufen. Nova versucht, sich nicht zu bewegen, sie ist wie erstarrt, aber die Angst, die sie ausstrahlt, ist sichtbar.

Moreno schenkt ihr jedoch keine Beachtung.

Seine Wut scheint sich in Hass verwandelt zu haben, und brennt wie ein Inferno über mir. Er ist kurz davor, auszubrechen, und ich lasse ihn gewähren.

Ich tue alles, um das kleine Mädchen zu schützen.

„Es tut mir leid. Ich hätte den Ring nicht nehmen dürfen." Ich habe den Ring seiner toten Frau nie angefasst, aber er ist fest davon überzeugt, dass ich der Bösewicht bin.

„Wir haben jetzt keine Zeit. Nach unten. Jetzt", schnauzt er.

Ich führe Nova aus dem Schlafzimmer ins Foyer, um mich zum Ausgehen fertig zu machen.

„Ich erwarte, dass der Ring wieder in der Schachtel ist, sobald wir zu Hause sind.

Wenn Nova den Ring nicht genommen hat, bin ich aufgeschmissen.

Hat das kleine Mädchen klebrige Finger?

Könnte es sein, dass einer der Wächter oder jemand, der zum Putzen kam, ihn gesehen und verpfändet hat?

„Komme ich trotzdem mit zu dem Termin?"

„Glaube ja nicht, dass du da so einfach rauskommst", sagt Moreno. Seine Oberlippe kräuselt sich. Er versucht, seine Wut unter Kontrolle zuhalten.

Hat er endlich erkannt, wie viel Angst Nova vor ihm hat?

„Das würde mir im Traum nicht einfallen", sage ich.

Wir gehen nach draußen, ich öffne die Hintertür seines Geländewagens und helfe Nova auf ihren Autositz. Ich schnalle sie fest an, bevor ich auf den Vordersitz klettere.

Ehrlich gesagt, würde ich lieber bei ihr hinten sitzen. Das fühlt sich sicherer an.

Moreno tritt das Gaspedal durch. Wir fahren

vom Haus weg, als die Tore schon für uns geöffnet werden. Wie oft werde ich mich noch außerhalb des Grundstücks frei bewegen können?

———

Gemeinsam sitzen wir im Wartezimmer. Nova sitzt auf einem Doppelstuhl neben mir und Moreno sitzt für sich allein.

Stört es ihn, dass seine Tochter sich entschieden hat, bei mir zu sitzen und nicht bei ihm?

Vielleicht merkt er es gar nicht und ich mache mehr daraus, als ich sollte.

Sein Kiefer ist angespannt, seine Hände sind seitlich geballt. Er ist immer noch wütend wegen des Rings, den ich gestohlen haben soll.

Ich habe ihn nicht genommen. Ich wusste nicht einmal, dass es ihn gibt um ihn zu stehlen. Aber ich habe den leisen Verdacht, dass Nova wusste, wo er war und ihn gestohlen hat.

Ich nenne das Intuition.

Es könnte auch sein, dass sie sich schuldig fühlt, weil sie nicht einmal einen Blick auf ihren Vater wirft und bei jeder Gelegenheit mit mir kuschelt.

Die Bürotür geht quietschend auf. „Hallo, Nova", sagt die Frau. Sie beugt sich zu Nova hinunter, um sich vorzustellen. „Ich bin Ellie. Wie ich sehe, hast du heute eine Freundin mitgebracht. Ich habe in meinem Büro ein paar Buntstifte zum Ausmalen. Möchtest du sie dir ansehen?"

Nova rührt sich nicht von dem Sitz neben mir, während sie ihre ausgestopfte Giraffe fest umklammert.

„Nova, lass uns gehen", sagt Moreno. Er zeigt nicht einmal die Andeutung eines Lächelns. Es ist, als würde er nur darauf warten, dass sie ihm gehorcht. Vielleicht funktioniert das bei seinen Wachen, aber Nova ist noch ein Kind.

Ich stehe auf und reiche ihr meine Hand. „Komm schon. Es ist okay." Ich schenke ihr ein warmes Lächeln, damit sie keine Angst vor der fremden und ungewohnten Umgebung hat. „Ich weiß, dass du gerne zeichnest, und ich wette, sie hat die besten Farben."

Sie schaut mich mit großen Augen an und ergreift meine Hand.

„Ich werde die ganze Zeit bei dir sein. Genau so wie dein Daddy", sage ich. Ich bin mir nicht sicher, ob sie das beruhigen wird, aber sie klettert vom Stuhl herunter und hält meine Hand ganz fest, als wir das Büro der Therapeutin betreten.

Moreno ist uns dicht auf den Fersen, ich habe auch nichts anderes erwartet.

„Überlass mir das Reden", flüstert er in mein Ohr, während wir uns zu dritt auf das Sofa setzen.

Nova klettert zwischen uns.

Das macht mir nichts aus. Das bedeutet, dass ich nicht neben Moreno sitzen muss denn im Moment möchte ich auch nicht mit ihm zusammenarbeiten.

Ich würde einfach, seine Geschichte platzen lasse und der Frau jedes Detail über Serene erzähle.

Würde das Nova nicht helfen?

Ehrlich gesagt, bin ich mir nicht sicher, ob es ihr helfen oder alles noch schlimmer machen würde. Ich könnte damit leben, meinen Chef zu verärgere, aber ich kann nicht damit umgehen, Nova zu verletzen. Solch eine Behandlung hat sie nicht verdient.

Auf einem kleinen Tisch liegen mehrere leere Blätter, Papier und Buntstifte. Sie wirft einen Blick auf die Buntstifte die auf dem Tisch liegen, bewegt sich aber nicht vom Sofa.

„Wie wäre es, wenn wir zusammen malen?", sage ich.

Ich erhebe mich vom Sofa, schaue über meine Schulter zu Nova und schenke ihr ein warmes Lächeln und Nicken.

Sie kaut auf ihrer Unterlippe. Sie möchte gern malen, aber sie wirkt schüchtern und ängstlich. Ich bin mir nicht sicher, wovor - vor ihrem Vater, vor der Situation oder vor etwas anderem?

Ich greife nach dem lila Buntstift, ihrer Lieblingsfarbe, und beginne am Tisch zu malen.

Moreno fängt an, mit Ellie zu sprechen um ihr einige grundlegende Informationen zugeben, Nova rutscht vom Sofa und schnappt sich den Stift aus meiner Hand.

Sie teilt zwar nicht gerne, aber wenigstens weiß das Kind, was es will.

Ich überlasse ihr den lila Buntstift, und sie schnappt sich ein leeres Blatt Papier und fängt an, eine Zeichnung zu kritzeln.

Ich weiß zwar nicht, was sie sich vorstellt, aber es ist offensichtlich, dass sie aufmerksam ist und nicht mehr an die Situation denkt.

Leise schleiche ich mich zurück zum Sofa und setze mich neben Moreno.

„Und ihr beide seid glücklich verheiratet?", fragt Ellie. „Ich frage nur, weil ein Streit zu Hause manchmal dazu führen kann..."

Moreno unterbricht sie. Er legt mir einen Arm um die Schultern und zieht mich näher an sich heran. „Ja, zu Hause ist alles wunderbar. Stimmt's?"

„Sie ist schon lange stumm, wie ich mich erinnern kann", sage ich. Das ist nicht im Geringsten eine Lüge.

Ich schaue auf meine Hand auf dem Schoß und merke, dass wir das nicht besonders geplant haben. Ich trage keinen Ehering.

Hatte sich Moreno deshalb vorhin über Serenes Ring aufgeregt? Hatte er vor, dass ich ihn bei dem Termin trage?

Nein.

Das war nicht möglich. Nicht nach seinem Ausbruch vorhin im Haus.

„Gab es irgendwelche plötzlichen Veränderungen in Novas Verhalten oder zu Hause?", fragt Ellie. Sie hat einen Block Papier und macht sich Notizen, während wir sprechen.

Ellie sitzt ein paar Meter entfernt uns gegenüber. Unser Gespräch ist nicht leise, aber Nova scheint nicht zu bemerken, dass wir noch im Raum sind.

„Nichts", sagt Moreno.

Das ist eine Lüge. Kann Ellie seine Scharade durchschauen?

„Ich möchte Nova helfen, aber je mehr ihr mir erzählt, desto besser kann ich herausfinden, was mit eurer Tochter los ist", sagt Ellie. „Alles, was ihr mir erzählt, wird streng vertraulich behandelt."

„Es gibt nichts zu erzählen", sagt Moreno.

Ellie nickt und legt ihre Notizen beiseite. „Darf ich mit Nova sprechen?", fragt sie.

„Schieß los", sagt Moreno und gibt Ellie ein Zeichen, auf Nova zuzugehen.

Ellie ist sanftmütig, erhebt sich von ihrem Stuhl und kniet sich an den Tisch. Sie schnappt sich einen rosa Buntstift und ein Stück Papier.

„Ich mag dein Bild", sagt Ellie.

Nova blickt zu der Frau auf, bevor sie ihren Blick wieder auf die Zeichnung richtet. Ein schwaches Lächeln umspielt Novas Lippen, als würde sie versuchen, nicht über das Kompliment zu grinsen.

Ich sehe es.

Sieht Ellie es auch?

Was ist mit Moreno?

———

„Sechshundert Dollar pro Stunde dafür?"

„Genau genommen waren es anderthalb Stunden", biete ich an, während wir zum Auto zurückgehen. Ich schnalle Nova in ihrem Autositz an. „Und der erste Termin ist immer teurer."

Er wirft mir einen Blick zu. „Woher willst du das wissen?"

„Was? Denkst du, ich war noch nie bei einem Therapeuten? Mein Leben ist kein Zuckerschlecken."

Er schnaubt leise vor sich hin. „Du hättest mich auch täuschen können."

Ich verdrehe die Augen und schließe die Hintertür, nachdem Nova sicher auf ihrem Sitz sitzt. Ich reiße die Beifahrerseite auf, lasse mich auf den Sitz plumpsen und schaue ihn mit einem harten Blick an. „Du solltest aufpassen, was du sagst."

Er zieht die Stirn in Falten.

Es ist mir scheißegal, was er über mich sagt. Was mich stört, ist die Art, wie er vor ihr über Nova spricht. Das Kind hat ohnehin schon Probleme, und so zu tun, als gäbe es sie nicht, und sie dann noch zu verstärken, ist einfach nur grausam.

Ich schließe die Tür und schnalle mich an, während er den Wagen auf „Drive" stellt und aus Spring Valley rausfährt.

Ich weiß nicht, ob es in Breckenridge keine Kindertherapeuten gibt oder ob er es vorzieht, weiter aus der Stadt zu fahren, damit niemand davon erfährt.

Die Fahrt ist still und ich werfe einen Blick auf Nova hinter mir. Sie ist mit ihrer Giraffe beschäftigt. Ihre Lippen bewegen sich, aber sie sagt nichts laut.

In dem Moment, in dem sie merkt, dass ich sie beobachte, verschließt sie ihre Lippen.

Ja, das habe ich mir auch gedacht.

Nova verbirgt etwas.

So wie ich das sehe, Moreno ebenfalls.

Die ganze verdammte Familie Ricci ertrinkt in Geheimnissen.

Ich will nicht auch ertrinken.

Ich will befreit werden, aber ich habe das Gefühl, dass ich zu viel weiß und er mich nie gehen lassen wird.

18

MORENO

SIE HAT den Ring meiner toten Frau gestohlen.

Ich kann mich nicht von dem Ring trennen. Die Tatsache, dass sie es gestanden hat, ist noch schlimmer.

Ich dachte, dass mit dem Ring vielleicht etwas passiert ist und ich überreagiere, aber ich weiß, dass ich den Ring ordnungsgemäß an seinen Platz zurückgelegt habe, als ich ihn das letzte Mal in der Hand hatte.

Die Nummer mit dem netten Kerl ist vorbei.

Jetzt, wo wir für den Therapietermin nicht mehr so tun müssen, als wären wir verheiratet, kann ich wieder wütend und verletzt sein, weil sie mich betrogen hat.

Vielleicht sollte ich sie feuern, da sie mich bestohlen hat.

Ich habe schon Männer für weniger getötet, aber sie ist gut zu Nova, und das darf ich nicht vergessen.

Das ist der einzige Grund, warum ich sie nicht zum Schlafen in den Kerker schicke. Sie kann gut mit meinem Kind umgehen.

Scheiße!

Mein Schwanz zuckt in meiner Hose.

Ich will nichts für die kleine Diebin empfinden. Aber mein Körper verrät mich, genauso wie mein Herz.

„Steig aus", knirsche ich zwischen zusammengebissenen Zähnen.

Ich stelle den Motor ab und steige eilig aus.

Das Kindermädchen ist aus dem Auto, bevor ich die Hintertür öffnen kann, um meine Tochter zu holen. Sie ist schon dabei, sie abzuschnallen, als wäre sie ein Profi.

„Das kann ich auch", sage ich. Mein Blut kocht vor Wut und ich will sie nicht in der Nähe meines Kindes haben.

Ein Stirnrunzeln zeichnet sich auf ihrem Gesicht ab. Hat sie vergessen, dass sie mich bestohlen hat? „Habe ich etwas Falsches gesagt?"

„Du hast den Ring meiner toten Frau gestohlen."

Ich reiße die Hintertür auf, um Nova zu packen, aber sie wirft ihre Arme um Paige, weil sie das Kindermädchen ihrem Vater vorziehen will.

Mist.

Ich hatte nicht vor, Nova zu erschrecken.

Ich vergesse, wie leicht sie erschrickt.

Nova klammert sich an Paige und vergräbt ihr Gesicht am Nacken des Kindermädchens.

Paige ist sanft, freundlich, warm und mitfühlend. Sie streichelt Novas Rücken, während sie sie ins Haus trägt.

Ich verstehe nicht, wie jemand, der so fürsorglich sein kann, gleichzeitig so gefühllos sein kann, um mich zu bestehlen.

„Bezahle ich dir nicht genug? Ist das das Problem?" Ich laufe ihr hinterher und verlange eine Antwort.

Auf der Heimfahrt habe ich lange genug geschwiegen. Ich kann nicht länger schweigen. Der Verrat sticht mir von hinten wie ein Dolch ins Herz.

„Ich habe dir vertraut", schreie ich.

Paige antwortet mir nicht. Sie trägt Nova in das Spielzimmer am Ende des Flurs.

„Wir können dieses Gespräch später führen", sagt sie über ihre Schulter zu mir.

Ich habe keine Lust auf später. Ich will jetzt kämpfen. Sie ist mir eine Erklärung schuldig.

„Wir führen es jetzt." Ich weigere mich, einen Rückzieher zu machen. Ich lasse niemanden über mich bestimmen und ich habe das Gefühl, dass Paige mich bestohlen hat.

Sie setzt Nova sanft im Spielzimmer ab und schlendert auf den Flur hinaus. „Willst du mich feuern?"

„Ich sollte mehr tun, als dich nur zu feuern."

Sie schüttelt den Kopf und versteht nicht, was das bedeutet.

Du verrätst die Familie Ricci. Du stirbst. So einfach ist das. Aber sie gehört nicht zur Mafia, sie ist das Kindermädchen. Ich kann nicht vergessen, wie gut sie mit Nova ist. Ich hasse ihre Verbindung.

Eifersucht sickert durch meine Adern.

„Zieh mir das vom Lohn ab", sagt Paige. „Was auch immer der Ring gekostet hat, ich werde es dir zurückzahlen."

Ist ihr der sentimentale Wert des Schatzes nicht bewusst? „Es geht nicht um das Geld. Meine Frau ist tot, ermordet. Ich kann den Ring nicht ersetzen, genau wie ich sie nicht ersetzen kann. Bis ich den Ring zurückhabe, darfst du nicht gehen."

„Was?" Ihre Augen weiten sich. „Das können Sie nicht tun, Sir."

Ich habe es gerade getan.

Sie wird lernen, mich und meine Autorität zu respektieren.

„Du hast mich gehört", sage ich und trete näher, um sie zu mustern.

Sie macht ein paar kleine Schritte rückwärts und stößt mit den Fersen an die Wand. Sie kann nirgendwo anders hin.

Ich habe sie in der Falle.

Die Hitze strahlt von ihrem Körper ab. Der Korridor fühlt sich warm, stickig und erdrückend an. Ich habe genug von ihren Spielchen und Mätzchen. Warum kann sie mir nicht einfach den Ring geben?

Hat sie ihn weggeworfen?

Hat sie ihn die Toilette runtergespült?

Hasst sie mich so sehr?

Ich kann mir nicht vorstellen, was für ein Mensch die Mafia beklauen würde. Andererseits weiß sie wahrscheinlich nicht, dass wir solch eine Familie sind.

Ihre Augen sind groß und leuchtend. Ihre Hände zittern an der Seite.

Ich tue so, als würde ich ihre Angst nicht

bemerken, während ich sie einfange. Meine Hand stützt sich an der Wand ab, damit sie nicht entkommen kann, selbst wenn sie fliehen wollte.

Sie hat nicht versucht, wegzulaufen oder zu fliehen.

Ich kann mir nicht erklären, warum.

„Wenn du deine Freiheit willst, gibst du den Ring meiner toten Frau zurück, den du gestohlen hast."

Ihr Augenlid zuckt für eine kurze Sekunde. Hinter ihrem Blick liegt etwas, das ich nicht erkenne.

Ist es Wut? Verbitterung?

„Riechst du das?", fragt Paige.

Das ist nicht die Antwort, die ich erwartet habe.

„Was? Ist das ein Spiel für dich?" Meine Stimme hallt den Korridor entlang.

Der Geruch weht aus dem Spielzimmer und brennt mir in der Nase.

Rauch.

19

PAIGE

GERADE ALS MEIN mürrischer Chef mich des Diebstahls bezichtigt, welchen ich nicht begangen habe, rieche ich Rauch.

Als er endlich merkt, dass ich nicht versuche, mit ihm zu spielen, um zu entkommen, stürmen wir in das Spielzimmer, das nur ein paar Meter von uns entfernt ist.

Die Vorhänge stehen in Flammen.

Nova steht wie erstarrt neben dem Feuer. Die Flammen schlagen um sie herum, während sie wegen des Rauchs hustet.

„Nova!", schreie ich.

Dichter Rauch zieht durch den Raum, während sich das Feuer schnell von einer Oberfläche zur nächsten ausbreitet. Die Spielzeuge sind aus Holz und Papier und leicht entflammbar.

Das Feuer wälzt sich die Wände hoch und geht bis zur Decke.

„Ich hole Nova, schnapp dir einen Feuerlöscher!" rufe ich Moreno zu. Je länger wir warten, desto unwahrscheinlicher wird es, dass wir das Feuer unter Kontrolle bringen.

Ich stürme in das Spielzimmer und huste in dem dichten Rauch, während ich das kleine Mädchen packe und aus dem Spielzimmer trage.

Der Rauchmelder gibt ein Signal und sendet einen hochfrequenten Ton aus. Er ist mit allen Rauchmeldern im Haus verbunden, und alle gehen los.

Moreno eilt mit einem Feuerlöscher zurück und löscht die Flammen, aber das reicht nicht aus.

Zwei weitere Wächter, die sich der drohenden Gefahr bewusst sind, holen weitere Feuerlöscher aus anderen Teilen des Hauses und benutzen Kanister, um das Feuer zu ersticken.

Dante ist mit einem weiteren Feuerlöscher hinter ihnen, und Nikki führt Luca die Treppe hinunter zur Haustür. „Soll ich den Notruf rufen?", fragt Nikki und hält ihr Telefon in der Hand.

„Nein, wir haben alles unter Kontrolle", sagt Moreno.

Das Feuer ist gelöscht, aber der Rauch zieht immer noch durch das Spielzimmer und hat sich bis in den Flur ausgebreitet.

„Macht die Fenster auf und stellt den verdammten Alarm ab!", schreit Moreno.

„Was zum Teufel ist passiert?" Dante blickt von Moreno zu mir. Als ob ich etwas damit zu tun hätte.

Novas Arme sind fest um meinen Hals geschlungen, und ich schiebe sie an meine Hüfte. Ihre Finger fummeln an etwas herum. Ich weiß nicht genau, was es ist, als es mit einem Klirren auf den Boden fällt.

Ein Feuerzeug.

„Wo zum Teufel hat sie ein Feuerzeug her?" Moreno bückt und schnappt sich das Wegwerffeuerzeug vom Boden.

Verdammt!

Hat Nova das getan?

Ich bin sicher, dass es ein Unfall war.

Sie konnte nicht wissen, was sie tat, welchen Schaden und Gefahr sie verursachte.

„Hast du ihr das gegeben?" Moreno starrt mich an und zeigt mir das Feuerzeug.

„Natürlich nicht!"

Wie kann er nur denken, dass ich einer Vierjährigen ein Feuerzeug geben würde? Wird er mich als Nächstes beschuldigen, ihr Streichhölzer zu geben oder ihr zu sagen, sie soll eine Gabel in eine Steckdose stecken?

„Es tut mir leid", ertönt Lucas weiche und zerbrechliche Stimme von der Tür. Seine Unterlippe zittert.

„Sohn, woher hast du das Feuerzeug?", fragt Dante etwas zu ruhig, während er auf Luca zugeht und sich auf seine Höhe beugt.

Ich schlucke nervös, obwohl ich nichts damit zu tun habe, ist meine Angst groß, dass der Junge lügt und mich den Wölfen vorwirft.

„Eines der Kinder hat es mit ins Camp gebracht", sagt Luca. „Ich habe es im Spielzimmer versteckt. Ich wusste nicht, dass Nova es finden würde."

„Wir reden später darüber", sagt Dante. „Öffne die Fenster, wir müssen den Rauch herauslassen."

Dante richtet seine Aufmerksamkeit auf Moreno. „Warum hat das Kindermädchen nicht auf deine Tochter aufgepasst?"

Moreno kneift die Lippen zusammen. „Wir hatten eine Diskussion und ließen Nova allein im Spielzimmer zurück. Wir haben nicht damit gerechnet, dass sie über ein Feuerzeug stolpern würde."

Er verteidigt seine Tochter.

Das ist gut.

Dante nickt heftig. „Ich bin froh, dass niemand verletzt wurde. Ich will mit dir reden, Moreno."

„Natürlich, Chef. Paige, geh mit Nova nach draußen in den Garten, um etwas frische Luft zu schnappen geh durch die Küche."

Ich brauche keine Begleitung und bin froh, dass Moreno mir erlaubt, Nova allein in den Garten zu begleiten.

Die frische Luft ist mir willkommen, und kaum sind wir draußen, zappelt Nova, um sich aus meinem Griff zu befreien.

Ich stelle sie auf die gemauerten Terrasse und setze mich auf die Holzbank. Der Garten ist klein, intim und es sprießt eine Auswahl an Gemüse.

Nova beugt sich vor und zeigt auf die blühenden Zuckererbsen. Ein paar sind bereit, gepflückt zu werden. Ich reiße sie ab, eine nach der anderen, und reiche sie Nova.

Sie steckt sich eine in den Mund und kaut laut, glücklich und ist abgelenkt.

Die Angst vor dem Feuer scheint für den Moment verschwunden zu sein.

Wird sie heute Nacht oder in Zukunft wegen des Feuers Albträume haben?

Ich greife nach Nova und ziehe sie für ein kleines Gespräch auf meinen Schoß. „Hast du den Ring deiner Mama aus dem Schlafzimmer deines Vaters genommen?"

Ich habe den Ring zwar nicht gesehen, aber ich vermute, dass sie deswegen ein schlechtes Gewissen hat.

Ihr Blick fällt auf den Boden und sie zappelt wieder, um von mir wegzukommen.

„Ich bin nicht böse", sage ich mit sanfter und beruhigender Stimme, wenn ich ihr Angst mache, wird es mir nicht helfen. Genauso wenig, wie sie zu beschimpfen.

„Dein Papa ist traurig, dass der Ring weg ist. Er vermisst deine Mutter sehr. Ich wette, du vermisst sie auch."

Nova blickt langsam, mit leuchtenden Augen zu mir auf und nickt kurz.

„Weißt du, wo der Ring ist?", frage ich.

Ihre Lippen sind fest aufeinandergepresst.

Moreno wird mich niemals gehen lassen.

20

MORENO

WORTLOS TRÄGT sie Nova den Flur hinunter, durch das Haus und in den Garten hinaus. Ich will nicht, dass sie sich vom Grundstück entfernen denn ich kann nicht vorsichtig genug sein, wenn die DeLucas da draußen sind und immer noch Jagd auf meine Familie machen.

Nikki und Luca gehen durch die Vordertür und werden von Leone nach draußen begleitet.

Die Wachen öffnen weitere Fenster, damit der restlichen Rauch abzieht. Wir gehen in die Bibliothek und öffnen ebenfalls das Fenster, durch das man in den Garten schauen kann.

Ich erblicke Nova und Paige, die zusammen auf einer Bank sitzen.

„Du bist gerade mal fünf Minuten zurück und schon steht das Haus in Flammen", sagt Dante.

„Was soll ich sagen? Ich bin unwiderstehlich."

Dante gibt ein lautes Schnauben von sich. „Behalt ihn in der Hose. Ich will nicht, dass ihr mit eurer Hitze das Gelände abfackelt."

Ich rolle mit den Augen. „Komisch. Zwischen uns ist nichts passiert." Merkt er das denn nicht?

Natürlich, wie könnte er auch? Er weiß nicht, dass Paige mich bestohlen hat.

Soll ich es ihm sagen?

Wenn ich es tue, wird er Vergeltung erwarten. Ich mache ihm keine Vorwürfe. Er ist der Don. Niemand bestiehlt unsere Familie, niemals.

Wenn ich es nicht tue, dann beschütze ich sie, und warum sollte ich das tun? Sie hat mich betrogen. Ich schulde ihr nichts.

„Stimmt", sagt Dante und grinst schief. „Nichts so heißes, dass du nicht bemerkt hast, dass Nova mit dem Feuerzeug gespielt und ein Feuer gelegt hat?"

„Wir hatten eine Meinungsverschiedenheit", sage ich.

Das ist keine Lüge.

Dante schnaubt leise vor sich hin. „Normalerweise würde ich dir sagen, du solltest dich flachlegen lassen, das Kindermädchen ficken und die sexuelle Spannung loswerden, aber Scheiße. Wenn dein Kind Feuer legt, um deine Aufmerksamkeit zu bekommen, solltest du es vielleicht in der Hose behalten, Moreno."

So war es aber nicht.

Aber ich verstand, was er meinte.

„Es wird nicht wieder vorkommen."

Paige hätte auf Nova aufpassen müssen, aber sie konnte es nicht, weil ich sie im Flur in die Enge getrieben hatte. Ich wollte nicht zugeben, dass mein Schwanz in meiner Hose zuckte, als ich sie an die Wand drückte.

Sie hatte diese Wirkung auf mich.

Aber warum?

„Ich finde, du solltest sie ficken", sagt Dante.

„Das ist doch nicht dein Ernst." Er mochte vielleicht, das Spiel zu spielen, bevor er sich mit Nikki niederließ, aber ich bin nicht so wie er.

Dante lächelt nicht einmal. „Ich meine es ernst. Deine Frau ist weg, und du verdienst es, glücklich zu sein. Sie scheint gut mit Nova auszukommen, und ich sehe, dass du auf sie stehst."

„Tue ich nicht."

„Lügner", sagt Dante.

„Halt die Klappe." Es gibt nicht viele Leute, die damit durchkommen, so mit ihrem Chef zu reden.

„Ich kann nicht glauben, dass du mich dazu ermutigst, sie zu ficken."

Er lacht leise vor sich hin. „Ich würde dich ja als dein Wingman in die Bar begleiten, aber ich glaube nicht, dass du ein Mädchen zum Sex aufgabelst. Das ist nicht dein Stil. Aber das Kindermädchen ist heiß. Gut, dass ich schon vergeben bin. Es sei denn, sie ist an einem Dreier interessiert. Ich könnte Nikki fragen..."

„Wage es ja nicht!"

Ein Grinsen huscht über sein Gesicht.

Er weiß genau, was er sagen muss, um mich zu beeindrucken, und es hat funktioniert.

„Es würde dich nicht stören, wenn du sie nicht attraktiv fändest."

Das ist nicht das Problem. Paige ist sehr attraktiv, unzählige Male habe ich sie im Geist ausgezogen und mir vorgestellt, wie ich meinen Schwanz in ihre Wärme schiebe.

„Attraktivität ist nicht das Problem. Sie ist das Kindermädchen meiner Tochter."

Dante zuckt mit den Schultern. „Wo ist das Problem? Wenn es nicht klappt, wird sie kündigen. Paige wird nicht bei dir bleiben, wenn du ihr das angetan hast. Du wirst dir also eine neue Hilfe suchen müssen, aber in der Zwischenzeit kannst du weitermachen und vielleicht nicht immer so verdammt mürrisch sein."

„Ich bin nicht mürrisch."

„Genau, und die Sonne geht auch nicht jeden verdammten Tag auf. Du bist Oscar der Muffel. Frag einfach Nova."

Meine Augen zucken.

Nova spricht nicht. Zumindest nicht mehr.

Das weiß er.

Aber früher hat sie ständig gesprochen, und er weiß, dass sie seit dem Tod ihrer Mutter sehr verschlossen ist.

Serene ist nicht die Einzige, die an diesem Tag gestorben ist.

Auch Novas Kindermädchen wurde ermordet. Ich kann nicht umhin, mich zu fragen, ob Nova das miterlebt hat und deshalb stumm geworden ist.

21

PAIGE

NOVA und ich verbringen den größten Teil des Nachmittags im Garten. Es wäre ein Leichtes, über den kleinen weißen Zaun zu klettern, aber wie weit würden wir kommen? Der Zaun ist bewacht.

Obwohl Moreno mir gedroht hat, dass ich das Gelände nicht verlassen darf, bis er den Ring zurückbekommt, habe ich noch nicht versucht zu gehen.

Es sind erst ein paar Stunden vergangen.

Aber das erdrückende Gefühl, gegen meinen Willen festgehalten zu werden, reicht aus, um mich unruhig zu machen.

Ich muss raus.

Aber tagsüber hat Nova Priorität, und solange sie

wach ist, lasse ich sie nicht aus den Augen. Besonders nach dem Feuer.

Wir spielen mehrere Stunden lang draußen. Leone bringt uns das Mittagessen, während Arbeiter im Haus ein und ausgehen, um das Spielzimmer wieder in Ordnung zu bringen.

Zum Glück gab es laut Leone keine strukturellen Schäden. Als das Abendessen näher rückt, werden wir nach drinnen in die Küche gebracht, um zu essen.

Ich habe noch nicht mit Moreno gesprochen, geschweige denn ihn gesehen. Er hat Novas oder meine Existenz nicht einmal zur Kenntnis genommen.

Ist er wütend, weil Nova das Feuer gelegt hat? Sie konnte nicht wissen, dass es gefährlich war was sie tat.

Ein Feuerzeug brauchte nicht viel, um die Flammen auszulösen, nur ein Umklappen des Deckels, es gibt weder eine Sicherung noch eine Kindersicherung.

Das war eine Katastrophe, die nicht hätte passieren dürfen.

Wer zum Teufel hatte es in ein Kindercamp mitgebracht? War es ein anderes Kind?

Es gibt nicht viel, was ich tun kann. Für Luca bin

ich nicht verantwortlich aber ich bin zuversichtlich, dass Dante und Nikki die Situation in den Griff bekommen werden.

Nach dem Essen führt uns Rhys nach oben und sorgt dafür, dass wir nicht ins Spielzimmer gehen, während die Reparaturen weitergehen.

Das Schloss rastet ein, sobald die Tür hinter uns geschlossen wird.

„Ernsthaft?" murmle ich.

Warum lässt Moreno uns in unserem Zimmer einsperren?

Was ist, wenn es noch ein Feuer gibt?

Macht er sich Sorgen, dass ich versuchen könnte zu fliehen, oder wegen der Arbeiter unten?

„Wie wäre es, wenn du ein warmen Bad nimmst und ich dir dann vor dem Schlafengehen eine Geschichte vorlesen?"

Nova rümpft die Nase. Mein Vorschlag gefällt ihr nicht. Ich vermute, es ist der Teil, der mit dem Schlafengehen zu tun hat. Ich kenne kein Kind, das gern schlafen geht.

Als Erwachsener freue ich mich darauf, ins Bett zu gehen.

„Komm schon. Du kannst dir heute Abend zwei Bücher aussuchen."

Das Lächeln auf ihrem Gesicht wird breiter, als sie mir ins Badezimmer folgt.

Dort liegt bereits ein frisches Handtuch und ich lasse ihr das Badewasser ein, während sie sich ohne meine Hilfe auszieht.

Sie zu baden hat Priorität. Ich habe nicht bemerkt, wie sehr ihre Kleidung nach Rauch stinkt, aber als ich sie in den Wäschekorb werfe, rieche ich noch einmal daran und räuspere mich, um nicht zu husten.

Meine Kehle fühlt sich ausgedörrt und trocken an.

Sie spielt mit ihrem Gummientchen in der Badewanne, während ich ihr die Haare wasche und sie schön sauber mache.

Ich will immer noch den Ring finden, den sie gestohlen hat, bevor sie vergisst, wo sie ihn versteckt hat.

Als sie mit dem Bad fertig ist, trockne ich sie ab und helfe ihr, in ihren Schlafanzug zu schlüpfen. „Erinnerst du dich an den Ring, den du dir von deinem Daddy geliehen hast?", frage ich sie.

Ich will sie nicht des Diebstahls beschuldigen, aber sie hat vorhin sehr schuldbewusst ausgesehen, als ich das Thema angesprochen habe.

Sie kneift die Lippen zusammen, antwortet aber nicht verbal.

Nicht, dass ich erwarte, dass sie mir sagt, wo er ist.

Aber sie dreht ihren Kopf und ihre Augen blicken auf ihre ausgestopfte Giraffe. Sie stößt an den Hintern der Giraffe, klopft darauf und zieht die Klappe herunter. In ihrem Spielzeug befindet sich ein Geheimfach.

Nova enthüllt den funkelnden Diamantring.

Ich halte ihr meine Hand hin, damit sie ihn in meine Handfläche legen kann.

Erst zögert sie, dann legt sie den Ring in meine Hand und klettert wortlos unter die Bettdecke.

„Danke." Ich küsse ihre Wange und stecke den Ring an meinen Finger, damit ich ihn nicht verliere. Ich würde es mir nie verzeihen, wenn ich den Ring wieder verlieren würde, und ich weiß, dass Moreno das genau so sehen würde.

Ich lese ihr wie versprochen zwei Gute-Nacht-Geschichten vor, bevor ich sie ins Bett bringe und aus ihrem Zimmer schleiche. Ich schließe die Nebentür fast ganz. Wenn sie mich braucht, hoffe ich, dass sie in der Nacht zu mir kommen wird.

Bis jetzt hat sie immer tief geschlafen, aber nach dem Feuer heute mache ich mir Sorgen um sie.

Ich dusche und reinige mich von dem Rauchgeruch, der meine Haut durchdringt. Ich rieche ihn an meiner schmutzigen Kleidung und lege die Wäsche in den Wäschekorb.

Ich ziehe ein übergroßes T-Shirt und ein Höschen an und klettere mit meinem eReader unter die Decke. Ich bin müde aber ich bin mir nicht sicher, ob ich noch ein paar Seiten lesen kann, aber ich bin noch nicht bereit, zu schlafen.

Die Sonne ist noch da.

Im Sommer geht sie erst spät unter, und obwohl die Vorhänge im Schlafzimmer helfen, dringt immer noch Licht durch die Jalousien.

Mein Handy summt und zeigt mir eine SMS Nachricht an.

Ich greife nach dem Gerät. Es gibt nicht allzu viele Leute, die meine Nummer kennen.

Hey, ich bin's, Ariella. Wie geht's dem großen, mürrischen Bossloch?

Ich lächle und kann mir ein Lachen nicht verkneifen. Ich habe ihr nie gesagt, dass er mürrisch oder ein Arschloch ist, aber es ist, als könne sie meine Gedanken lesen. Sie kannte Nova bereits vor dem Tod ihrer Mutter, er war vielleicht schon immer schwierig im Umgang. Ich nahm an, dass es am Tod seiner Frau liegt, aber ich kannte ihn vor ihrem Tod noch nicht.

Er ist sehr anstrengend.

Darauf wette ich. Willst du am Wochenende für einen Mädelstag vorbeikommen? Ich habe Wein.

Das klingt perfekt, aber würde Moreno mir den Tag freigeben?

Ich weiß nicht, ob ich entkommen kann, aber ich werde es versuchen.

Fliehen? Bist du etwa gefangen?

Ich fange an, *Ja* zu tippen, lösche es dann aber schnell wieder. Ich will nicht, dass sie die Polizei ruft und meine Situation noch schlimmer macht.

Sehr witzig. Ich sage dir Bescheid, wenn ich es schaffe.

Na gut. Genieße deinen Freitagabend!

Ich lache leise vor mich hin. Ja, ich genieße meinen Freitag, eingeschlossen in meinem Schlafzimmer, mit einer Vierjährigen im Zimmer nebenan.

Sie schickt mir ihre Adresse, nur für den Fall. Ich lege das Telefon zurück auf den Nachttisch und vertiefe mich in mein Buch.

Keine zwei Minuten nachdem ich beginne zu lesen geht die Tür nebenan quietschend auf.

„Nova?" Ich schaue zur Tür und sehe, dass Moreno dort steht und mich wieder anstarrt.

Will er es sich zur Gewohnheit machen, unangemeldet in mein Schlafzimmer zu kommen?

Ich lege mein Tablet auf dem Bett ab und schaue zu ihm hoch.

Er trägt Jeans und ein schwarzes T-Shirt. Sein Haar ist ein wenig zerzaust. Es sieht so aus, als hätte er bei den Reparaturen im Spielzimmer geholfen. Auf seiner Jeans klebt getrocknete, Farbe und auf seinem Arm und seiner Wange ist ein Fleck zu sehen.

„Nova ist ohne Probleme ins Bett gegangen." Ich kann mir nur vorstellen, dass er in mein Zimmer gekommen ist, um über seine Tochter zu sprechen.

Nach dem Tag, den wir verbracht haben, kann ich es ihm nicht verübeln, dass er nach ihr sehen will, vor allem, weil er den ganzen Nachmittag nicht anwesend zu sein schien.

„Das ist gut, ich habe gesehen, dass du sie gebadet hast." Er setzt sich an die Kante meines Bettes.

„Ja, wir haben beide nach dem Feuer ziemlich gestunken", sage ich.

Moreno riecht gut, auch wenn Schweiß, Schmutz und Rauch auf seiner Haut kleben. Wahrscheinlich sollte er jetzt nicht auf meinem Bett sitzen, aber das ist mir egal.

Ich mag seine Aufmerksamkeit und seine Gesellschaft. Ich versuche, ihn nicht zu lange anzusehen, bevor ich meinen Blick abwende.

„Hör mal, ich möchte dich fragen, ob ich morgen frei haben könnte. Ich würde gerne ausgehen—"

„Nein." Die Antwort von Moreno ist kurz und knapp. „Ich habe dir doch gesagt, dass du nirgendwo hingehst."

Ich ziehe den Ring von meinem Finger und reiche ihn Moreno. „Ich habe den Ring deiner Frau gefunden."

Er lacht düster und schüttelt den Kopf. „Ich hatte gehofft, dass ich mich in dir getäuscht habe, und mich irre", sagt er und nimmt mir das kleine Schmuckstück aus der Hand. „Anscheinend habe ich mich aber nicht geirrt."

Moreno steht auf. „Ich bin enttäuscht von dir."

„Ich bin nicht deine Tochter oder ein Kind, das du herumkommandieren kannst."

„Nein, du bist meine Angestellte, das Kindermädchen meiner Tochter ", sagt er mit so viel Abscheu, dass es mir den Magen umdreht.

Glaubt er, dass er etwas Besseres ist als ich? Mit seiner hochgezogenen Nase und dem selbstgefälligen Grinsen auf seinem Gesicht tut er jedenfalls so.

Ich möchte es wegwischen, ihm beweisen, dass ich mehr bin als nur ein Kindermädchen.

Er steuert auf die Nachbartür zu. Selbst wenn er durch meine Schlafzimmertür gehen wollte, kann ich mir nicht vorstellen, dass es möglich ist. Die Tür ist wahrscheinlich immer noch durch die Wachen verschlossen.

„Ich bin ein besseres Kindermädchen für deine Tochter wie du ein Vater für sie bist", murmle ich als er auf dem Weg nach draußen ist.

Moreno bleibt wie angewurzelt stehen.

Verdammt!

Er hat mich gehört.

22

MORENO

ES IST SCHON SCHLIMM GENUG, dass Paige es wagt, mich zu bestehlen und dann Serenes Ring am Finger trägt, als wäre sie meine Braut, aber dann auch noch zu behaupten, sie sei eine bessere Mutter für meine Tochter als ich?

Was für eine Frechheit von ihr!

Nun, eigentlich hat sie das Wort Elternteil nicht benutzt, aber es macht keinen Unterschied.

Ich kann das nicht auf sich beruhen lassen.

Ich sollte abhauen. Sie allein lassen und mich in meine Arbeit vergraben.

Selbst Schlaf wäre eine willkommene Ablenkung.

Aber meine Füße führen mich wieder zurück. Vielleicht ist es mein Herz, das sich einmischt. Mein

Kopf ist auf jeden Fall an der richtigen Stelle und schreit, dass ich gehen soll, bevor ich etwas tue, was ich später bereue.

„Wie bitte?" Ich mache zwei Schritte. Meine Schritte sind nicht sanft und leise.

Ich hoffe, ich wecke Nova nicht aus ihrem Schlummer, aber ich kann nicht noch leiser sein, als ich ohnehin schon bin. Das ist meine Art, leise zu sein.

Meine Stimme dröhnt, als ich Paige anschnauze.

Ihre Augen weiten sich und sie macht ihren Mund zu.

Ja, sie hat gedacht, ich hätte sie nicht gehört. Nun, ich habe sie gehört. „Kannst du mir das noch mal ins Gesicht sagen?"

Das ist eine Herausforderung.

Sie presst ihre Lippen zusammen und rollt sie zwischen die Zähne.

Mein Blick verweilt länger als nötig auf ihren Lippen, aber sie sagt nichts, falls sie es doch bemerkt.

„Ich werde mir morgen freinehmen", sagt Paige.

Meine Güte, hat das Mädchen denn kein Verständnis dafür, das Gelände nicht zu verlassen? „Du gehst erst, wenn ich es erlaube."

„Wie bitte?", faucht sie und setzt sich im Bett auf,

wobei sie ihre Beine über die Kante schiebt. „Ich bin kein Mädchen, das du einsperren und gefangen halten kannst."

Ist ihr klar, dass ich sie hier festhalte, um sie zu beschützen?

Vance wird hinter ihr her sein. Und wenn er sie findet, wird er sie foltern, vergewaltigen und töten. Es ist ein Spiel, um zu sehen, was er tun kann, um meine Familie zu zerstören und wie lange wir überleben.

Sie begreift es nicht.

Wie sollte sie auch? Ich war nicht gerade offen und ehrlich zu ihr, was den Tod von Serene oder Laura, unserem letzten Kindermädchen, angeht.

„Glaubst du wirklich, dass ich dich zu meinem Vergnügen hier behalte?" Ich lache über die Absurdität ihrer Andeutung. „Du bist Novas Kindermädchen, und ich muss morgen an einem anderen Ort sein. Das heißt, du wirst hier sein und auf meine Tochter aufpassen."

Sie zieht die Stirn in Falten.

In ihrem Kopf müssen sich die Rädchen drehen.

„Dann hast du kein Problem damit, wenn ich sie für den Tagesausflug mitnehme?"

Ich werfe meine Hände in die Luft. „Du kannst wirklich nicht zuhören? Du wirst nirgend wohin gehen und Nova auch nicht. Wenn du auch nur einen Fuß vor die Tür setzt, lasse ich dich festnehmen und für den nächsten Monat in deinem Zimmer einsperren", schimpfe ich.

Sie stellt meine Geduld auf die Probe.

„Wir können nirgendwo hingehen?" fragt Paige. Ihr ist die Kinnlade heruntergeklappt.

„Ich werde euch sagen, wann ihr einen Ausflug machen könnt, und ihr müsst einen der Wächmänner mitnehmen."

„Toll, ein Spion", sagt sie leise.

Sie hat nicht unrecht. Leone wurde angewiesen, alles Wichtige zu melden, und nachdem sie sich mit Ariella getroffen hat, habe ich nicht vor, ihm zu sagen, dass er aufhören soll. „Du solltest auf deinen Ton und deine spitze Zunge achten."

Paige wirkt auf mich wie ein Mädchen, das in ihren Teenagerjahren wahrscheinlich eine Menge Ärger hatte, die Grenzen austestete und ihre Eltern an ihre Grenzen gebracht hatte.

Ich kann nur hoffen, dass Nova nicht so sein wird, wenn sie älter wird. Aber mit Paige als Kindermädchen ist das wohl unvermeidlich, oder?

„Bist du fertig?", fragt Paige und greift nach ihrem eReader. „Ich würde gerne zu meinem Buch zurückkehren."

„Ich sage dir, wenn wir fertig sind." Ich trete näher, schnappe mir ihr Tablet und werfe es weiter auf das große Bett, damit sie es nicht mehr erreichen kann.

Sie öffnet den Mund, um zu widersprechen. Sie runzelt die Stirn, als ich mich zu ihr beuge und ihr einen Kuss auf den Mund drücke.

Ich habe noch nie erlebt, dass Paige schweigsam war, niemals.

Vielleicht sollte ich Dantes Rat befolgen und meine Deckung fallen lassen und der Versuchung nachgeben. Sie ist feurig und die Spannung zwischen uns knistert in der Luft.

Ich habe Serene zwar geliebt, aber die Energie zwischen uns war nie so geladen. Die Versuchung ist unüberhörbar, vor allem das Stöhnen, das sie beim Küssen aus dem hinteren Teil ihrer Kehle herausstößt.

Verdammt!

Sie weiß, wie sie mich machtlos machen kann.

Ein Kuss, und ich bin bereit, ihr alles zu geben.

Sogar ihre Freiheit.

Aber ich kann nicht nachgeben.

Das werde ich nicht.

Ihre Sicherheit hat für mich Priorität, und wenn ich sie gehen lasse, wird sie vielleicht nie wieder einen Sonnenaufgang erleben. Ich ziehe mich aus dem Kuss zurück, meine Lippen kribbeln und mein Herz klopft wie wild gegen meinen Brustkorb.

Paige beugt sich zu einem weiteren Kuss vor.

Aber ich weiche zurück und halte sie auf.

23

PAIGE

VOR ZWEI MINUTEN haben wir uns noch darüber gestritten, dass er mich nicht weglassen, geschweige denn Nova vom Grundstück bringen darf, und dann hat er beschlossen, mich zu küssen.

Eigentlich sollte ich wütend auf ihn sein, aber der Kuss hat meine Abwehrkräfte gebrochen.

Ich will mehr.

Meine Finger krallen sich in sein Hemd und ziehen ihn auf mich herunter, während ich mir einen weiteren heißen Kuss von meinem Chef wünsche.

Diese kleine nörgelnde Stimme in meinem Kopf erinnert mich daran, dass er ein böser Junge ist.

Ärgerlich.

Die schlechteste Wahl, die ich treffen könnte - der größte Fehler meines Lebens.

Es gibt nur einen Weg, diese Stimme zum Schweigen zu bringen.

Und das geht nur mit einem weiteren Kuss.

Während wir uns küssen, werden die Bettlaken zwischen uns zusammengeknüllt und ich hebe meine Hüften so weit an, dass ich die Laken mit meinen Knien nach unten schieben kann. Zwischen seinen Küssen und den Decken bin ich heiß und verschwitzt, und das ist einfach zu viel.

Aber ich möchte Moreno nicht wegstoßen.

Ich will mehr von ihm.

Ich weiß, dass ich aufhören sollte, aber ich kann es nicht. Meine Finger gleiten unter sein schwarzes T-Shirt, und ich streiche mit den Handflächen über seine Haut.

Aus einem Kuss werden zwei.

Wir sind ineinander verschlungen, das Bettlaken zwischen meinen Beinen, während er meine Arme mit einer Hand über meinem Kopf festhält.

Seine Finger gleiten über meinen Bauch, die Ballen seiner Finger sind weich und kitzeln mich, während sie über mein T-Shirt tanzen.

Ich fühle mich halb nackt, da ich nur ein T-Shirt und ein Höschen anhabe, aber das ist mir egal.

Wird er überrascht und erfreut sein, wenn er den lila Spitzentanga entdeckt? Ich habe ihn für ihn angezogen.

Nicht, dass ich jemals gedacht hätte, dass er ihn an mir sehen würde, aber ich habe ihn angezogen, erregt von der Vorstellung, dass er ihn sehen könnte.

„Was willst du?", fragt Moreno und starrt auf mich herab.

Er hat meine Arme immer noch gegen die Matratze gepresst und hält sie über meinem Kopf fest.

Mein Brustkorb hebt und senkt sich mit jedem Atemzug, den ich mache.

„Dich", flüstere ich zu ihm hinauf und keuche bereits.

Das Letzte, was ich will, ist, dass er aufhört oder sich zurückzieht und die Sache zwischen uns unvollendet lässt.

Moreno beugt sich zu einem weiteren feurigen Kuss hinunter, seine Zunge schiebt sich an meinen Lippen vorbei in meinen Mund.

Er weiß, wie man eine Frau küsst, wirklich küsst.

Zum Glück liege ich schon im Bett, sonst würde ich mit weichen Knien auf den Boden fallen.

Mein Rücken wölbt sich von der Matratze, während wir uns küssen. Ich möchte ihn ganz fest an mich drücken. Ich sehne mich nach seiner Berührung.

Ich schlinge meine Beine um ihn und ziehe ihn zu mir herunter, während ich stöhne.

Sein Gewicht erdrückt mich auf die bestmögliche Art und Weise, sodass ich mich sicher fühle.

Moreno stöhnt und zieht sich dann zurück. Er löst seinen Griff, während er mich loslässt und vom Bett klettert.

Ich weiß nicht, was passiert ist. Habe ich etwas falsch gemacht? „Moreno?"

„Lass es", schnauzt er. „Du kannst nicht mit Sex wieder gutmachen, was du getan hast." Er rückt seine Hose zurecht und streift sein Hemd runter, als ob das die letzten Minuten und die damit verbundenen Gefühle auslöschen würde.

„Ich benutze keinen..."

„Ich will es nicht hören", sagt Moreno. „Du hast Serenes Ring gestohlen." Er geht schnaufend durch die Nebentür zurück in Novas Schlafzimmer.

„Scheiße", stöhne ich leise und greife nach dem Kissen neben mir, um mein Gesicht damit zu bedecken, während ich vor Frust schreie.

———

Moreno hat die Angewohnheit, mir aus dem Weg zu gehen.

Nach dem, was vor über einer Woche in meinem Schlafzimmer passiert ist, habe ich ihn nicht länger als ein oder zwei Minuten gesehen.

Er tut alles, was er kann, um sich von mir fernzuhalten.

Normalerweise wäre das auch in Ordnung. Es ist ja nicht so, dass ich jemals mit meinem Chef abhängen wollte. Aber Moreno ist nicht nur ein Chef.

In seiner Gegenwart bekomme ich Schmetterlinge im Bauch. Ich bin mir aber nicht sicher, ob das von der Angst oder von der Lust kommt.

Es könnte beides sein.

Zweifellos ist er ein mächtiger Mann, und das Maß an Selbstvertrauen und Kontrolle, das er ausstrahlt, finde ich aufregend. Er ist anders als alle anderen, die ich je kennengelernt habe.

Werde ich jemals mehr über ihn erfahren?

Nikki wird vielleicht ein paar Details ausplaudern, wenn ich sie in die Enge treibe, aber ich möchte es von ihm selbst hören.

Ich beabsichtige mit ihm zureden, denn ich habe das Gefühl, dass ich das mit Serenes Ring klären muss, aber ich kann es nicht, ohne Nova zu verraten.

Hat das Mädchen nicht schon genug durchgemacht?

Die Tür zu Novas Schlafzimmer öffnet sich quietschend und ich weiß, dass Moreno jede Nacht nach seiner Tochter sieht, aber er kommt nicht mehr in mein Zimmer.

Das ist wahrscheinlich das Beste.

Zumindest rede ich mir das ein. Aber ich bin nicht glücklich über seine Entscheidung. Ich möchte ihn kennenlernen.

Aus irgendeinem verrückten Grund bin ich gerne in seiner Nähe. Ich bin mir ehrlich gesagt nicht sicher, warum. Es ist alles andere als Liebe, es ist Anziehung, Begierde, Lust, oder vielleicht stimmt auch die Chemie. Ich bin davon überzeugt, dass es nur körperlich ist.

Obwohl ich mich normalerweise nicht in eine Beziehung mit einem Mann stürze, für den ich arbeite und mit dem ich zusammenleben muss, kann ich mich trotz allem nicht zurückhalten.

Ihn aufzusuchen ist wie eine aufregende Fahrt im Vergnügungspark.

Ich sehne mich nach einem Blick von ihm, einem langen, harten Blick.

Es wäre auch schön, wenn er mich dabei nicht hassen würde.

Es ist schon spät und Nova schläft tief und fest.

Ich warte darauf, dass Moreno nach ihr sieht, bevor ich ihn in die Enge treibe, mich leise aus dem Bett schleiche und in Novas Zimmer trete.

Moreno schaut nicht einmal zu mir auf. Er spürt aber meine Anwesenheit. Oder vielleicht hat er mich gehört. Ich habe versucht, leise zu sein, aber die Dielen knarren.

„Geh zurück ins Bett", flüstert er mir barsch zu.

Ich höre nicht auf ihn.

Moreno deutet auf die offene Schlafzimmertür, damit ich in mein Zimmer zurückkehre.

Er will vielleicht, dass ich auf ihn höre, aber ich habe nicht vor, allein in mein Zimmer zurückzukehren. Stattdessen verschränke ich meine Arme vor der Brust.

Wenn man bedenkt, wie stur er schon die ganze Woche war, bin ich jetzt dran.

Novas Schlafzimmer ist dunkel, abgesehen von dem Nachtlicht.

Er sieht erschöpft und müde aus. Ist es die Arbeit, die ihn ablenkt, oder etwas anderes?

Ich?

Nein, ich habe nicht viel Macht.

Als ich nicht nachgebe, gibt er schließlich nach und deutet mir an, ihm in mein Schlafzimmer zu folgen.

Das ist gut, endlich können wir reden, die Dinge offen ansprechen. Vielleicht kann ich ihn davon überzeugen, dass ich Nova für einen Nachmittag mit vom Grundstück nehmen darf.

Er hält mir seine Hand hin und ich trete in mein Zimmer und drehe mich um, nur um festzustellen, dass die Nachbartür hinter meinem Absatz zugeschlagen wird.

Mistkerl!

24

MORENO

ICH KANN NICHT SCHLAFEN. Ich mache es auch allen anderen im Haus nicht unbedingt leicht, zu schlafen.

Nova hat zum Glück einen tiefen Schlaf.

Aber nachdem ich die Tür hinter Paige zugeknallt habe, benötige ich Platz und vor allem Zeit.

Zeit, um herauszufinden, was zum Teufel ich tun soll.

„Wir gehen aus", sagt Dante, als er aus seinem Schlafzimmer kommt.

„Was?" Ich kann mich nicht erinnern, wann wir das letzte Mal zum Spaß und nicht geschäftlich ausgegangen sind. Seit er mit Nikki zusammen ist, war er der Partygänger, der mit jedem Mädchen schlief, was einen Puls hat, gezähmt worden.

Das ist ein seltenerAugenblick, und ich freue mich für ihn.

Dante hat Nikki verdient. Sie war bestimmt kein leichter Fang.

Er packt mich am Arm und führt mich die Treppe hinunter, weg von Novas Schlafzimmer und vor allem von Paiges Zimmer.

„Es ist klar, dass du eine Nacht rausmusst, weg von dem, was ihr beide gerade macht." Dante ist normalerweise etwas direkter.

Ich rechne damit, dass er mich nach Paige fragen wird, während wir außer Haus sind, und das ist auch gut so. Ich will nur nicht, dass sie unser Gespräch mit anhört. Nicht, dass ich entdeckt hätte, dass sie uns belauscht. Es ist nur der Ring, die Tatsache, dass sie ihn gestohlen hat, die ich nicht loslassen kann.

Wie könnte ich auch?

Aber ich kann mich Dante nicht anvertrauen, sonst würde er sie vor die Tür setzen.

Warum will ich sie beschützen?

„Was ist mit Nikki?"

„Ich brauche ihre Erlaubnis nicht", sagt Dante und grinst. „Sie ist heute Abend mit ihren Freundinnen unterwegs."

Ich lache leise vor mich hin. Ist Dantes Vorschlag, dass wir ausgehen, für ihn oder für mich? „Was ist mit den Kindern?"

„Das Kindermädchen ist hier, richtig?"

Ich nicke schwach.

„Zwing mich nicht, dir zu befehlen, mit mir herauszugehen und Spaß zu haben." Dante klopft mir auf den Rücken und stupst mich an, damit ich ihm zur Tür hinaus folge.

Er würde das tun, um darauf zu bestehen, dass ich ihn heute Abend begleite. „Du brauchst keine Befehle, Boss."

―――――

„Du kannst mir nicht erzählen, dass keines der Mädchen hier attraktiv ist", sagt Dante.

Ich schwöre, er will mich ins Bett bekommen.

Wir befinden uns in der VIP-Lounge der Bar, die ihm gehört. Für meinen Geschmack ist sie ein wenig schäbig. Der Barkeeper bringt eine Flasche Whiskey für Dante. Sie kennen seine Vorliebe. Das ist einer der Vorteile, wenn man das Lokal besitzt.

Sie bringt zwei leere Gläser mit der Flasche und eine Limonade für mich. Warum sie mir überhaupt ein leeres Whiskeyglas bringt, ist mir ein Rätsel, aber heute Abend werde ich mir vielleicht tatsächlich einen Drink gönnen.

Alles, um das Gefühl zu vermeiden - was genau?

Das letzte Mal war ich hier, als ich Paige interviewt habe.

Dante schenkt sich selbst ein Glas Whiskey ein und ich bitte ihn mit einer Geste, mir auch einen einzuschenken.

Er bestellt immer nur das Beste vom Besten.

„Wer hat gesagt, dass diese Flasche für dich ist?" Dante lacht und schenkt mir einen Schluck ein. „Sie muss dir auf die Nerven gehen."

Ich nehme das Glas vom Tisch und schaue zu ihm hinüber. „Wer?"

Dante schnappt sich sein eigenes Getränk und stößt mit unseren Gläsern an, als ob wir darauf anstoßen würden. „Das neue Kindermädchen, sie ist heiß. Ich muss zugeben, wenn du sie wegen ihres Aussehens eingestellt hast, würde ich es dir nicht verübeln. Sie hat einen tollen Hintern, wenn sie läuft. Verdammt, sogar Nikki findet sie heiß."

„Das hat sie nicht gesagt." Ich glaube ihm nicht.

Er zuckt mit den Schultern und nippt an seinem Whiskey, ohne zuzugeben, ob das, was Nikki gesagt hat, wahr ist oder nicht.

Aber er hat nicht Unrecht. Paige ist für mich wie eine Fantasie und ich hasse mich dafür, was sie mich fühlen lässt. Es wäre einfacher, innerlich gefühllos zu sein, wie vor dem Treffen mit ihr, nach dem Tod meiner Frau.

„Willst du mir erzählen, was zwischen euch beiden passiert ist?", fragt Dante, aber ich habe das Gefühl, dass er nicht wirklich fragt. Er wartet darauf, dass ich ihm erkläre, warum ich in letzter Zeit so angespannt und ausweichend bin.

Ich habe in der letzten Woche alles getan, was ich konnte, um nicht mehr als zwei Minuten mit Paige zu verbringen.

„Nichts."

„Und das Feuer?", fragt Dante, legt den Kopf schief und starrt mich an.

Ich habe darüber nachgedacht, Nova an erste Stelle zu setzen und dafür zu sorgen, dass sie nicht in Schwierigkeiten gerät.

„Es tut mir leid, dass der Schaden..."

Dante winkt abweisend mit der Hand. „Das haben wir hinter uns, Moreno. Luca hätte nie ein Feuerzeug aus dem Camp mitbringen dürfen, geschweige denn es im Spielzimmer liegen lassen, damit Nova es entdeckt. Ich frage wegen Paige."

Er war schon immer sehr direkt zu mir. Das waren wir beide, aber dieses Mal möchte ich ihm nichts von Paige erzählen.

Als ich einen weiteren Schluck Whiskey nehme und eine Grimasse ziehe, lacht er und führt sein Glas an die Lippen.

„Wow. Du trinkst lieber, als zu reden. Okay." Er leert sein Glas Whiskey und schenkt sich einen zweiten Drink ein.

Am liebsten würde ich meinen Drink in Ruhe nehmen, entweder ich rede oder ich halte mir etwas vor den Mund, damit ich nicht sprechen muss, was bedeutet, Whiskey zu trinken.

Ich kippe den Drink hinunter und fülle das Glas schnell wieder auf.

Vielleicht werden dadurch meine Lippen locker und das unvermeidliche Schiff sinkt. Es könnte genauso gut die verdammte Titanic sein.

„Lass mich raten, ihr habt miteinander geschlafen, und sie bereut es." Dante wagt einen Blick auf die Wolke, die über mir schwebt.

Er hat Unrecht.

Vielleicht sollte ich ihn in dem Glauben lassen, dass ich deshalb sauer bin, aber ich habe sie nicht gefickt. Klar, haben wir uns geküsst. Ich wollte mit ihr auf dem Bett liegen und ihr zeigen, wie es ist, von einer Person völlig verschlungen zu werden, aber das war nicht mehr als eine flüchtige Fantasie.

„Ich habe sie noch nicht nackt gesehen."

Dante schnaubt.

„Das heißt aber nicht, dass du sie auch mit Klamotten dazu bringen kannst, das große O zu schreien."

Ich verdrehe die Augen über seine Grobheit. „Sie hat mich bestohlen."

Verdammt.

Ich hatte nicht vor, es ihm zu sagen.

Ich hatte mir geschworen, dass dieses Geheimnis zwischen Paige und mir bleiben würde. Ich greife nach der Whiskyflasche und schenke mir ein zweites Glas ein.

Schon jetzt verrate ich alle meine Geheimnisse, und ich habe kaum etwas getrunken.

Dante hat immer gescherzt, dass ich der schlimmste Mafioso bin - einer, der Alkohol hasst. Es ist nicht so, dass ich den Geschmack hasse oder die Wirkung, die er auf mich hat.

Die Wahrheit ist, dass ich es hasse, was er aus meinem alten Herrn gemacht hat, er ist zu einem Monster geworden . Und ich will nicht so ein Typ werden, der seine Frau und sein Kind verprügelt.

Ich habe mir geschworen, nie so zu werden, aber

ich bin hier und trinke Whiskey, genau wie mein Vater.

Ich habe den Alkohol mein ganzes Leben lang gemieden wie die Pest, aber ich weiß, dass eine Nacht mich nicht in einen Trinker verwandeln wird. Aber das mildert den Schlag nicht, als ich mein Glas wieder auffülle und die bernsteinfarbene Flüssigkeit schlucke, während ich Dante meine Gedanken erzähle.

„Ich habe Paige dabei erwischt, wie sie Serenes Ehering getragen hat."

Dante bleibt der Mund offen stehen.

Ich lache düster und trinke mein drittes Glas Whiskey aus, bevor ich mir ein viertes einschenke.

„Ich habe dich sprachlos gemacht", sage ich.

Dante hält sein Glas in der Hand und wirbelt den Whiskey eine Weile herum. „Es muss noch mehr an der Geschichte dran sein."

Er liegt nicht falsch. Wann hat Dante jemals Unrecht?

Ich möchte nicht zugeben, dass ich nach dem Ring gesucht habe, weil sie ihn bei der Therapiesitzung tragen sollte. Dante weiß nicht, dass Paige mich begleitet hat und sich als Novas Mutter ausgab.

Wann habe ich mein Leben versaut?

Ich erzähle ihm die Kurzfassung und starre ihn an, um zu hören, was er zu sagen hat.

Er ist ruhig. Ich habe Dante noch nie schweigsam erlebt.

Verdammt!

Habe ich ihn zweimal sprachlos gemacht?

„Ich glaube immer noch, dass an der Geschichte mehr dran ist. Warum sollte Paige deine Kommode durchwühlen und den Ring stehlen?" fragt Dante. „Sie musste wissen, dass sie erwischt wird."

„Warum klaut überhaupt jemand etwas?" Ich werfe meine Arme in die Luft.

Dante hebt bei jeder Antwort, die er gibt, seine Finger hoch. „Geld. Aufmerksamkeit. Der Nervenkitzel, erwischt zu werden."

Ich glaube nicht, dass Paige deshalb den Ring gestohlen hat. „Nein." Die Tatsache, dass sie ihn trug, als ich sie im Bett sah, lässt mich nicht los.

„Sie könnte einfach von dir besessen sein und dich heiraten wollen."

Ich halte seine Art von Humor im Moment nicht für besonders lustig.

„Willst du meinen Vorschlag oder nicht?", fragt Dante.

„Ich würde es vorziehen, mich in meinem Elend zu suhlen." Ich schenke mir noch ein Glas Whiskey ein, und Dante schnappt sich die Flasche, um mich von weiteren Gläsern fernzuhalten.

„Du hast genügend getrunken und ich habe es satt, dir beim Trübsal blasen zuzusehen. Sie ist eine schöne Frau, obwohl ich Diebe nicht mag, ist es schwer vorstellbar, dass sie den Ring gestohlen hat, um ihn zu verpfänden, und sich damit erwischen zu lassen." Er schnippt mit den Fingern, als ob ihm gerade eine Idee gekommen wäre.

„Was?" Ich bin mir nicht sicher, ob ich bereit bin, mir anzuhören, was er vorschlagen will.

„Paige ist wahrscheinlich in dich verknallt und hat herumgeschnüffelt. Vielleicht ist sie über den Ring gestolpert, hat ihn aufgesteckt, um so zu tun, als wäre sie mit dir verheiratet, und konnte ihn nicht mehr abnehmen?"

„Du siehst zu viel fern", murmle ich. So kann es auf keinen Fall gewesen sein. Das hört sich nicht im Geringsten nach etwas an, das Paige tun würde.

Außerdem hat sie ihn abgenommen und mir gereicht. Es schien nicht in ihrem Finger eingeschnürt zu sein. Obwohl ich Paige nicht wirklich gut kenne nehme ich an, das alles möglich ist.

„Man sagt mir nach, dass ich eine überaktive Fantasie habe", korrigiert mich Dante. „Nikki beklagt sich nicht."

„Wie läuft es zwischen dir und Nikki?" frage ich, um das Gespräch von meinem fehlenden Liebesleben abzulenken.

„Gut. Es war nie besser. Der Sex, ich sag's dir, Moreno, der ist der Hammer." Dantes Augen leuchten auf und sein Lächeln wird breiter.

Er scheint begeistert zu sein, über Nikki und ihr Sexleben zu sprechen.

Ich würde mich am liebsten hinter der Bar ertränken.

Das heißt aber nicht, dass ich mich nicht für ihn freue. Ich bin überglücklich. Bevor er Nikki kennenlernte, war er ein miserabler Bastard. Er war hinter jeder Schlampe her, die er in sein Bett bekommen konnte.

Nikki hat den tödlichsten und gerissensten Mann in einen Vater verwandelt.

Und er hat sie zu seiner Frau gemacht.

Ein kleiner Anflug von Eifersucht durchfährt mich.

Das will ich auch.

Dasselbe Maß an Engagement, unsterbliche

Zuneigung und Verlangen. Es ist Liebe zwischen ihnen, aber die Leidenschaft ist unüberwindbar.

Hatte ich das bei Serene? Ich war wahnsinnig in sie verliebt, aber wir waren nicht perfekt.

„Du bist ruhig. Zu ruhig", sagt Dante.

„Vielleicht hast du recht und es ist Zeit, dass ich weiterziehe", sage ich.

Serene ist seit einem Jahr weg. In Trauer und Mitleid zu versinken, hat weder meiner Tochter noch mir geholfen.

Dante blickt sich in der Bar um. „Es sind ein paar Mädchen an der Bar. Willst du, dass ich dein Wingman bin?"

„Sie sehen kaum alt genug aus, um zu trinken." Ich bin nicht im Geringsten daran interessiert, mit einem Mädchen auszugehen, das gerade aus dem College kommt. „Nicht mein Typ", sage ich, um mein Desinteresse zu unterstreichen.

„Ich weiß. Dein Typ ist Paige, aber sie ist das Kindermädchen deiner Tochter und eine Diebin, wie du mir erzählt hast."

Ich wünschte wirklich, ich hätte ihm nicht von dem Ring erzählt.

In der Bar gibt es niemanden, der auch nur annähernd wie Paige aussieht. Die Mädchen sehen alle jung aus und sind stark geschminkt. Ich schwöre, der Barkeeper und der Türsteher sollten besser die Ausweise kontrollieren.

„Ich habe es schon vor Wochen gesagt, und ich sage es noch einmal. Knall einfach das Kindermädchen."

Ich huste und räuspere mich. Manchmal schockiert mich Dante immer noch. Es ist nicht das erste Mal, dass ich diesen Vorschlag von ihm höre, aber ich werde das Kindermädchen nicht ficken, egal wie sehr ich mit ihr schlafen möchte.

„Irgendwelche anderen Vorschläge? Was würde Nikki vorschlagen?"

„Du erwartest, dass ich weiß, was meine Frau denkt?" Dante rollt mit den Augen und lacht. „Wir wetten darauf, wann du es ihr heimzahlen wirst."

Ich sollte wütend auf Dante sein, aber ich bin es nicht. Es ist eher amüsant, wenn man bedenkt, dass wir alle unter demselben Dach leben. „Deshalb willst du, dass ich sie ficke? Hast du gewettet, dass es an einem bestimmten Tag passieren wird?"

„Ich habe mit Nikki gewettet, dass es schon passiert ist und dass es deshalb so viele Spannungen zwischen euch beiden gibt. Ich wusste nicht, dass es sich um ungelöste sexuelle Spannungen handelt", sagt Dante.

„Ich sage es dir nur ungern, aber Nikki hat gewonnen."

Dante zuckt leicht mit den Schultern. Es scheint ihn nicht im Geringsten zu kümmern. Sein Stolz ist nicht im Geringsten angekratzt.

„Was hast du mit ihr gewettet?"

Will ich überhaupt wissen, wie hoch der Einsatz in ihrem kleinen Spiel war?

„Eine Massage, die immer zu Sex mit meinem Kätzchen führt", sagt Dante. „Scheint eine Win-Win-Situation zu sein."

Das waren mehr Informationen, als ich benötigte. „Richtig." Ich fahre mir mit der Hand durch die Haare und werfe einen Blick auf die Tür. Ein paar weitere Damen betreten die Bar und gesellen sich zu den Mädchen, um sich Getränke zu holen.

Sie sehen genau so jung aus wie die anderen Damen. Sie tragen alle Fick-mich-Pumps oder Stiefel, die bis zu den Knien geschnürt sind. Ich sollte in diesem Moment nicht erregt sein.

Ich hasse mich selbst.

Ich kann es nicht mehr ertragen. Wenn ich hier bin, möchte ich nach Hause gehen.

Ich muss alles in meiner Macht Stehende tun,

um ihr keine SMS zu schreiben, sie nicht anzurufen und von ihr zu verlangen, dass sie jede Anweisung befolgt, die ich ihr als Arbeitgeber gebe.

„Ich will Paige." Die Worte kommen als Knurren heraus. Ich bin ein Löwe auf der Jagd, und die einzige Mahlzeit, die mich befriedigen kann, ist sie.

„Ich weiß."

Er weiß es nicht.

Dante weiß nichts von der Anziehungskraft, dem Verlangen und der aufgestauten Frustration, die mich innerlich zerreißt.

Ich stehe auf, bereit zu gehen und lege Trinkgeld auf den Tisch. Dante hat den Wink verstanden und begleitet mich nach draußen zu seinem Auto.

Es gibt keinen Zweifel daran, dass sie mich als Gegenleistung will. Ich vermute, dass sie sich genauso zu mir hingezogen fühlt wie ich zu ihr, aber ihr Wunsch, in meiner Nähe zu sein, könnte auch nur wegen meiner Tochter sein.

Soweit ich weiß, wollte sie heute Abend, als ich ihr die Tür vor der Nase zuschlug, über Nova reden.

Sie wollte wahrscheinlich nicht über ihre Anziehungskraft auf mich sprechen.

Nun, scheiß darauf.

Scheiß auf sie.

Sie wird reden.

Ich werde sie zwingen, mir alles zu erzählen.

Ihre Begierden. Ihre Fantasien. Das letzte Mal, als sie sich selbst berührt hat. Ich will alles wissen und werde verlangen, dass sie mir jedes schmutzige Detail erzählt.

25

PAIGE

MITTEN in der Nacht werde ich durch das Klicken des Schlosses an der Schlafzimmertür geweckt.

Ich hatte schon immer einen leichten Schlaf, und hier ist das nicht anders. Meistens liegt es daran, dass ich immer wegen Nova lausche.

Die Tür zu meinem Schlafzimmer öffnet sich quietschend, also weiß ich, dass es nicht Nova ist, die sich in mein Zimmer schleicht.

„Moreno?"

Ich bin müde vom Schlaf und meine Augen erkennen seine Umrisse, als er sich meinem Bett nähert.

Er ist es, aber was macht er mitten in der Nacht hier?

„Du bist mir die Wahrheit schuldig", sagt Moreno.

Ist es nicht das, was ich immer getan habe?

„Ich würde dich nie anlügen." Außer über Vance, aber er weiß es nicht, er kann es nicht wissen.

„Das ist eine Lüge", sagt er und lacht finster. Je näher er an mein Bett kommt, desto mehr rieche ich den Alkohol in seinem Atem.

Ich setze mich auf und ziehe an den umliegenden Laken. Er würde mir nie wehtun. Das weiß ich, aber ich fühle mich in dieser Position auch nicht gerade wohl. Ich fühle mich verletzlich und halb angezogen, während er noch vollständig bekleidet ist.

„Du bist betrunken." Das soll kein Vorwurf sein, aber es kommt so rüber.

„Es ist schwer, nicht betrunken zu sein, wenn das Kindermädchen den Ehering meiner toten Frau stiehlt und ihn trägt."

Schuldgefühle machen sich in mir breit. Ich möchte mich entschuldigen, aber wie kann ich das tun, ohne ihn wissen zu lassen, dass Nova den Ring genommen hat?

Sie hat schon so viel durchgemacht und ich will es ihr nicht noch schwerer machen.

„Du hast den Ring zurück", sage ich mit so viel

Überzeugung, wie ich aufbringen kann. „Warum stört es dich, dass ich ihn mir geliehen habe?"

Er lacht finster und lehnt sich näher zu mir, um mich zu verspotten.

„Geliehen? Du hast ihn getragen! Willst du Vater-Mutter-Kind spielen? Tu so, als würdest du den Mafiaprinz heiraten und bis ans Ende deiner Tage glücklich leben."

„Mafiaprinz?" Wovon zum Teufel redet er? Hat er den Verstand verloren?

Moment mal!

Heißt das, er arbeitet für die Mafia?

Ich dachte, Nikki wäre eine ehemalige Mafioso, aber das Imperium, das sie betrieben, war legal und rechtmäßig.

Solch ein Mist.

Worauf habe ich mich da nur eingelassen?

„Dante ist der Don. Damit ist er der König und Nikki die Königin. Ich bin der Unterboss, also bin ich wohl der Prinz." Er runzelt die Stirn, als würde er merken, dass er vielleicht zu viel sagt.

Ich rutsche auf der Matratze nach hinten, um von ihm wegzukommen.

Sicherheit ist meine Priorität.

In diesem Haus fühle ich mich nicht mehr sicher, schon gar nicht mit ihm.

„Ich will dich, Paige." Die Hitze seiner Worte entfacht ein Inferno in mir, aber das können wir nicht. Vorher war er nur mein Chef, und das war schon viel zu kompliziert.

Jetzt, wo ich weiß, dass er auch zur Mafia gehört, sollte ich abhauen, solange ich noch kann.

Solange ich noch am Leben bin.

„Du willst mich nicht", sage ich. Wenn er seine Aufmerksamkeit auf mich richtet, wird er mich nie loslassen und ich werde nie frei sein.

Er kommt näher, lehnt sich zu mir und drückt mich mit seinen Händen auf beiden Seiten gegen die Matratze.

Sein Körper ist warm, und die Hitze strahlt von ihm auf mich ab. „Sag mir, dass du mich nicht willst, dass du nie auf sexuelle Weise an mich gedacht hast, und ich werde es nie wieder erwähnen."

Es sollte so einfach sein, zu lügen, ihm zu sagen, dass er mir nicht mehr bedeutet als mein Chef.

Aber die Worte kommen nicht.

Nicht, wenn sein Atem in der Luft liegt und seine Lippen zum Greifen nah sind.

Ich möchte ihn küssen, ihn schmecken, ihn berühren, aber er ist kein bisschen nüchtern, und ich will nicht, dass er etwas zwischen uns bereut.

„Du bist betrunken", sage ich und schiebe ihn

sanft weg - meine Hand liegt fest auf seiner Brust. „Geh schlafen, in deinem Bett." Ich hoffe, er hat die Botschaft verstanden. Es ist nicht so, dass ich nein zu ihm sage, weil ich ihn nicht haben will. Ich möchte nur nicht, dass es so ist, wie es ist. Ich bin nicht ein Mädchen, das er anrufen kann, wenn er einsam oder betrunken ist.

Er grummelt und schiebt sich von meinem Bett weg.

Ich kann nicht sagen, ob es der Blick der Ablehnung ist, der seine Züge durchzieht, oder etwas anderes. Wut? Verbitterung? Frustration?

Moreno ist ein schwer zu lesender Mann, er verrät nichts. Er wäre ein guter Pokerspieler.

Er stolpert ohne ein weiteres Wort aus meinem Zimmer und schließt auf dem Weg nach draußen die Tür mit einem übereifrigen Knall.

Ich weiß nicht, was ich von dieser Situation halten soll. Wird er sich überhaupt daran erinnern, dass er mitten in der Nacht zu mir gekommen ist?

26

MORENO

ICH HABE ES VOLLKOMMEN VERSAUT.

Mein Kopf pocht auf eine Art und Weise, die ich nicht einmal erklären kann. Ich fühle mich, als wäre ich von einem Bus überfahren worden oder jemand hätte meinen Arsch vom Boden gekratzt und mich auf den Boden meines Schlafzimmers geworfen.

Verdammt!

Ich habe es nicht einmal ins Bett geschafft. Aber aus einem unbekannten Grund liegt ein Kissen mit mir auf dem Boden.

Kein Wunder, dass mir der Kopf weh tut. Jeder Muskel in mir schmerzt, als ich aufstehe und mich strecke. Mein Magen dreht sich um. Ich sollte mir Wasser, Kekse und ein paar Aspirin holen, um meine durchzechte Nacht zu überstehen.

Ich gehe nie wieder mit Dante aus.

Ich ziehe mich aus, dusche und selbst das heiße Wasser hilft nicht im Geringsten, mich zu entspannen.

Es hilft auch nicht, dass ich letzte Nacht in Paiges Schlafzimmer war.

Oder war das nur ein Traum?

Es muss ein Traum gewesen sein, denn sie hat mich nicht verprügelt oder mir gesagt, dass sie mich dafür hasst, wie ich sie behandelt habe.

Sogar die Traumversion von Paige ist nett. Solch ein Mist.

Womit habe ich auch nur einen Funken Freundlichkeit von ihr verdient?

Ich trockne mich ab, ziehe mich an und gehe auf den Flur hinaus.

„Morgen", sagt Dante und blickt zu mir herüber, als er aus seinem Schlafzimmer kommt. Sein weißes Hemd ist aufgeknöpft, und er rückt seinen Kragen zurecht. Er sieht nicht ganz fit für den Tag aus, wenn ich raten müsste hat Nikki ihn aus dem Bad geworfen.

Schon wieder.

Ich bin überrascht, dass er bei der Renovierung des Spielzimmers und des Panikraums kein größeres Bad eingebaut hat.

„Du siehst verdammt gut aus." Dante grinst mich verrucht an. „Wann bist du gestern Abend in dein Schlafzimmer gerollt?"

„Was?" Ich reibe mir den Nacken, weil mich seine Frage aufregt. „Nach der Bar mit dir, egal, wie spät es war, Boss."

Dante geht auf die Treppe zu und ich folge ihm. Auf dem Weg nach unten knöpft er sein Hemd zu.

„Du hast dich mit Paige bis spät in die Nacht unterhalten. Ich habe gesehen, wie du in ihr Zimmer geschlichen bist, als wir nach Hause kamen. Na ja, schleichen ist nicht ganz richtig, eher betrunken hineingestolpert und du hast wahrscheinlich die Nachbarn geweckt."

Und er hat nicht versucht, mich aufzuhalten?

„Danke, dass du auf mich aufgepasst hast", murmele ich vor mich hin.

Wir schlendern durch das Foyer und er klopft mir auf den Rücken. „Jederzeit", sagt Dante.

„Das war Sarkasmus. Ich hätte nicht betrunken in ihr Schlafzimmer gehen sollen." Hat er eine Ahnung, was für ein Schlamassel ich aus der Situation gemacht habe? Ich kann von Glück reden, wenn sie noch für mich als Kindermädchen arbeiten will.

Wir gehen in die Küche.

„Ich nehme an, dass euer Gespräch nicht gut gelaufen ist, als du ihr deine Gefühle für sie erklärt hast?", fragt Dante. Er kommt als Erster in die Küche und wirft mir einen entschuldigenden Blick zu.

Paige und Nova sitzen am Tisch und frühstücken.

Paiges Lächeln verschwindet augenblicklich, als sie mich sieht. Sie rutscht auf ihrem Platz hin und her, um Nova ihre ganze Aufmerksamkeit zu schenken.

Mist.

Es war kein Traum. „Guten Morgen", sage ich zu Paige und Nova, als ich an ihnen vorbeilaufe und mich auf den Weg zur Kaffeekanne mache.

Ich nehme eine Tasse und reiche sie Dante, während er zwei Tassen Kaffee einschenkt, eine für jeden von uns.

„Du solltest dir den Tag freinehmen", sagt Dante. Er ist ein wenig lauter, als mir lieb ist, und ich habe den leisen Verdacht, dass Paige ihn hören wird.

Oder ich bin immer noch verkatert und alles fühlt sich noch intensiver an.

Diese Möglichkeit ist noch wahrscheinlicher.

Ich schnappe mir zwei Aspirin aus dem Schrank und schlucke sie herunter, während der brennend heiße Kaffee mich vor Schmerzen zusammenzucken lässt. Ein wohlverdientes Leiden.

Er dreht sich um, mit dem Rücken zu den Mädchen, während er mich anstarrt und seine Stimme viel leiser wird. „Nimm die Mädchen mit zu einem Picknick. Versuch, eine Verbindung zu Paige herzustellen."

„Du klingst, als sollte ich bei einer dieser Dating-Shows im Fernsehen mitmachen. Hat er eine Beziehung zu Paige, oder wird sie ihm das Herz brechen?" spotte ich.

„Ich kann dich hören", scherzt Paige.

So ein Mist.

Meine Flüsterstimme ist zu laut.

Ich schlucke meinen Stolz herunter und gehe zu Paige und Nova an den Tisch. „Was hältst du von einem Picknick zu dritt heute Nachmittag?"

Meine Frage richtet sich eher an Nova, in der Hoffnung, dass sie sich freut, den Tag mit mir zu verbringen. Ich habe nicht so viel Zeit mit meiner Tochter verbracht, wie ich eigentlich sollte.

Nova sieht Serene so sehr ähnlich, dass es schon unheimlich ist.

Das macht ein Weitermachen unmöglich.

Nova wirft einen Blick auf Paige. Bittet sie ernsthaft das Kindermädchen um Erlaubnis?

Was zum Teufel habe ich getan, als ich Paige in unser Haus geholt habe?

Zweifellos kommt sie gut mit Nova zurecht, aber das kleine Mädchen ist mein Kind, und ihre Verbindung - ich kann nicht anders, als einen Anflug von Eifersucht auf die Beziehung der beiden zu spüren.

Paige lächelt Nova warmherzig an und verbirgt jede Andeutung von Verärgerung über mich. „Das hört sich nach Spaß an. Nicht wahr?", sagt sie und richtet ihre Aufmerksamkeit ganz auf meine Tochter.

„Toll." Ich nippe an meinem Kaffee und mache mich auf den Weg von der Küche zum Eingang.

„Vielleicht können wir danach noch in einem Spielzeugladen vorbeischauen", sagt Paige.

„Spielzeugladen?" Ich mache auf dem Absatz kehrt und drehe mich zu ihr um.

Diese Art von Vorschlag hätte mit mir unter vier Augen gemacht werden müssen, nicht vor Nova. Wenn ich nein sage, stehe ich wie ein Bösewicht da. Welches Spiel spielt Paige?

„Ja, du weißt schon, der Laden mit den Plüschtieren." Paige beachtet mich nicht, ihr Blick ist ganz auf Nova gerichtet und ich verstehe auch warum.

Meine Kleine hüpft praktisch in ihrem Sitz. Als würde sie reden wollen, aber etwas hält sie zurück.

Das ist kein Witz.

Ich bin der Grund, warum sie zum Schweigen gebracht wurde.

Kinder und die Mafia passen nicht zusammen. Ich weiß nicht, wie Dante es mit Nikki und Luca macht. Ich beneide ihn darum, dass er seinen Job und sein Familienleben so einfach unter einen Hut bringen kann.

Er hat vor nichts Angst.

Der Job eines Mafia-Bosses.

Seine Familie um jeden Preis zu beschützen.

Ich beneide ihn nicht um seinen Job und die Last der Verantwortung, die auf seinen Schultern liegt. Serene starb, weil Vance die Rechnung begleichen wollte.

Vance ist der Abschaum, der Frauen und Kinder verkauft und sie durch Kleinstädte schleust, in denen es nicht viele Polizisten gibt und die Sichtbarkeit gering ist.

Er betreibt einen Menschenhändlerring, obwohl wir ihm in Breckenridge einen schweren Schlag versetzt haben, indem wir seine Männer und das Haus des Dons abgeschlachtet haben, sind sie immer noch da draußen.

Seit Jahren haben sie die Stadt verlassen und versuchen wahrscheinlich, nicht aufzufallen. Aber wir haben Vance im Club der Dante gehört gesehen. Es gibt keine Zweifel daran, dass er wieder da ist.

Vance taucht nicht ohne einen Plan auf. Ich weiß nur nicht, was das für ein Plan ist, deshalb gefällt mir die Idee auch nicht, Nova in den Spielzeugladen gehen zu lassen.

Das ist ein Ort, der zu viel Aufmerksamkeit auf unsere Situation lenkt. Jeder öffentliche Ort bringt Paige und Nova in Gefahr.

Es ist das Beste, wenn sie im Haus oder auf dem Gelände eingesperrt sind. So wären beide sicher, aber ich weiß, dass Paige das nicht verstehen will, geschweige denn, dass sie das auch so sieht. Sie denkt, ich will sie bestrafe, weil ich sie nicht gehen lasse.

Dantes Idee mit dem Picknick ist gefährlich, wenn wir es außerhalb unseres Geländes veranstalten. Ich hatte vor, es im Freien zu machen aber, innerhalb der Tore, wo Wachen für Paiges und Novas Sicherheit sorgen können.

„Was sagst du dazu?", fragt Paige erneut mit einem freundlichen Lächeln im Gesicht. „Wir können im Park ein Picknick machen und den

Spielzeugladen auf der anderen Straßenseite besuchen. Es ist nur ein kurzer Spaziergang."

Alles in mir schreit, dass das eine schlechte Idee ist. Aber Novas Augen leuchten und sind fröhlich.

Es ist schon zu lange her, dass ich ein Lächeln auf ihren Zügen gesehen habe. Ich kann nicht nein zu Nova sagen.

Wir können zusätzliche Wachen und Sicherheitskräfte mitnehmen, die auf uns aufpassen.

Ich nehme einen großen Schluck von meinem Kaffee. „Es ist ein Date."

27

PAIGE

ICH HÄTTE NICHT GEDACHT, dass Moreno einem Picknick zustimmen würde, geschweige denn, Nova danach in den Spielzeugladen mitzunehmen.

Mit Dante, seinem Chef im Raum, konnte er vielleicht nicht nein sagen? Vor allem zu der Picknick-Idee, die nicht Morenos Plan war.

Ich werde ihm das nicht vorwerfen. Wenigstens hat er einem Nachmittag außerhalb des Hauses zugestimmt, weit weg von den Männern in Anzügen.

Die Mafia.

Ich erschaudere, wenn ich nur an die letzte Nacht und sein Geständnis denke.

Moreno ist ein Mafiaprinz.

Meinte er das ernst oder war er so betrunken, dass er nur Unsinn von sich gab?

Beides schien völlig plausibel, obwohl ich Antworten haben will, werde ich solche Fragen nicht vor Nova stellen. Sie ist jung und leicht zu beeindrucken, und ich will ihr keine Angst vor ihrem Vater machen.

Schon als ich sie das erste Mal traf, schien es so zu sein. Aber in letzter Zeit ist sie in seiner Nähe weicher geworden und auch andersherum.

Zumindest in den kleinen und kurzen, intimen Momenten, die ich gesehen habe.

Moreno ist mir in der letzten Woche aus dem Weg gegangen. Bis gestern Abend, als er sich unangekündigt in mein Schlafzimmer schlich und seine Gefühle für mich verkündete.

Die Spannung zwischen uns ist unübersehbar. Er weiß noch genau, was gestern Abend passiert ist.

Ich war mir nicht sicher, ob er das tun würde.

Er gibt mit dem Spielzeugladen und dem Picknick nach und verschwindet aus der Küche. Ich habe ihn noch nie so schnell rennen sehen, um von mir wegzukommen.

Nun, er kann mir nicht ewig aus dem Weg gehen.

———

„Ich dachte, wir machen ein Picknick, nur wir drei?"
betone ich, als ich in den Seitenspiegel schaue.

Ein schwarzer Geländewagen mit drei
Wachleuten in Anzügen folgt uns.

Sie sehen nicht im Geringsten diskret aus. Wenn
Moreno die Aufmerksamkeit auf sich ziehen will,
weiß er genau, wie.

„Das sind wir, aber ich muss wissen, dass wir in
der Stadt sicher sind. Er fährt an den Haupttoren
vorbei, die bereits geöffnet sind, damit wir das
Gelände verlassen können.

Ich sehe ihn an. „Warum sollten wir nicht sicher
sein?" Ich warte darauf, dass er mir sagt, womit er
sein Geld verdient, dass er ein Unterboss der
Mafia ist.

Aber die Luft ist dick, und ich werde mit
Schweigen empfangen.

„Ich will nur meine Familie beschützen", sagt
Moreno.

Das verstehe ich. Ich verstehe seine Sorgen und
Ängste. Das ist nachvollziehbar, besonders nach
dem Club und dem Feuer. Allerdings wurde zweites
durch einen Unfall verursacht. Aber das macht es
trotzdem nicht weniger beängstigend.

„Weil du die Mafia bist", flüstere ich und stelle
sicher, dass Moreno mich hört, aber da das Radio an

ist, bezweifle ich, dass Nova auf dem Rücksitz ein Wort hören kann.

Sie ist in ihrem Sitz angeschnallt und bekommt von dem Gespräch zwischen uns nichts mit.

Ich werfe ihr einen Blick zu und schenke ihr ein warmes Lächeln.

Nova starrt aus dem Fenster und beobachtet die Landschaft.

Unaufmerksam.

Das ist gut.

„Wo hast du das gehört?", fragt Moreno in einem scharfen Ton.

Er leugnet es nicht.

Sein Blick ist hart und energisch. Er hält das Lenkrad fest in der Hand, während wir über die Schotterstraße zur Hauptverkehrsstraße fahren.

„Von dir." Ich presse die Lippen zusammen und überlege, ob ich ihn an seine Worte erinnern soll, *Mafiaprinz*.

Seine Augen zucken. „Du irrst dich."

Leugnung.

Okay, bei dem Spiel können auch zwei mitspielen. „Du hast recht. Ich muss mich geirrt haben." Ich bewege mich auf dem Beifahrersitz und drehe mich leicht, um ihn anzusehen.

So leicht lasse ich ihn nicht mit seinen Lügen davonkommen.

„Genauso wenig, wie du gestern Abend in mein Zimmer gekommen bist und mir deine Gefühle für mich erklärt hast, dass du mich willst und dass du ein Mafiaprinz bist."

Er schluckt und ich sehe, dass Schweiß auf seiner Stirn glänzt.

„Ist es heiß hier drin?" Er greift nach dem Thermostat am Fahrzeug und dreht die Luft auf.

Ich liege nicht falsch.

Er wirft mir einen Blick zu, als er die Klimaanlage aufdreht. „Wiederhole nie wieder, was du gesagt hast, wenn du nicht umgebracht werden willst."

Ich drehe die Lüftungsschlitze von mir weg. „Ist das eine Drohung?"

Würde Moreno mir wehtun?

Mich umbringen?

Ich bin schon lange genug mit ihm zusammen, um keine Angst vor ihm zu haben. Vielleicht sollte ich das. Ich habe seine böse Seite noch nicht gesehen, aber wenn er ein Mafiaprinz ist, dann hat er bestimmt Blut an den Händen.

„Ich versuche, dich zu beschützen", sagt Moreno warnend. „Wenn du nicht aufpasst, vertraust du am

Ende den falschen Männern und die werden dir wehtun. Deshalb habe ich Wachen, die uns vom Gelände begleiten."

Moreno räuspert sich und wechselt schnell das Thema. „Wir haben diesen Freitag einen weiteren Termin mit der Therapeutin."

Na toll.

„Und du erwartest, dass ich dich wieder als deine Frau begleite?" Ich reibe mir den Nacken. Ich bin nicht im Geringsten damit einverstanden, zu lügen, dass ich Novas Mutter bin.

Wie können wir Nova helfen, wenn wir die Therapeutin anlügen?

„Ich sehe keine andere Möglichkeit", sagt Moreno. „Es sei denn, du willst, dass ich ihr sage, dass du diese Woche krank bist oder Migräne hast. Aber dann musst du eben zum nächsten Termin kommen."

Ein Lachen entweicht meinen Lippen über die Absurdität seines Vorschlags. „Oder du könntest versuchen, ihr die Wahrheit zu sagen. Aber das ist nicht deine Stärke."

Er zuckt bei meiner Bemerkung zusammen.

Es sieht so aus, als hätte ich einen Nerv getroffen.

Das ist gut. Vielleicht nimmt er meine Bemerkungen dann doch ernst. Ich will nicht, dass

Nova sich von ihm hinhalten lässt, obwohl sie die Hilfe bekommen könnte, die sie braucht.

Nachdem ich gehört habe, wie sie ein Lied gesummt hat und Ariellas Bemerkung, dass Nova früher gesprochen hat, kann ich nur vermuten, dass etwas Tragisches passiert ist.

„Es ist ihre Mutter, nicht wahr?"

„Was?" Moreno wirft mir einen Blick zu, als wir am Park ankommen.

„Der Grund, warum sie nicht mehr spricht. Ihre Mutter ist gestorben und sie vermisst sie."

Er stellt den Motor des Autos ab. „Ja." Er antwortet ein wenig zu schnell. Moreno klettert aus dem Auto, öffnet die Hintertür und schnallt Nova ab, während er ihr aus dem Autositz hilft. Er schnappt sich eine Decke, und sie rennt in Richtung Klettergerüst.

„Sei vorsichtig!", schreit Moreno Nova an.

Sie winkt ihm abweisend zu.

Ich versuche, nicht zu lachen. Das Grinsen lässt sich nicht aus meinem Gesicht vertreiben, während ich mir den Picknickkorb von dem Rücksitz schnappe und Moreno auf die Wiese unter einem Schatten spendenden Baum folge.

Wir sind in Sichtweite von Nova und haben

einen guten Blick auf ihr Spiel und drei Wachen, die sich um uns und Nova kümmern.

Es war schon seltsam, dass Leone Nova und mich in den Park begleitete, als ich Ariella kennenlernte, aber das hier fühlt sich noch auffallender an.

Obwohl wir visuell keine Privatsphäre haben, hält sich keiner der Wachmänner neben uns auf. Wir können uns unterhalten, ohne dass uns jemand belauscht.

Moreno breitet die Decke aus, während ich unser Mittagessen auspacke und mich hinsetze. Jetzt, wo Nova spielt und wir ein bisschen Zeit für uns haben, ist es an der Zeit, ihn über seine Mafia-Geschäfte auszufragen.

„Du bist also ein Mafiaprinz."

Er wirft mir einen Blick zu, der mich nicht amüsiert. „Du wirst es nicht lassen können."

„Nun, nein. Ehrlich gesagt, ich glaube nicht, dass ich das kann."

Es ist ein großer Ball, den er gestern Abend fallen gelassen hat, zusammen mit seinem Verlangen nach mir. Ich bin mir aber nicht sicher, ob das am Alkohol lag oder an ihm.

Möchte er immer noch mit mir zusammen sein?

„Es gibt keine Krone", sagt Moreno. Er zeigt auf den Scheitel seines Kopfes.

„Ist das ein Witz?", frage ich. Ich lache nicht. Ich beiße in eines der Sandwiches, die wir mitgebracht haben. Im Moment würde ich alles tun, um die Spannung zwischen uns abzubauen.

Ich weiß, dass es nicht nur mir so geht. Er spürt es auch, und das zuzugeben, ist fast schon zu viel.

„Die Mafia hat so einen schlechten Ruf. Wir sind keine bösen Jungs. Na ja, die meisten von uns", sagt Moreno.

Ich glaube ihm nicht. Ich habe das Gefühl, dass er mich überzeugen will, ihm zu vertrauen, weil ich mit ihm zusammenlebe, für ihn arbeite und es keinen Ausweg gibt.

Ich weiß nicht, warum ich das frage, aber die Worte kommen schneller heraus, als ich beabsichtige. „Du hast also noch nie jemanden umgebracht?"

28

MORENO

WAS HAT es mit Paige und ihren zwanzig Fragen auf sich?

Ich muss die Kontrolle über das Gespräch bekommen und es weit weg von dem lenken, was letzte Nacht passiert ist. Nicht darüber zu reden, ist die beste Option.

Ich hätte nie in ihr Schlafzimmer gehen dürfen.

Zu gestehen, dass ich ein Mafiaprinz bin. Was zum Teufel habe ich mir dabei gedacht?

Ach, richtig? Ich habe nicht nachgedacht.

Ich war betrunken und hoffte, dass Paige zugeben würde, dass sie mich genauso sehr wollte wie ich sie.

Sind wir wieder in der Highschool?

Ich nehme mir, was ich will.

Aber ich werde mich ihr nicht aufdrängen.

„Und, hast du schon mal jemanden umgebracht?", fragt Paige mich erneut, als ich ihr nicht schnell genug antworte. „Oder ist Schweigen dein Schuldbekenntnis?" Sie legt ihren Kopf leicht schief.

Ich streiche ihr eine Haarsträhne hinters Ohr und schiebe sie zurück.

Ein Teil von mir erwartet, dass sie zurückweicht oder zusammenzuckt.

Paige tut es nicht.

Stattdessen beugt sie sich vor und stößt einen leisen Seufzer aus. „Das mit dem Ring tut mir wirklich leid."

Ich ziehe meine Hand zurück und lege sie wieder in meinen Schoß. Wenn ich mich aufs Essen konzentriere, werde ich wenigstens nichts sagen, was ich bereue. Ich öffne eine Flasche Wasser und setze sie an meine Lippen.

Vielleicht ermutigt mein Schweigen sie dazu, etwas zu sagen, zu erklären, warum sie es für nötig hielt, in meinen Schubladen zu schnüffeln und den Ring meiner toten Frau zu stehlen.

Wenn ich nicht aufpasse, werde ich die ganze Flasche Wasser austrinken, bevor ich einen Bissen von meinem Sandwich nehme.

„Ich wünschte, ich könnte dir das alles erklären, damit du erkennst, dass ich kein Dieb bin. Ich versuche nur, das Richtige zu tun", sagt sie.

Meine Augen verengen sich und zucken. Ich schließe den Deckel der Wasserflasche.

„Wirst du etwas sagen?", fragt Paige.

Wenigstens geht es in dem Gespräch nicht mehr darum, dass ich ein Mafiaprinz bin.

Ich konzentriere mich auf mein Mittagessen, nehme einen Bissen, lächle durch die geschlossenen Lippen und zeige auf meinen Mund.

„Praktisch", murmelt sie leise vor sich hin.

Ich öffne die Wasserflasche und nehme einen Schluck, während sie kleine Bissen von ihrem Sandwich isst. Es ist nichts Ausgefallenes, aber ich hatte auch nicht vor, ein Picknick zu machen, bevor die Idee wie ein Wasserballon nach mir geworfen wurde. Es gab kein Entrinnen vor dem drohenden Wasserfall.

„Ich weiß nicht, wie du versuchst, das Richtige zu tun, wenn du es mir nicht genau erklärst", sage ich. Wenn ich ihr klarmache, dass ich keine Ahnung habe, warum sie mich beklauen wollte, wird sie es vielleicht genauer erklären. „Ist es wegen Ariella?"

Das ist wie im dunkln tappen.

Sie zieht die Stirn in Falten. „Wie kommst du

denn darauf?" Paige nimmt einen Schluck von ihrem Wasser und schraubt den Deckel wieder auf die Flasche.

„Es sieht so aus, als würdest du mich nach etwas schlechten fragen", sage ich achselzuckend.

Ich versuche, eine vernünftige Entschuldigung für ihr Verhalten zu finden, aber ich kann keine finden. Niemand sonst im Hause Ricci würde mich bestehlen. Niemand ist so dumm, mich zu betrügen.

Außer Nova.

Ach, leck mich doch.

„Es hat nichts mit Ariella zu tun", sagt Paige. Ihre Stimme ist sanft und ruhig, und ihr Blick ist auf meinen gerichtet.

Mein Magen schlägt Purzelbäume. Ich kann keinen weiteren Bissen mehr zu mir nehmen und stecke die Reste meines Essens zurück in die Plastiktüte.

„Du deckst Nova."

Ich bin ein Idiot, dass ich das nicht früher erkannt habe.

Ich wollte es nicht sehen.

Paiges Blick fällt auf ihren Schoß, sie öffnet den Deckel ihrer Wasserflasche und führt sie wieder an ihre Lippen.

Schweigen.

„Bitte sag mir, dass du nicht meine Tochter deckst." Ehrlich gesagt, weiß ich nicht, was schlimmer ist: dass Nova den Ring ihrer Mutter gestohlen oder dass Paige mich angelogen hat, um meine Tochter zu schützen.

„Du brauchtest jemanden, dem du die Schuld geben kannst", sagt Paige und wirft einen Blick auf das Klettergerüst.

Nova klettert die Strickleiter hoch und hält sich daran fest, bis sie oben ankommt.

Mein Mädchen scheint keine Angst zu haben. Unglaublich , wenn man bedenkt, was sie schon alles durchgemacht hat. Es ist, als würde sie ihr Schweigen und ihre Stummheit in etwas anderes umwandeln.

Tapferkeit?

Seitdem sie Paige kennengelernt habt, erkenne ich Nova gar nicht mehr wieder.

Körperlich ist sie natürlich immer noch meine Tochter, dasselbe kleine Mädchen. Aber sie probiert neue Dinge aus, kommt aus ihrem Schneckenhaus heraus, versteckt sich nicht mehr und geht mir nicht mehr aus dem Weg.

Paige ist gut für Nova.

„Es tut mir leid, dass ich an dir gezweifelt und dich beschuldigt habe, mich zu bestehlen." Eine

Entschuldigung ist das Mindeste, was ich ihr schulde. Ich kann froh sein, dass sie nicht schon gekündigt hat.

Paige schenkt mir ein warmes Lächeln. „Nun, ich habe den Ring getragen."

„Ja." Ich nicke langsam. „Und warum hast du ihn getragen?"

„Ich habe mit Nova gesprochen und sie gebeten, mir den Ring zu überlassen. Sobald ich ihn in meinem Besitz hatte, wollte ich ihn nicht mehr verlieren. Ich wollte ihn dir am nächsten Morgen wenn ich dich gesehen hätte zurückgeben."

Ihre Geschichte klingt plausibel. „Du hattest nicht geplant, dass ich in dein Schlafzimmer komme."

„Eben. Ich wollte dich nie verletzen und ich weiß, dass Nova schon so viel durchgemacht hat. Ich wollte nicht, dass sich deine Wut auf sie richtet. Wir haben geredet und sie wird nie wieder etwas stehlen."

„Sie hat mit dir gesprochen?"

„Nun, nein." Paige schürzt ihre Lippen. „Ich habe mit ihr gesprochen, aber sie hat verstanden, dass das, was sie getan hat, falsch war. Jetzt, wo ich deine Fragen beantwortet habe, möchte ich, dass du meine beantwortest. Wie lange bist du schon ein Mafiaprinz?"

Ich schüttle den Kopf und zeige mit dem Finger auf sie. „So läuft das hier nicht."

Ich antworte nicht auf ihre Fragen.

„Warum nicht?" Sie schmollt.

Ich bin mir nicht sicher, ob sie ihre Unzufriedenheit betonen will oder ob sie von Natur aus so ist, aber es ist verdammt niedlich.

Mein Körper reagiert und mein Schwanz regt sich in meiner Hose.

„Nova!" Ich winke meiner Tochter zu und fordere sie auf, zu uns zu kommen.

Paige rümpft ihre Nase wie ein kleines Kind und ich versuche, nicht zu lachen. Nova färbt genauso auf Paige ab wie Paige auf Nova. Es ist liebenswert, meistens.

Nova fliegt die Rutsche herunter, stolpert und fällt über ihre Füße. Sie wartet einen Moment, bis sie merkt, dass sie nicht verletzt ist, dann steht sie auf und sprintet zu uns herüber.

„Komm mit zum Mittagessen", sage ich.

Paige starrt mich an.

Wahrscheinlich weiß sie, was ich vorhabe: Sie vermeidet das Gespräch, das sie mit mir führen möchte. Wie ich ihr schon gesagt habe, so funktioniert das nicht. Ich werde ihre Fragen über die Mafia nicht beantworten. Schon gar nicht in der Öffentlichkeit und auch nicht, wenn sie verkabelt sein könnte.

Ich vertraue Paige, aber das würde bedeutet, dass nicht jemand anderes zu ihr Kontakt aufgenommen hat, bevor wir uns getroffen haben.

Es ist sicher ein Sprung, aber ich kann nicht jedem trauen, sie wurde zwar in die Familie aufgenommen und als Kindermädchen für meine Tochter angestellt, sie muss aber nichts über das Unternehmen oder meine Position wissen.

Nova lässt sich zwischen uns nieder und ich packe ihr Erdbeer-Gelee-Sandwich aus einer Plastiktüte aus.

Sie sitzt kreuz und quer und mampft leise ihr Mittagessen. Nicht, dass ich erwarte, dass sie etwas sagt. Ich habe mich an ihr Schweigen gewöhnt. Das heißt aber nicht, dass ich nicht möchte, dass sie wieder spricht. Aber wenn sie anfangen würde, darüber zu reden, was passiert ist, wüsste ich nicht, wie ich damit umgehen soll, mit dem Trauma, was sie vielleicht erlebt hat.

„Ist das gut?" Ich lächle Nova schwach an.

Sie blickt mit großen Augen auf und nimmt einen weiteren Bissen. Sie hat Erdbeermarmelade an den Fingern und einen kleinen Klecks auf der Wange.

Zum Glück habe ich an eine Extrapackung Feuchttücher und viele Servietten gedacht, damit ich sie vor der Abreise sauber machen kann.

Peng!

Peng!

Peng!

Nova bricht in Tränen aus und springt Paige in den Schoß.

Mist.

MEHRERE FEUERWERKSKÖRPER WERDEN ABGEFEUERT und einer der Wachmänner stürzt mit gezogener Waffe auf eine Gruppe Jugendlicher hinter einem Baum zu.

„Was zum Teufel macht ihr da?" Moreno springt auf, um die Situation zu deeskalieren, bevor sie noch mehr aus dem Ruder läuft.

Bruno, der Wachmann, sichert seine Waffe wieder und steckt sie unter seine Jacke, wo sie nicht zu sehen ist.

Trägt er sie überall mit sich herum? Vielleicht hätte ich das erwarten sollen. Er ist zwar ein Wachmann, aber sollte er nicht trotzdem den Unterschied zwischen einem Feuerwerkskörper und einem Schuss erkennen?

Nova hat sich in meinen Armen zusammengerollt und schluchzt.

Sanft streichle ich ihren Rücken, während sie sich mit den klebrigen Fingern ihres Erdbeer-Gelee-Sandwiches an mich klammert. Ich scheine das Marmeladenbrot genauso zu verschlingen wie Nova.

Moreno gibt dem Wachmann den Befehl aus dem Weg zu gehen, bevor er sich uns nähert. Er geht in die Hocke und ich höre seine Knie knacken. „Hey, Nova." Seine Stimme ist sanft und beruhigend, während er versucht, ihre Aufmerksamkeit zu gewinnen.

Sie hat ihr Gesicht an meinem Nacken vergraben und blickt nicht einmal zu ihrem Vater auf.

„Lass ihr doch ein paar Minuten Zeit", schlage ich vor. Sie ist aufgeregt und benötigt ein wenig Zeit, um sich zu beruhigen.

Er schäumt vor Wut, steht auf und pirscht sich an den Wachmann heran, der die Fassung verloren hat.

Nova blickt kurz auf, um den Zorn ihres Vaters auf den Wachmann zu sehen.

„Hey. Willst du in den Spielzeugladen gehen?" frage ich, in der Hoffnung, ihre Aufmerksamkeit wieder auf mich zu lenken.

Sie stößt einen lauten Seufzer aus und blickt mit

großen Augen auf. Nova nickt schwach, bevor sie sich wieder an mich schmiegt und ihre Arme fest um meine Brust legt.

––––––––

„Das vorhin tut mir leid", sagt Moreno, als er die Glastür öffnet. Die Klingel an der Tür bimmelt.

Ich trage Nova in den Laden, ihre Arme fest um meinen Hals.

„Hier drin ist es sicher", versichere ich ihr. „Wie wäre es, wenn ich dich absetze und du dir ein Spielzeug aussuchen darfst?"

Wahrscheinlich hätte ich mit Moreno über mein Angebot sprechen sollen, ein Geschenk für sie zu kaufen, bevor ich den Laden betrete, aber was hat er denn erwartet? Du kannst kein Kind in einen Spielzeugladen bringen und mit leeren Händen wieder gehen.

Schon gar nicht eine Vierjährige.

Außerdem glaube ich nicht, dass er nach dem Picknick, das wir gerade erlebt haben, nein sagen wird.

„Behalte sie im Auge", sagt Moreno, als ich den kleinen Laden betrete.

Ich hatte nicht vor, Nova im Stich zu lassen.

Er geht nach draußen und allem Anschein nach, macht er dem Wachmann, der seine Waffe gezogen hat, die Hölle heiß.

Gut.

Nova legt ihre Hand in meine und ich führe sie weiter ins Innere des Ladens, damit sie nicht sieht, wie ihr Vater den Wachmann anbrüllt. Sie hat heute schon genügend durchgemacht.

Ein Trauma nach dem anderen.

Sie zerrt an meiner Hand und bewegt mich dazu, ihr in den Gang mit den Stofftieren zu folgen.

Zu Hause hat sie eine ganze Sammlung von Plüschtieren. Das Kind könnte wirklich einen Zoo leiten, aber sie hat keine Probleme, einen Baby-Gorilla im Regal zu finden. Sie zeigt auf ihn, als er außerhalb ihrer Reichweite ist, und ich werfe einen Blick auf das Preisschild, bevor ich ihn ihr gebe.

Auch wenn Moreno nicht bereit ist, es zu bezahlen, werde ich Nova das Geschenk von meinem Gehalt kaufen. Ich habe ein paar Dollar, und das Kind hat es verdient.

„Darf ich?", fragt Nova mit leiser Stimme. Ich höre sie kaum, aber die Tatsache, dass sie mir eine Frage stellt und spricht, lässt mein Herz in meiner Brust klopfen.

Ich will keine große Sache daraus machen. Das

Letzte, was ich will, ist, dass sie wegen meiner Dummheit den Mund hält und schweigt.

„Natürlich", sage ich, als ob es nicht ein lebensveränderndes Ereignis wäre, wenn sie zum ersten Mal spricht, seit wir zusammen sind.

Für sie ist es das vielleicht nicht. Wenn Ariella recht hatte und Nova es gewohnt war zu sprechen, brennt sie wahrscheinlich darauf, alles loszuwerden, was sie bedrückt, und ich werde bei jedem Schritt für sie da sein.

Sie drückt meine Hand und drückt das Gorilla-Baby an ihre Brust. Das Kind will sich nicht von ihm trennen und die Ladenbesitzerin ist super nett und verständnisvoll und bietet an, die Etiketten vorsichtig abzuschneiden, während Nova das Spielzeug in den Armen hält.

„Danke", sage ich.

„Für Herrn Ricci tue ich alles", sagt die Frau.

„Du kennst Moreno?"

„Ja, natürlich. Seine Familie hat so viel durchgemacht. Es ist gut zu sehen, dass er weitermacht. Ihr seid eine schöne Familie."

Ich will sie korrigieren, überlege es mir aber anders. „Danke", sage ich. Ich will zwar keine Gerüchte in die Welt setzen, aber ich muss dieser Fremden auch nicht erklären, dass ich Novas

Kindermädchen bin.

Nova entscheidet sich dafür, ihren neuen Freund fest in den Armen zu halten, anstatt ihn in eine Tüte zu stecken.

Hoffentlich ist Moreno fertig damit, den jungen Wachmann anzuschreien. Das Letzte, was ich will, ist Nova wieder zu erschrecken. Endlich lächelt sie, und die Angst von vorhin scheint vergessen zu sein.

Nova klammert sich an ihr neues Spielzeug, während wir nach draußen in die Sonne gehen.

Die Decke und das Picknick sind bereits aufgeräumt, und Moreno wartet draußen allein.

Wo sind die Wachen?

Ich schaue mich kurz um, aber ich sehe keinen von ihnen. Vielleicht hat er ihnen gesagt, dass sie gehen und zurück zum Haus fahren sollen?

Moreno beugt sich zu Nova hinunter, als wir uns nähern. „Wie ich sehe, hast du eine neue Freundin gefunden." Er schenkt ihr ein beruhigendes Lächeln, aber sie spricht nicht.

Es kommt mir fast so vor, als hätte ich mir ihre Stimme eingebildet, ihre leisen Worte, die ihr über die Lippen kamen.

Aber ich weiß, dass es kein Tagtraum war.

Ich werde es Moreno erzählen müssen, aber nicht jetzt. Nicht in Gegenwart von Nova. Ich will nicht, dass sie sich unwohl fühlt oder das Gefühl hat, dass sie mir nicht vertrauen kann.

Hintergehe ich sie, wenn ich mich Moreno anvertraue?

————

Ich bin erschöpft und Nova kann kaum die Augen offen halten, während ich ihr eine Gute-Nacht-Geschichte vorlese. Ihren Gorilla hat sie unter ihrem Arm eingeklemmt. Neben ihr liegen sechs weitere Plüsch freunde, die heute Abend zu ihr ins Bett gekommen sind.

Jeden Abend ist es ein neues Spielzeug und ihre Lieblingsgiraffe, die immer noch neben ihr unter der Decke liegt.

Ihre Augen fallen immer wieder zu, und sobald ich die Seite umdrehe, wacht sie wieder auf.

Das Kind will nicht schlafen. Sie kämpft mit all ihrer Kraft dagegen an.

Ihr Vater ist noch nicht gekommen, um sie ins Bett zu bringen. Normalerweise kommt er erst spät, wenn sie schon schläft und er mit seinerArbeit fertig ist.

Aber Dante hatte ihm den heutigen Tag freigegeben.

Ich erwarte fast, dass er während ihres Schlafrituals kommt und sich zu uns setzt, aber das hat er noch nie getan.

Was hält ihn auf?

Nova seufzt leise und tätschelt meinen Arm.

Ich blicke von dem Buch zu dem kleinen Mädchen, das die Unterlippe vorschiebt und schmollt.

„Ich will nicht schlafen", flüstert Nova.

Wieder versuche ich, meine Überraschung oder meine überschwängliche Freude darüber, dass sie mit mir spricht, nicht zu verbergen. „Was ist los?", frage ich. Meine Stimme ist weich, sanft und ruhig.

Ich schließe das Buch, lasse aber meine Hand drin, um die Seite zu sichern, falls sie möchte, dass ich weiterlese. Obwohl ich hätte schwören können, dass sie eingeschlafen ist, bevor wir das Ende des Buches erreicht haben.

„Schlechte Träume", flüstert Nova.

„Hast du oft schlechte Träume?", frage ich. Nicht ein einziges Mal hat sie sich in der Nacht in mein Schlafzimmer geschlichen. Ich bin davon ausgegangen, dass sie fest geschlafen hat und es ihr gut ging.

Vielleicht hat sie sich einfach nicht sicher und wohlgefühlt.

Nova zuckt mit den Schultern und vermeidet eine Antwort.

„Ich habe eine Idee", sage ich und stehe auf.

Sie setzt sich auf, mit einem Stirnrunzeln im Gesicht. Nova sieht entsetzt aus, dass ich sie verlasse, nachdem sie mir gerade etwas so Tiefes und Intimes gebeichtet hat.

Ich eile in mein Schlafzimmer und gehe schnell in das Bad. Ich greife unter das Waschbecken nach einem Spray, das ich mitgenommen hatte. Es riecht nach Zitrusfrüchten und Salbei.

Innerhalb einer Minute bin ich wieder neben ihrem Bett und mache das Fenster ein paar Zentimeter auf.

Ich sprühe um den offenen Fensterrahmen herum. Der Geruch ist nicht übermäßig stark aber sehr angenehm.

Sie atmet tief ein und nimmt den Duft in sich auf.

„Glaubst du an Magie?", frage ich sie.

Wenn sie es nicht tut, wird sie es heute Abend tun.

„Magie?" Novas Augen weiten sich und ihr Gesicht erhellt sich, während sie ihren Gorilla fester an sich drückt.

„Ja", flüstere ich und spreche leise. Wird jemand

unser Gespräch bemerken, vor allem, wenn eine der Wachen vor dem Schlafzimmer steht.

Ich sprühe noch ein paar Mal durch den Raum, in der Nähe ihres Bettes.

„Schlechte Träume verschwinden", sage ich. „Wir wollen nur gute Träume und glückliche Gedanken in diesem Haus. Alles, was schlecht oder düster ist, verschwindet jetzt."

Nova verzieht das Gesicht und lächelt. Sie zeigt auf das Fenster. „Verschwindet, schlechte Träume!", sagt sie mit einem Quieken.

Ich lächle und neble noch ein paar Mal in der Nähe des Badezimmers und dann an der Haupttür des Schlafzimmers.

Das kleine Mädchen legt sich wieder unter die Decke und ich schließe das Fenster, sobald wir beide sicher sind, dass die bösen Träume das Zimmer verlassen haben.

„Gute Nacht." Ich bringe Nova ins Bett und drücke ihr einen sanften Kuss auf die Wange. „Süße Träume, und wenn du etwas brauchst, ich bin gleich nebenan. Du kannst zu mir kommen. Okay?"

„Okay." Nova rollt sich auf den Bauch, um es sich gemütlich zu machen.

Ich schließe leise die Schlafzimmertür zwischen

unseren Zimmern, um sie nicht zu stören, obwohl sie noch nicht eingeschlafen ist.

„Hey", Morenos Stimme lässt mich aufschrecken.

„Wie lange bist du schon hier drin?", frage ich, das Spray habe ich noch in der Hand.

„Schützt das wirklich vor schlechten Träumen?"

Hat er das gehört? Dann hat er Nova sprechen gehört.

Warum hat er noch nichts dazu gesagt?

Vielleicht hat er Nova nicht gehört. Sie spricht leise und ruhig. Es ist möglich, dass er mich nur durch die Tür gehört hat.

„Nun, es tut nicht weh", sage ich. „Willst du sie ins Bett bringen? Sie hat gerade ihre Augen geschlossen."

Moreno nickt schwach und streift an mir vorbei, wobei seine Berührung etwas in mir wärmt und ein Feuer in mir entfacht.

Warum fühle ich mich bei ihm so?

Zwiespältig.

Ihn zu begehren wäre eine Katastrophe, es sollte nicht passieren. Ich muss ihn gehen lassen und nur ein Kindermädchen für sein kleines Mädchen sein. Das wäre sicherer, und weniger gefährlich.

Er öffnet leise die Nebentür und schleicht sich herein, um Nova einen Gutenachtkuss zu geben.

Ich versuche, ihren besonderen Moment nicht zu belauschen, aber es fällt mir schwer, meinen Blick von der offenen Tür und Moreno, der seine Tochter ins Bett bringt, abzuwenden.

Er konnte sich seit dem ersten Tag, an dem ich ihn kennengelernt habe, nicht so sehr für Nova erwärmen. Ich bin mir nicht sicher, was sich geändert hat. Hat er gemerkt, was er verpasst hat? Vielleicht war seine Frau schon immer diejenige, die warmherzig und mitfühlend mit Nova umging.

Moreno bringt sie ins Bett und zieht sich aus dem Schlafzimmer zurück, wobei er die Tür leise schließt, da er sich wieder einmal in meinen persönlichen Raum begeben hat.

Zum ersten Mal stört mich das nicht. Aber mein Magen flattert vor Nervosität.

Wie soll ich ihm sagen, dass Nova heute mit mir gesprochen hat?

Wird er wütend sein, dass ich es war und nicht er?

30

MORENO

ES KLOPFT FEST AN DIE BÜROTÜR. „Sir, Sie müssen sofort kommen", unterbricht Rhys.

Dante und ich schauen beide zu Rhys auf und tauschen einen besorgten Blick aus.

Ist Vance endlich gekommen, um Vergeltung zu üben?

Er hat meine Frau Serene und unser früheres Kindermädchen Laura ermordet. Die Rache sollte mir gehören, aber er wird nicht aufhören, bis er unsere Familie zerstört und unser Haus niedergebrannt hat.

Dante steht auf.

„Ich brauche Moreno", sagt Rhys.

„Was ist hier los?", die Sorge schießt wie ein Blitz

durch mich hindurch. Ich stehe eilig auf und werfe dabei fast den Stuhl um.

„Ich habe vor Novas Zimmer Wache gestanden und ich schwöre, ich habe sie und das Kindermädchen reden hören."

Ich presse meine Lippen zusammen und stürme aus Dantes Büro.

Ich bin fertig mit der Arbeit. Er hat mir den Tag freigegeben und wir beide haben ein paar Dinge nachgeholt, aber das kann warten.

Wenn Nova sich endlich öffnet und wieder ihr altes Selbst ist, möchte ich das mit eigenen Augen sehen.

Ich eile die Treppe hinauf und höre Dantes Stimme hinter mir.

„Sei vorsichtig, Moreno."

Ich habe gar nicht bemerkt, dass er mir folgt, bis er gesprochen hat. Ich werfe ihm einen Blick über die Schulter zu, während ich den Flur entlang eile. „Was schlägst du vor?"

„Warte einfach draußen", sagt er und hält eine Hand hoch. „Wenn du da rein stürmst, könntest du alles Gute, was gerade passiert, zunichtemachen."

Er hat recht.

Ich weiß, dass Dante nur das Beste für Nova will, aber ich bin ihr Vater.

Sie sollte mit mir sprechen!

Mein Herz tut weh, wenn ich nur daran denke, dass sie dem Kindermädchen mehr vertraut als ihrem eigenen Fleisch und Blut. Was habe ich nur falsch gemacht?

Ich fahre mir mit der Hand durch die Haare und stöhne. Ich versuche, nicht zu trampeln oder die Tür aufzureißen, als ich mich Novas Schlafzimmer nähere.

Gedämpfte Geräusche kommen aus dem Zimmer. Es ist schwer zu verstehen, was gesagt wird, aber es findet ein Gespräch statt, und es ist nicht nur Paige, die Nova eine Gutenachtgeschichte vorliest.

Ich habe mir schon einige ihrer Geschichten von draußen angehört, und obwohl sie versucht, den Figuren verschiedene Stimmen zu geben, klingt keine davon wie Nova.

Ich entscheide mich dafür, in Paiges Schlafzimmer zu schleichen. Wenn sie mit Nova redet, kann ich hören, was gesagt wird.

Belausche ich sie?

Ja, aber es ist das Risiko wert, erwischt zu werden.

Paige wird darüber hinwegkommen.

Ich schließe die Tür und lasse Dante nicht weiter

zu Wort kommen. Seine Meinung kann er für sich behalten.

Ich möchte am liebsten durch die Nachbartür stürmen. Mein Herz hämmert in meiner Brust bei Novas süßem Quietschen.

Die Luft wird mir aus den Lungen gesaugt.

Meine Füße sind wie eingefroren.

Ich kann mich nicht bewegen.

Ich kann nicht atmen.

Einen Moment später betritt Paige das Schlafzimmer. Sie scheint ein wenig überrascht zu sein, mich zu sehen.

Es gibt so viel, was ich sagen möchte, aber jetzt noch nicht. Ich muss Nova sehen, sie ins Bett bringen und hoffen, dass sie in einem halbwegs schlummernden Zustand die Worte erwidert, die ich sage.

Ich schiebe mich an Paige vorbei und gehe in Novas Zimmer. Ich ziehe ihre Decke zurecht, obwohl sie schon ordentlich ist, und gebe ihr einen Kuss auf die Stirn. „Gute Nacht, Nova. Ich liebe dich."

Ohne ein Geräusch zu machen, bewege ich mich vom Bett weg und ziehe mich mit leisen Schritten in Paiges Zimmer zurück.

Ich könnte durch die Schlafzimmertür gehen, aber das will ich nicht, noch nicht.

Paige und ich haben eine Menge zu besprechen. Ich schließe die Tür hinter mir, als ich zu ihr ins Schlafzimmer gehe. Normalerweise liegt sie in ihrem Schlafanzug unter der Decke und liest ein Buch.

Heute Abend habe ich sie überrascht.

Zumindest hoffe ich das und sie ist froh, mich zu sehen.

„Willst du dich setzen?", fragt sie und deutet auf ihr Bett.

„Wie lange spricht Nova schon mit dir?" Das soll kein Vorwurf sein, aber zu behaupten, ich sei nicht eifersüchtig, wäre eine Lüge.

Sie stößt einen schweren Seufzer aus und lässt sich auf den Rand der Matratze plumpsen.

Es pulsiert zu viel Energie durch meinen Körper. Ich bin nicht in der Lage, stillzusitzen, und so rage ich über sie hinweg. Es kostet mich alles, um nicht durch ihr Schlafzimmer zu laufen.

Ich muss ruhig und leise bleiben.

Nova schläft direkt nebenan und die Wände sind so dünn, dass ich sie aufwecken könnte. Das ist das Letzte, was ich will.

Paige fummelt mit den Händen auf ihrem Schoß herum. „Erst heute, sie hat gefragt, ob sie das Plüschtier aus dem Spielzeugladen haben kann."

„Danke, dass du es für sie gekauft hast. Sag mir, was es kostet, und ich erstatte es dir." Ich hatte gar nicht daran gedacht, dass ich es dem Kindermädchen überlassen hatte, für das Spielzeug meines Kindes zu bezahlen. Das hätte ich nicht tun sollen, es war unverantwortlich von mir.

„Das ist keine große Sache." Sie winkt abweisend mit der Hand durch die Luft.

„Wenn Nova wieder redet, ist das eine große Sache."

„Wieder?" Paige legt den Kopf schief und mustert mich mit großen Augen. „Oh, ich stimme dir zu. Wenn Nova spricht, ist das eine große Sache. Was soll das wieder heißen?"

Mist.

Gefangen in einer Lüge.

Nicht, dass ich Paige jemals hätte anlügen wollen, aber ich hatte nicht erwartet, dass Nova sich wieder öffnen würde. Nach einem Jahr Stummheit dachte ich, das war's, sie würde einfach schweigen.

Was wusste ich schon über Kinder? Serene war immer eine liebevolle und vernarrte Mutter. Sie wollte Kinder. Ich wusste nicht, wie man eine Windel wechselt, geschweige denn mit einer Vierjährigen umgeht, die sich weigert zu sprechen.

Ehrlich gesagt dachte ich, dass sie sich nach

einigen Woche daran gewöhnen würde. Ich dachte, es läge nur am Tod ihrer Mutter. Aber ich habe mich getäuscht.

„Nachdem Serene—ihre Mutter—gestorben war, weigerte sie sich zu sprechen."

„Und du hast nicht daran gedacht, sie nach dem Tod ihrer Mutter zu einem Therapeuten zu bringen?", fragt Paige.

Mein Mund ist trocken, ich reibe meine Hände aneinander und ringe innerlich mit meinen Dämonen. „So einfach war das nicht. Keiner von uns beiden wollte darüber sprechen."

„*Du* wolltest nicht darüber reden. Das Mädchen brauchte ihren Vater", sagt Paige.

Ich rechne es ihr hoch an, dass sie zu mir steht und mir ins Gesicht sagt, was sich vor einem Jahr noch niemand getraut hat.

„Sie braucht immer noch ihren Vater", sage ich. „Und ich bin hier."

Paige verschränkt die Arme vor der Brust und stößt einen schweren Seufzer aus. Ihre Lippen sind aufeinandergepresst.

Glaubt sie mir etwa nicht?

„Ich versuche es. Meine Frau ermorden zu lassen und das Kindermädchen abzuschlachten, womöglich vor den Augen von Nova, steht nicht gerade im Handbuch 'Wie man ein Vater ist'„," spotte ich.

Sie steht auf, ihre Stirn ist gerunzelt, Paige kommt näher und steht mir direkt gegenüber. „Du hast vergessen zu erwähnen, dass dein vorheriges Kindermädchen ermordet wurde."

Ich erschaudere.

So ein Mist.

Da bin ich schon wieder ausgerutscht.

„Das war kein wichtiges Einstellungsargument für die Stelle", sage ich.

Paige muss wissen, dass ich das nicht in der Stellenanzeige erwähnt habe oder darüber sprechen konnte. Ich hatte nicht vor, dass sie erfährt, dass ihr Arbeitgeber die Mafia ist. Das war kein Thema für ein Vorstellungsgespräch.

„Ich verstehe das, aber du hast die Pflicht, ehrlich zu mir zu sein." Sie macht keinen Rückzieher.

Ich schüttle den Kopf und trete vorsichtig einen Schritt zurück. Ich muss diese ganze Sache umdrehen und wieder die Kontrolle gewinnen. Es gefällt mir nicht, dass sie mich auf Trab hält und mein Herz rasen lässt.

„Nein."

„Nein?", fragt sie. „Willst du nicht ehrlich zu mir

sein? Dann kündige ich!"

Ihre Dreistigkeit macht mich für einen kurzen Moment sprachlos.

„Du kannst nicht kündigen. Paige du hast einen Vertrag unterschrieben, und falls du es vergessen hast, darfst du nicht aus deinem Vertrag entlassen werden, ohne dass es im Einvernehmen mit mir geschieht oder bis ein Ersatz eingestellt wird."

„Gut, dann stell einen Ersatz ein!" Verärgert wirft sie die Arme in die Luft.

Das wird nicht passieren.

Ich will nicht, dass jemand anderes mit meiner Tochter zusammen ist.

„Nein. Nova öffnet sich endlich, redet mit dir und du willst sie im Stich lassen?" Ich drehe den Spieß gegen Paige einfach um.

Ihre Schultern sacken zusammen, sie ist niedergeschlagen. „Das ist nicht fair."

„Nein, es ist Nova gegenüber nicht fair. Sie sieht zu dir auf. Ich wage zu behaupten, dass das Kind dich liebt."

Paige leckt sich über die Lippen und geht einen Schritt von mir weg. „Ich werde nicht für einen Lügner arbeiten", sagt Paige.

„Ich habe dir nur etwas verheimlicht, um dich zu

beschützen." Das ist alles, was ich je wollte: ihr Wohlbefinden.

Na ja, Nova und sie.

„Du kannst nicht kündigen, Paige. Ich akzeptiere deine Kündigung nicht."

Sie stößt einen schweren Seufzer aus, geht zurück und lässt sich auf das Bett fallen. „Gut, aber ich möchte dieses Wochenende frei haben und ich will das Haus und das Gelände verlassen dürfen. Keine Wachen."

Sie ist keine Gefangene, aber sie allein gehen zu lassen, bringt sie in Gefahr.

„Das kann ich nicht tun."

31

PAIGE

„DU KANNST mich nicht gehen lassen?" Ich spotte. „Oder willst du nicht? Wie kann ich nicht gefangen gehalten werden, wenn ich nicht gehen kann?"

„Hast du nicht gehört, was ich über das letzte Kindermädchen gesagt habe? Sie wurde ermordet." Moreno tritt näher heran. „Meine Aufgabe ist es, dich zu beschützen. Deine Aufgabe ist es, auf meine Tochter aufzupassen. Lass mich meine Arbeit machen und ich werde mich nicht in deine einmischen."

Ich lache leise vor mich hin.

„Ernsthaft?"

Ich kann ihm nicht glauben.

Was für eine Frechheit von ihm, mich nicht aus dem Haus zu lassen!

„Du kannst mich hier nicht festhalten, Moreno."

„Ich versuche, dich zu beschützen. Erinnerst du dich an Vance, im Club? Die Tatsache, dass du für mich, die Familie Ricci, arbeitest, macht dich zu einer Zielscheibe."

Ich presse meine Lippen zusammen. „Und wenn ich bereit bin, das Risiko einzugehen?" Vance würde mir nicht wehtun. Wenn er mich töten wollte, hätte er es schon getan, als ich in seine Agentur kam und mich als Kindermädchen beworben habe.

Oder?

Aber ich hatte für die Familie Ricci keine Bedeutung, bevor ich ihr Kindermädchen wurde. Bin ich deshalb jetzt eine Zielscheibe?

Moreno reagiert über, aber ich mache ihm deshalb keine Vorwürfe. Er hat viel durchgemacht, als seine Frau ist gestorben und das vorherige Kindermädchen ermordet wurde.

Seine Zunge schiebt sich kurz an seinem Lippen entlang, als er über meinen Vorschlag nachdenkt.

Wird er mich gehen lassen?

„Nein."

„Komm schon." Ich versuche, nicht zu jammern, aber es macht mich wütend, in seiner Nähe zu sein. „Du kannst mich nicht als Geisel halten."

„Du bist keine Geisel. Du bist eine Angestellte

der Familie Ricci. So wie ich das sehe, hast du ein Dach über dem Kopf, ein warmes Bett, das ganze Haus als dein Schloss und eine tolle Gesellschaft." Er grinst mich an und ich würde ihm am liebsten das Grinsen aus dem Gesicht wischen.

„Gut."

Wenn er mich nicht gehen lässt, dann schleiche ich mich raus,

oder ich überzeuge einen der Wachleute, dass Moreno mich gehen lässt.

Er wirft mir einen Blick zu. „Gut, ich bin froh, dass das geklärt ist." Er scheint ein wenig überrascht zu sein, dass ich nachgebe.

„Du hast das Wochenende frei, aber du verlässt das Anwesen nur, wenn ich mitkomme oder einer der Wächter dich begleitet."

Es besteht keine Chance, dass er damit einverstanden ist, dass ich mit Ariella rumhänge. Es ist das Beste, wenn ich die Abmachung für mich behalte.

„Gut."

———

Ich schreibe Ariella eine SMS und verabrede mich mit ihr in einem kleinen Café in der Stadt zum Mittagessen. Sie gibt mir die Adresse.

Ich schaue auf die Uhr: Wenn ich jetzt losfahre, kann ich es ein paar Minuten früher schaffen.

Ich muss mich nicht um den Verkehr kümmern, nur um die Wachen.

Nova macht einen Ausflug mit Moreno. Er hat mindestens eine Wache mitgenommen, vielleicht auch zwei.

Ich gehe zur Haustür, die Schlüssel habe ich in der Hand, und die Handtasche über die Schulter gehängt.

Rhys sieht mich, als ich nach dem Griff der Haustürgreife. „Wo willst du hin?", fragt er.

Ein Stirnrunzeln zeichnet sich auf seinem Gesicht ab. Er scheint sich nicht an das Protokoll zu halten, was ich zu meinem Vorteil nutze.

„Moreno wollte, dass ich in den Laden fahre, um neue Sachen für Nova zu besorgen. Fingerfarben, eine Leinwand, du weißt schon, das übliche Kunstzeug, was Kinder lieben."

Ich drehe den Griff und öffne die Tür. „Ich bin nach dem Mittagessen zurück."

„Soll dich jemand begleiten?", fragt Rhys. „Don

Ricci besteht immer darauf, dass ein Wächter seine Frau aus dem Haus begleitet."

Ich lächle beruhigend. „Du musst dir keine Sorgen machen. Ich bin nicht Nikki, die Frau des Dons. Ich bin nur das Kindermädchen." Mit der gleichen Überzeugung versuche ich ihm klarzumachen, dass er mich nicht babysitten muss.

Auf seinem Gesicht steht immer noch ein Zwiespalt. „Okay." Er antwortet ein wenig zu schnell, er scheint immer noch zu grübeln und seine Stirn zu runzeln. „Vielleicht sollte ich anrufen..."

Ich bin schon aus der Tür und schließe sie, bevor er seinen Satz beenden kann.

Wenn er Moreno anruft, will ich nicht in seiner Nähe sein. Mit seinem Zorn werde ich später fertig, wenn er sieht, dass es mir gut geht und er überreagiert hat.

Ich eile zu meinem Auto, entriegele die Fahrertür, steige ein und starte den Motor. Ich lege den Gang ein, und fahre den Hauptweg entlang zum Wachtor.

Der Wachmann öffnet das Tor und nickt mir zu, ohne auch nur eine Sekunde zu zögern.

Das war einfach!

Ich lache leise vor mich hin, gebe Gas und fahre von dem Anwesen weg.

Ich werfe einen Blick in den Rückspiegel und erwarte, dass mir jemand hinterherläuft und sagt, dass ich das Anwesen nicht ohne eine Wache oder Morenos Genehmigung verlassen darf.

Staub und Schmutz wirbeln hinter mir auf.

Keiner scheint mir zu folgen.

————

Ich parke auf dem Parkplatz, gehe ins Café und sehe Ariella an einem Tisch sitzen. Ihr Mann hat heute die Kinder, was eine schöne Abwechslung für uns beide ist.

„Ich bin froh, dass du gekommen bist", sagt Ariella mit einem warmen Lächeln. Sie steht auf und umarmt mich herzlich. „Ich dachte schon, du würdest mir per SMS absagen."

Ich bin mir nicht sicher, ob ich ihr sagen will, dass ich mir auch Sorgen gemacht habe, dass das passieren könnte. „Nun, ich habe es geschafft", sage ich lachend.

Ich rutsche an den Tisch und setze mich ihr gegenüber.

„Wie läuft die Arbeit für du weißt schon wen?", sagt sie und grinst.

Wenigstens weiß sie, wie man diskret ist und den Namen der Familie, für die ich arbeite, nicht verrät.

„Er ist ganz schön anstrengend." Ich lache. „Mehr als der Junge."

Ariella kichert. „Wenn du mal eine Pause brauchst, kannst du gerne bei uns übernachten. Wir haben ein Gästezimmer, in dem du schlafen kannst."

„Das weiß ich zu schätzen."

Die Kellnerin kommt an unseren Tisch, bringt uns die Speisekarten und rattert die Angebote herunter. Nachdem ich ihr zu verstehen gegeben habe, dass ich ein paar Minuten brauche, um mich zu entscheiden, eilt sie los, um an einem anderem Tisch ein Paar zu bedienen

„Wie geht es Nova?", fragt Ariella mit leiser Stimme.

Ich weiß ihre Diskretion zu schätzen.

„Sie hat letzte Woche wieder angefangen zusprechen ."

Ariellas Augen sind groß und sie schaut mich ungläubig an. „Wow. Das ist ja toll. Sie ist so ein süßer Fratz. Ich wette, ihr Vater ist auch glücklich."

Ich presse meine Lippen für einen kurzen Moment zusammen, und Ariella fasst mein Schweigen als Besorgnis auf.

„Oh nein. Weiß er denn nicht, dass sie redet?

Oder macht er sich Sorgen darüber, was sie sagen wird?"

Ich schüttele den Kopf. „Nein, er ist überglücklich, aber sie hat noch nicht mit ihm gesprochen. Die meisten unserer Unterhaltungen finden nur zwischen uns beiden oder zwischen ihr und einem ihrer Stofftiere statt."

„Das Mädchen liebt ihre Giraffe", sagt Ariella. „Ich weiß noch, wie sie die Giraffe immer auf den Spielplatz mitgebracht hat. Das hat Serene und Laura geärgert, da die beiden immer Angst hatten, dass sie sie zurücklassen würde."

„Laura?"

„Ihr letztes Kindermädchen."

Moreno hat mir noch keine Informationen über den Tod seiner Frau oder den Mord an dem Kindermädchen gegeben. Ich habe versucht, ihm Zeit zu geben, aber ich will mehr Details. Ein Teil von mir muss wissen, womit ich es zu tun habe.

„Warst du mit Serene und Laura befreundet?", frage ich.

Die Kellnerin glaubt, dass jetzt ein guter Zeitpunkt ist, um wieder an unseren Tisch zu kommen, und ich überfliege die Speisekarte, um etwas Passendes zu finden. Ich bestelle einen

Avocado-Salat und ein Glas Wasser, bevor ich der Kellnerin meine Speisekarte zurückreiche.

„Serene und ich haben uns nie richtig unterhalten. Laura und ich haben geplaudert, wenn die Kinder im Park gespielt haben. Laura war ein junges, süßes Mädchen, und wenn ich darüber nachdenke sah sie Nikki sehr ähnlich. Sie hatte die gleichen Haare und die gleiche Statur. Man hätte sie leicht von hinten verwechseln können."

„Du denkst, sie wurde deshalb—" Ich versuche, meine Stimme kaum über ein Flüstern hinauszubringen. Ich bringe das Wort nicht zu Ende, das ich eigentlich sagen wollte: *ermordet*.

Ich bin besorgt, dass jemand mithören könnte.

Sie beugt sich vor und legt ihre Hände auf den Tisch. „Ich schon. Hat er dir von dieser Nacht erzählt?"

Die Kellnerin bringt zwei Gläser mit Wasser und das Besteck an den Tisch. Wir lächeln beide höflich und achten darauf, dass wir vor ihr nicht über Moreno, Serene oder Nova sprechen. Wahrscheinlich würde sie nichts sagen, aber man kann sich nicht sicher sein.

In dem Moment, als sie weggeht, atme ich aus. „Nein, er hat nichts über diese Nacht gesagt." Ich habe ihn auch nicht nach dem Mord gefragt. Ich habe zwar gewusst, dass seine Frau gestorben ist, aber erst vor Kurzem hatte ich erfahren, dass zuvor das Kindermädchen ermordet wurde.

Mir dreht sich der Magen um, wenn ich nur daran denke, was hätte passieren können.

Vielleicht hätte ich Morenos Rat befolgen und einen der Wachleute mit ins Café nehmen sollen. Er hätte sich nicht zu uns setzen müssen, sondern einen eigenen Tisch nehmen können, zu Mittag essen und ein Auge auf jeden Verdächtigen haben können.

Ich bin paranoid.

Als ich mich im Café umschaue, scheint sich niemand für uns beide oder unser Gespräch zu interessieren.

Ariella klemmt ihre Unterlippe zwischen die Zähne. „Du solltest ihn vielleicht fragen. Ich meine, ich habe schon einiges von Jaxson und den Jungs von Eagle Tactical gehört."

„Jaxson?" Ich wiederhole den Namen auf meiner Zunge. Ich bin mit einem Jungen mit diesem Namen zur Schule gegangen, und hatte mir nichts dabei gedacht, wenn ich nicht einen Herrn mit demselben Vornamen getroffen hätte.

Das musste er sein. „Warte. Bist du mit Jaxson Monroe verheiratet?"

„Ja, warum?", fragt Ariella mit einem nervösen Lächeln.

„Groß, muskulös, mit vielen Tattoos?" Ich kann mir nicht vorstellen, dass es zwei Jaxson Monroes in Breckenridge gibt. Wahrscheinlich gibt es in der ganzen Stadt nicht einmal zwei Jaxsons. Als ich ein Kind war, gab es sie jedenfalls nicht.

Sie lacht leise vor sich hin.

Die Kellnerin bringt unser Essen an den Tisch und das Gespräch verstummt wieder, bis wir allein sind.

Ariella beugt sich vor. „Woher kennst du meinen Mann? Bitte sag mir, dass er nicht mit Dante zusammenarbeitet." Die Farbe verschwindet aus ihrem Gesicht.

„Oh nein!" Ich gestikuliere wild mit meinen Händen und greife dann nach meiner Gabel. „Das habe ich nicht gemeint. Ich bin in Breckenridge aufgewachsen. An meinem ersten Tag in der Stadt habe ich Jaxson in einem Café getroffen. Er hat mich erkannt."

Ariella stößt einen leisen Seufzer aus, lässt die Schultern sinken und wirkt etwas entspannter. „Oh, das ist schön." Sie nimmt einen Schluck von ihrem Wasser, während die Farbe in ihre Wangen zurückkehrt.

„Ich habe mich schlecht gefühlt", erkläre ich weiter. „Ich habe ihn nicht erkannt. Schon gar nicht mit den Tattoos."

„Und ich wette, er hatte in der Highschool auch kein Sixpack", sagt Ariella grinsend.

Ich schüttle den Kopf. „Bestimmt nicht." Zu den meisten Jungs in der Schule fühlte ich mich nicht hingezogen. Ich hatte es auf College-Jungs außerhalb der Stadt abgesehen. Das war ein großer Fehler. Sie waren alle Herzensbrecher.

„Du solltest zum Abendessen kommen."

Ich schaue auf meine Uhr, während ich die letzten Bissen des Salats esse. „Danke für das Angebot, aber ich kann nicht. Normalerweise passe ich rund um die Uhr auf die Kleine auf. Ich habe das Glück, dass ich heute und morgen frei habe."

„Nimm sie doch mit. Aber lass vielleicht ihren Vater zu Hause", sagt Ariella und rümpft die Nase.

Ich versuche, ihr den Vorschlag nicht übelzunehmen. Es ist ja nicht so, dass sie weiß, dass zwischen Moreno und mir etwas läuft. Ich bin mir nicht einmal sicher, ob ich weiß, was zwischen uns vor sich geht.

Es ist kompliziert.

Zwei Worte, die wie schwerste Regenwolken auf uns niederprasseln. „Weißt du, er ist kein schlechter

Kerl", sage ich und ertappe mich dabei, wie ich Moreno verteidige.

Ich sollte ihn nicht verteidigen.

Er wollte mich nicht einmal allein gehen lassen.

Ich greife nach meinem Wasserglas und schlucke die letzten Reste herunter. Wenn ich nur an ihn denke, ist mein Mund trocken und meine Kehle ausgedörrt.

„Er ist dein Chef", erinnert mich Ariella mit nicht einmal einem Hauch von Subtilität.

So ein Mist.

Moreno ist nicht einmal mit uns im Raum und schon erinnert sie mich daran, dass ich seine Angestellte bin. Meine Gefühle für ihn müssen unübersehbar sein.

Nun, ich bin nicht die Einzige mit Gefühlen. Er hat mir seine auch gestanden.

„Mein mürrischer Chef", wiederhole ich.

Ariella lächelt und isst das letzte Stück ihres Mittagessens auf. „Genau, mürrisch, sie klingt nicht überzeugt."

„Was?", frage ich.

Sie kann nicht leugnen, dass ein Mann, der für die Mafia arbeitet, nicht mürrisch ist. Das gehört zum Job dazu, es ist praktisch eine Voraussetzung.

„Das ist nicht das Adjektiv, von dem ich dachte,

dass du es benutzt hättest." Das Grinsen in ihrem Gesicht lässt mich noch heißer werden. „Du wirst ja rot!"

Ich greife nach meinem Wasserglas, aber es ist leer. „Er ist ein attraktiver Mann." Es ist nicht falsch, zuzugeben, dass er gut aussieht.

Seine tief liegenden Augen und sein markanter Kiefer, sein dichtes Haar, durch das ich mit meinen Fingern fahren möchte.

Ariella schnippt mit den Fingern vor mir. „Wo bist du hin?"

Oh nein.

Ich habe von Moreno geträumt.

Das muss schlimm sein.

Zum Glück kommt die Kellnerin herüber, um nach uns zu sehen, füllt unsere Wassergläser auf und bringt die Rechnung an den Tisch. Sie ist eine willkommene Ablenkung, um die Stimmung zu verbessern.

Ich greife nach der Rechnung, weil ich für uns beide bezahlen will.

„Was machst du da?", Ariella hält mir ihre Hand hin. „Lass mich wenigstens meinen Anteil bezahlen."

„Du kannst die Rechnung das nächste Mal bekommen, wenn wir ausgehen." Ich hoffe, dass es ein nächstes Mal geben wird und Moreno nicht ausrastet, wenn er erfährt, dass ich mich rausgeschlichen habe.

Ich sollte mir keine Sorgen darüber machen, was Moreno denkt, er ist nicht mein Erzieher, ich bin bereits erwachen. Ich kann aber trotzdem nicht zulassen, dass sich der nagende Verdacht, er könnte recht haben, wieder in meinen Kopf schleicht.

Ariella schließt den Reißverschluss ihrer Handtasche. „Gut. Aber du kommst zum Abendessen zu mir."

„Mit Moreno?"

Ihre Augen weiten sich. „Übertreib's nicht."

Die Kellnerin kommt zurück, um meine Kreditkarte einzuscannen, und das Lächeln verschwindet aus meinem Gesicht, als ich an ihr vorbeischaue, und ein allzu vertrautes Gesicht das Café betritt.

32

MORENO

„HATTEST DU SPASS IM KINDERMUSEUM?", frage ich Nova.

Ich erwarte keine große Antwort, aber ich weiß, dass sie mit Paige gesprochen hat, also versuche ich zumindest, sie in ein Gespräch zu verwickeln.

Das hat nicht so funktioniert, wie ich es mir gewünscht hätte. Aber ich habe es genossen, den Morgen mit meiner Tochter zu verbringen.

Nova antwortet mit einem kurzen Nicken und einem leichten Schulterzucken.

„Was ist los?", frage ich und unterbreche unseren Spaziergang durch die Maple Street.

Sie presst die Lippen aufeinander, sagt aber nichts. Vielleicht liegt es daran, dass Sawyer, nur ein paar Meter von uns entfernt ist, und uns bewacht.

Ich habe darauf geachtet, dass Bruno, der sie bei einem Vorfall mit der Waffe erschreckt hatte, nicht dabei ist. Er ist immer noch bei uns angestellt, aber er wird nicht mehr in die Nähe meiner Tochter kommen.

Ich atme einen schweren Seufzer aus. Da ich weiß, dass Nova früher eine Plaudertasche war kichernd und voller Leben, ist es schwer, dass sie nicht mehr mit mir spricht.

Ich bin für ihr Schweigen verantwortlich.

Mein Herz schmerzt und mein Magen krampft sich zusammen, wenn ich mich an den Grund für ihre Stummheit erinnere.

Nova war wahrscheinlich Zeugin von Lauras Tod. Sie war an jenem Morgen mit dem Kindermädchen unterwegs, als Vance und sein Team das Tor durchbrachen, vier meiner Männer ermordeten und in den Eingang eindrangen.

Nova hatte draußen auf dem Hof gespielt.

Wir fanden sie hinter den Büschen versteckt, nachdem das Massaker vorbei war.

Seit diesem Tag haben wir die Anzahl der Wachen vor Ort verdoppelt und einen Panikraum eingerichtet. Ist das genug?

Das muss es sein, denn ich möchte meine Tochter nicht verlieren.

Mein Telefon summt in meiner Tasche, ich greife nach dem Gerät und nehme den Anruf entgegen.

„Moreno", antworte ich am Telefon.

Laut Anrufer-ID ist es Rhys, was ungewöhnlich ist. Normalerweise ruft Dante einen der Capos oder mich an. Rhys ist ein Soldat.

Es ist nicht so, dass er mich nicht kontaktieren kann. Es entspricht nur nicht dem Protokoll.

Mir dreht sich schon der Magen um, als ich ans Telefon gehe.

„Chef, hier ist Rhys", sagt er. „Paige hat das Gelände verlassen. Sie sagte, du hättest ihr die Erlaubnis gegeben, allein zu gehen, und dass sie heute Nachmittag keine Eskorte benötigt. Seine Stimme ist zittrig, rau und voller Unsicherheit.

Ich kneife mir in die Nase.

Warum konnte sie nicht auf mich hören?

„Ich war mir nicht sicher, ob ich dich anrufen sollte. Entschuldige, wenn ich dich störe, Sir. Ich wollte dir nur Bescheid sagen, falls sie nicht allein gehen darf. Normalerweise wird Ihre Tochter von einer Wache begleitet, wenn sie draußen ist, aber da Paige allein ist..."

Ich stoße einen schweren Seufzer aus. „Hat sie ihr Auto genommen?"

Nova hüpft herum, ihr geblümtes Kleid weht im Wind hin und her.

„Ja, Sir."

Wieder ein Seufzer. Ich hatte nur eine einzige Bitte: Sie sollte begleitet werden überall, wo sie hingeht.

Paige hört nie auf mich.

Wenigstens hat sie ihr Auto genommen. Vor ein paar Wochen habe ich Sawyer einen Peilsender an ihrer Limousine anbringen lassen.

Nova ist zu weit weg von mir, aber Sawyer ist bei ihr und läuft mit Nova mit, um sicherzustellen, dass sie nicht allein über die Straße geht oder wegläuft.

„Danke, dass du mir Bescheid gesagt hast", sage ich, bevor ich den Anruf beende.

Ich öffne die Tracking-App auf meinem Handy, um Paiges letzten Standort zu ermitteln. Es stellt sich heraus, dass sie nicht weit von hier ist.

„Wie wäre es, wenn wir etwas essen gehen?", sage ich zu Nova und führe sie ein paar Straßen weiter in Richtung des Cafés.

Nova zuckt leicht mit den Schultern und nickt.

„Danach können wir noch ein Eis essen gehen." Ich sehe sie an, während wir den Bürgersteig entlang gehen.

Ihr Lächeln ist spärlich doch ihre Wangen sind

rosig, aber die Stille ist bedrückend. Ich möchte, dass sie wieder mit mir redet, kichert und lacht, Lieder singt, so wie sie es mit ihrer Mutter getan hat.

Obwohl ich weiß, dass Serene nicht mehr da ist und diese Momente der Vergangenheit angehören, kann ich nicht anders, als mein kleines Mädchen voller Leben und Fröhlichkeit zu vermissen.

Vance und die DeLucas haben meiner Tochter ihre Lebensfreude geraubt. Eine Vierjährige sollte nicht miterleben müssen, wie ihr Kindermädchen erschossen und ihre Mutter beerdigt wird, und das alles in einer Woche.

Ich stöhne auf.

Nova drückt meine Hand und blickt zu mir hoch.

Noch mehr Schweigen zerrt an meinem Herzen. Ich möchte, dass sie mir vertraut, sich mir anvertraut und mit mir redet.

Dante und Nikki hatten recht, als sie mich drängten, mit ihr zu einem Kinderpsychologen zu gehen. Ich hätte nicht lügen und so tun sollen, als ob Paige meine Frau wäre und alles in Butter ist.

Ich bin ein Monster.

Ich habe Nova wehgetan.

Vergebung liegt mir nicht im Blut.

Liegt es in ihrem?

Wir überqueren die Straße und ich öffne die Tür des Cafés.

Paige reicht der Kellnerin ihre Kreditkarte und ihr Blick fällt direkt auf mich.

Das Lächeln verschwindet aus ihrem Gesicht.

Gut so.

Nova entdeckt Paige, lässt meine Hand los und eilt zu ihr, um sie zu umarmen.

Ich würde lügen wenn ich sage, es tut mir nicht weh, dass meine Tochter beim ersten Anzeichen von Paige wie ein Kind am Weihnachtsmorgen strahlt.

Ich möchte, dass Nova mich so bewundernd anschaut.

Verdammt, ich will, dass Paige mich so ansieht.

„Paige!" Nova quiekt.

Verdammt!

Kann dieser Tag noch schlimmer werden?

Meine Schritte sind kein bisschen leise, als ich mich ihrem Tisch nähere.

Nova hat sich bereits zu Paige an den Tisch gesetzt und macht es sich dort gemütlich.

Warum sollte sie auch nicht? Mein Kind vergöttert das Kindermädchen.

Sawyer sitzt allein an einem Tisch, mit dem Rücken zur Wand, damit er uns und die Tür beobachten kann.

„Mr. Ricci", sagt Ariella knapp und schenkt mir ein falsches Lächeln, als ich mich nähere.

Langsam kommt die Farbe in Paiges Wangen zurück. „Sir", spricht sie mich an. „Wir sind gerade fertig."

„Nur keine Hektik wegen mir ", sage ich.

Freue ich mich darüber, dass sie eine direkte Anweisung missachtet hat? Nein, aber ich habe keine Lust, im Café vor den Gästen, Ariella oder meiner Tochter eine Szene zu machen.

Das Wichtigste ist, dass sie sicher mit mir nach Hause kommt.

Ariella wirft einen Blick auf ihr Handy. „Ich muss die Kinder abholen."

Ich kann nicht sagen, ob es eine Lüge ist oder ob sie wirklich gehen muss, aber das ist ohnehin egal. Es ist offensichtlich, dass sie sich unwohl fühlt und nach einer Ausrede sucht, um zu gehen.

Das ist in Ordnung für mich.

Ich warte, bis sie den Tisch verlässt, bevor ich mich Paige gegenüber setze.

„Ich rufe dich an. Danke, dass du heute zum Mittagessen gekommen bist", sagt Paige.

Ariella beugt sich vor, um Paige zum Abschied zu umarmen und flüstert ihr etwas ins Ohr.

Ich kann nicht hören, was sie sagt, weil der Lärm im Café zu laut ist. Schade.

Sie verabschieden sich und Ariella winkt mir kurz zu, bevor sie aus der Tür rennt. Ich kann es ihr nicht verdenken. Ich bin kurz davor, mich mit Paige zu streiten, aber das Einzige, was mich halbwegs ruhig hält, ist, dass Nova gesprochen hat.

Mein Mund ist wie ausgetrocknet, aber sie sitzt mit Paige zusammen und malt auf einem Tischset aus Papier. Paige hat sofort Buntstifte aus ihrer Tasche geholt, als Nova sich hingesetzt hat. Auch wenn sie nicht im Dienst ist, beschäftigt sie sich mit ihr, und hat immer ein offenes Ohr für die Bedürfnisse meiner Tochter.

„Ich weiß, dass du sauer bist." Paige redet nicht um den heißen Brei herum, und das weiß ich an ihr zu schätzen. Anders als die meisten Menschen, mit denen ich in der Vergangenheit gearbeitet habe, ist sie direkt.

„Jetzt ist nicht der richtige Zeitpunkt für diese Diskussion", sage ich und schaue Nova an.

Paige reibt Nova den Rücken, während sie hauptsächlich auf das Papier kritzelt, aber ab und zu springt der Buntstift auf den Holztisch.

„Hast du dich nicht deshalb hingesetzt?", fragt Paige.

Die Kellnerin räumt das Geschirr vom Tisch ab und anderes Personal kommt, um den Tisch abzuwischen und zu säubern.

„Wir sind zum Mittagessen hergekommen." Ich stehe auf und nehme mir eine Speisekarte und eine Kinderkarte für Nova, bevor ich an den Tisch zurückkehre.

Sie presst ihre Lippen zu einer Linie zusammen. Sie hält den Mund, will nichts sagen und überlegt wahrscheinlich, wie sie nicht gefeuert werden kann. Obwohl sie bereits versucht hat, zu kündigen.

Ich werde sie nicht kündigen lassen.

Sie ist zu wichtig für Nova.

Außerdem bin ich ein egoistischer Mistkerl und ich will nicht, dass sie geht.

„Ich weiß, dass du schon gegessen hast, aber du kannst einen Nachtisch nehmen. Er geht auf mich, wenn du jedoch lieber nach Hause gehen möchtest, kann Sawyer dich zurückbegleiten." Ich mache eine Geste zu dem Wachmann, der auf der anderen Seite des Ganges sitzt, falls sie ihn nicht bemerkt hat.

Nova zerrt an Paiges Arm und deutet ihr an, sich zu beugen. „Bleib hier", flüstert Nova ein wenig zu laut, um als Flüstern durchzugehen.

„Ich benötige eine Dessertkarte", sagt Paige zur Kellnerin, als die Frau am Tisch stehen bleibt.

„Hattest du heute Spaß mit deinem Papa?", fragt Paige. Ihre Aufmerksamkeit ist ganz auf meine Tochter gerichtet.

Nova hört kurz auf, das Papier zu bekritzeln und nickt energisch. „Ich habe dich vermisst."

Mein Herz schmerzt bei Novas Geständnis.

Paige schließt Nova in eine Umarmung ein. „Ich habe dich auch vermisst, aber ich verspreche dir, wenn du das nächste Mal ins Kindermuseum gehst, werde ich mitkommen."

„Fingerschwur?" Nova hält ihre kleinen Finger hin.

Ich möchte sie nicht anstarren, aber ich kann mir nicht helfen, es ist, als ob ich einen privaten Moment belauschen würde.

Paige blickt mit einem verschämten Lächeln zu mir auf. „Auf einer Skala von eins bis zehn, wie wütend bist du gerade auf mich?"

Das trifft mich unvorbereitet. Ich gluckse leise vor mich hin. „Es war eine Zehn, aber wenn ich sehe, wie gut du mit Nova umgehen kannst, ist sie deutlich gesunken." Ich hätte nie gedacht, dass eine Frau mein eiskaltes Herz umdrehen und erwärmen kann.

Sie lächelt frech. „Gut. Mein Plan ist aufgegangen."

Sie stichelt. Ich kann es an dem Glitzern in ihren Augen sehen.

Paige ist die am wenigsten manipulative Person die ich kenne, aber sie ist ohne einen Wachmann gegangen, was mich immer noch stört.

Aber nur, weil ich sie beschützen möchte. Der Gedanke, dass ihr etwas zustoßen könnte, dass Vance als Nächstes hinter Paige her ist, weil sie für die Familie arbeitet, bringt mich fast um.

Die Kellnerin kommt an den Tisch und ich bestelle ein Sandwich für mich, Makkaroni mit Käse für Nova und Paige holt sich ein Stück Schokoladenkuchen zum Nachtisch.

„Du und Ariella seid also Freunde?" Ich habe gar nicht darüber nachgedacht, was sie an ihrem freien Tag machen oder wem sie besuchen wollte.

Ich wusste zwar, dass sie sich im Park getroffen hatten, aber ich hoffte, dass dies das Ende ihrer Beziehung war.

Ihre Augen straffen sich. „Ist das ein Problem?"

„Nein. Ich habe kein Problem mit Ariella." Es sind ihr Mann und seine Pfadfinderbande, das Eagle Tactical Team, das mich stört. Sie sind kein Haufen Heiliger, wie alle denken.

„Okay. Mit wem hast du ein Problem, aber ich

bin eine erwachsene Frau und kann abhängen, mit wem ich will oder ausgehen, mit wem ich will?"

Ihre freche Art hat mich überrascht und die Bemerkung, dass sie ausgehen kann, mit wem sie will, macht mir einen Knoten in den Magen.

Sie hat nicht Unrecht.

Paige gehört mir nicht.

„Du bist mit Ariella zusammen?" Ich weiß, dass sie das nicht meint, aber ich will, dass sie es mir erklärt, weil sie es angesprochen hat.

Sie schnaubt und rollt mit den Augen. „Nein, aber du kannst mich nicht in deinem Haus einsperren, bis du denkst, dass es sicher ist, dass ich gehen kann. Nach deinen Maßstäben darf ich nie nach draußen."

Das ist nicht wahr.

Aber sie hat recht. Ich war streng mit ihr, aber nur, weil ich mir Sorgen um ihr Wohlbefinden gemacht habe.

„Hast du ein heißes Date?" Ich muss wissen, ob sie sich heimlich mit jemandem unterhalten hat. Sie hat das ganze Wochenende frei. Hat sie vor, sich heute Abend oder morgen mit einem Fremden zu treffen?

„Eifersüchtig?", stichelt sie.

„Nein", antworte ich ein wenig zu schnell.

Nova schaut von ihrer Malerei auf und dreht das Papier um, da sie praktisch jeden Zentimeter des Tischsets ausgemalt hat.

„Wir sollten ausgehen, nur wir beide", sage ich.

Wo kommt das denn her? Ich sollte meinen Mund halten.

Sie schürzt die Lippen und denkt darüber nach. Sie hat noch kein Wort gesagt, was mich nur noch nervöser macht. Ich bin seit Jahren mit niemandem mehr ausgegangen. Das letzte Mädchen, mit dem ich ausgegangen bin, habe ich schließlich geheiratet: Serene.

„Es sei denn, du hast eine Abneigung dagegen, mit deinem Chef auszugehen?"

Paiges Gesicht ist so rot wie der Buntstift, den Nova fest in der Faust hält. Ist es die Wut oder die Verlegenheit?

Ich hoffe, sie will mich nicht ohrfeigen, weil ich zu weit gegangen bin.

„ICH HABE KEINE ABNEIGUNG DAGEGEN, mit meinem Chef auszugehen", sage ich, „aber ich gebe zu, es ist wahrscheinlich keine gute Idee."

Er sieht leicht niedergeschlagen aus.

„Aber ich sage nicht nein", gestehe ich. „Wir müssen die Dinge nur langsam angehen. Okay?" Ich bin mir nicht einmal sicher, warum er mich um ein Date bittet.

Er mag mich, aber er scheint immer noch um seine tote Frau zu trauern. Ich will nicht seine Lückenbüßerin sein. Ist es überhaupt eine Lückenbüßerin, wenn ein Ehepartner verstorben ist?

„Langsam ist gut", sagt Moreno.

Die Kellnerin bringt Nova eine Tasse Milch in

einem Plastikbecher mit Deckel und einen Strohhalm und Moreno ein Glas Wasser. Sie füllt mein Glas nach, bevor sie wieder in der Küche verschwindet.

„Ich werde für heute Abend ein Date nur für uns beide planen."

„Heute Abend?", frage ich und greife nach meinem Wasserglas.

Er bewegt sich aber schnell.

„Ich gebe bei einem ersten Date nicht aus", warne ich.

„Was nicht ausgeben?", fragt Moreno ganz unschuldig.

Der Raum fühlt sich um einige Grad wärmer an und ich nehme einen weiteren Schluck von meinem Wasser, um mich abzukühlen und zu beruhigen.

„Du siehst süß aus, wenn du rot wirst."

Ich streiche eine Haarsträhne hinter mein Ohr. Es ist einfacher für mich, meine Aufmerksamkeit auf Nova zu richten. Deshalb habe ich mich in seiner Nähe in die Arbeit gestürzt, weil es mein Job ist.

„Macht dir das Ausmalen Spaß?", frage ich Nova.

Sie lässt ihren Stift fallen und blickt zu mir auf. „Du hast seine Frage nicht beantwortet. Was kommt bei einem Date heraus?"

Meine Augen weiten sich vor Entsetzen. Die kleine Nova, die in den letzten Tagen kaum mehr als ein Wort gesprochen hat, beschließt jetzt, dass es ein guter Zeitpunkt ist, mich zu demütigen!

Moreno hat ein selbstgefälliges Lächeln aufgesetzt. „Wirst du ihr antworten?"

„Nova, hat dir dein Daddy etwas über Bienen und Blümchen beigebracht?"

Er blickt entsetzt und unterbricht mich, bevor ich weiter auf das Thema eingehen kann.

Morenos Ohren sind knallrot. „Nova, Süße, dein Mittagessen wird gleich serviert. Warum legst du nicht die Buntstifte weg und wir gehen die Hände waschen?"

Wortlos legt sie die Buntstifte auf den Tisch, klettert vom Stuhl und folgt ihrem Vater zur Toilette.

Ich kann mir ein Grinsen nicht verkneifen, denn ich bin zufrieden, dass ich den Spieß umgedreht habe, obwohl ich gar nicht vorhatte, mit Nova über Sex zu reden. Das muss ihr Vater besprechen, wenn die Zeit reif ist. Ich bin ihr Kindermädchen, nicht ihre Mutter.

„Wirst du dich benehmen?", fragt mich Moreno, als er an den Tisch zurückkehrt.

Ich zeige auf mich und tue so, als wäre ich entsetzt über seine Andeutung. „Ich?"

„Ja, du. Nova hat wenigstens die Dreistigkeit, sich gut zu benehmen." Morenos Augen glänzen hinter seiner kühlen Fassade. Ein Grinsen umspielt seine Mundwinkel. Er versucht, es zu verbergen und den harten Kerl zu spielen, den er so gut beherrscht.

Wahrscheinlich ist das ganz normal für ihn.

„Ja, ich war nie auf dem Gymnasium oder hatte ein Kindermädchen, das mir alles über die Bienen und Blümchen beigebracht hat", sage ich lachend.

Moreno rollt mit den Augen und stöhnt.

Nova klettert auf meinen Schoß und beschließt, dass es Zeit zum Kuscheln ist. „Paige, was meinst du mit den Bienen und Blümchen?"

„Ja, Paige, was meinst du?", fragt Moreno und legt den Kopf schief. Er versucht, ruhig zu bleiben, aber das hält nicht lange an. Sein Gesicht ist rot und ich glaube, er unterdrückt ein Lachen, weil er weiß, dass ich ihn foltern werde, wenn ich damit durchkomme.

Er scheint nicht wütend zu sein, nur beunruhigt.

Gut so.

Das hat er nun davon, dass er mich vorhin beim Mittagessen mit Ariella unterbrochen hat. Nun, das Mittagessen ist vorbei, aber trotzdem, Rache ist süß.

Die Kellnerin bringt das Mittagessen für Moreno und Nova und meinen Nachtisch an den Tisch. Ich setze Nova behutsam zurück auf den Stuhl neben mir, damit sie essen kann.

Nova klettert auf die Knie, schnappt sich die Gabel und sticht in ihre Käsemakkaroni.

Zum Glück ist das Gespräch schnell vergessen, obwohl ich nicht umhin kann, das absichtliche Stechen mit der Gabel in ihr Essen zu bemerken. Es ist fast schon gewalttätig, wie sie ihre Faust um ihr Besteck schlingt und in die Nudel sticht.

„Hast du ihr das beigebracht?", frage ich und hebe meine Gabel vorsichtig vom Tisch, während ich in den Kuchen steche. Der Dampf steigt in die Luft und ich warte ein paar Augenblicke, bis er abgekühlt ist.

Moreno blickt von seinem Sandwich auf und beobachtet Novas wiederholtes Stechen in ihre Makkaroni.

Er kichert und wischt sich mit einer Serviette das Gesicht ab. „Nein, ich weiß nicht, wo sie das gelernt hat."

„Wahrscheinlich hat sie eine deiner Wachen beobachtet." Es ist ein Scherz, aber er lacht nicht.

Moreno starrt mich eine nicht endende Sekunde lang an. Er spricht leise und achtet darauf, dass das Gespräch nicht von anderen belauscht wird.

„Wir bringen nicht einfach wahllos Leute um", sagt er.

„Das weiß ich." Ich schiebe mir die Gabel mit einem Bissen Schokoladenkuchen in den Mund. Er ist heiß und verbrennt mir den Gaumen, aber ich will nicht über seinen Job reden. Ich weiß, dass er für die Mafia arbeitet, dass er Menschen umgebracht hat, obwohl ich das alles erschreckend finde, sehe ich das Monster nicht.

Vielleicht habe ich Scheuklappen auf.

„Hat sie jemanden gesehen—" Ich beende den Satz nicht. Ich lasse ihn in der Luft hängen und warte auf seine Antwort. Ich will wissen, ob Nova Zeuge des Mordes an Serene oder ihrem Kindermädchen war. Ich kann diese Frage nicht vor Nova stellen.

Wir sollten diese Diskussion nicht einmal in einem Café in der Öffentlichkeit führen.

„Wahrscheinlich, ja", sagt Moreno. „Wir können später darüber reden. Ich erzähle dir alles, was du wissen willst, unter vier Augen."

Das ist für mich die beste Antwort, die ich je bekommen werde. „Danke."

Ich will zwar wissen, was mit seiner Frau und dem früheren Kindermädchen passiert ist, aber ich weiß nicht, wie ich mich dabei fühlen soll. Es ist mir klar, dass er Serene vermisst. Er ist immer noch in sie verliebt. Warum wäre er sonst so wütend über ihren Ring gewesen?

Nachdem sie mit dem Essen fertig sind, und ich meinen Kuchen gegessen habe, bezahlt Moreno die Rechnung und wir gehen nach draußen, wobei Sawyer hinter uns herläuft.

Es fühlt sich unangenehm an, als ob wir eine Anstandsdame hätten. Wird es auch so sein, wenn wir ein Date haben? Er hat an diesem Abend niemanden mit in den Club gebracht.

„Daddy, Eiscreme", sagt Nova und zeigt auf der anderen Straßenseite auf die Eisdiele.

„Ich fahre zurück nach Hause", sage ich. Ich habe schon Nachtisch gegessen und würde ihnen gerne Gesellschaft leisten, aber draußen ist es bewölkt und es weht ein kalter Wind, der mich frösteln lässt.

„Ich habe ihr ein Eis versprochen", sagt Moreno.

Grinsend gestikuliere ich in Richtung des Ladens. „Du hast ihr ein Versprechen gegeben und du musst es auch halten." Ich kann nicht glauben, dass sie nach dem riesigen Mittagessen immer noch Eis will, aber das Kind würde es wahrscheinlich auch mitten im Winter wollen.

„Sawyer, begleite sie nach Hause. Ich fahre mit

Nova zurück, wenn wir mit dem Eis essen fertig sind."

Ich brauche keinen Leibwächter. „Das ist nicht nötig."

„Ich bestehe darauf", sagt Moreno. Sein Tonfall hat Autorität.

Es ist nicht so, dass ich ein Problem mit Sawyer hätte. Er scheint ein netter Kerl zu sein, aber ich möchte nicht mit ihm zum Anwesen zurückfahren und mit ihm plaudern müssen. Oder noch schlimmer, totes, peinliches Schweigen.

„Wenn jemand ein zweites Paar Augen braucht, und jemanden der ihm den Rücken freihält, dann bist du es. Wenn Nova bei dir ist, muss die Wache auch da sein." Er muss meinen Standpunkt verstehen.

Er hält sich zurück, aber er sieht nicht erfreut aus. „Gut, aber du gehst direkt zurück zum Haus."

„Ja", sage ich. „Ich werde zurückgehen und ein Nickerchen machen."

„In Ordnung." Er sieht nicht erfreut aus, aber er ist mir begegnet, nachdem ich mich rausgeschlichen hatte. War das ein Zufall?

Ich bezweifle es.

Wie ich Moreno kenne, hat er einen

Leibwächter, der sich hinter einem Baum versteckt, und ich habe ihn einfach nicht entdeckt.

Ich winke Nova zu, als sie über die Straße zum Eiscafé huscht, während ich in die entgegengesetzte Richtung zu meinem Auto gehe.

Als ich um die Ecke biege, greife ich in meine Handtasche, krame meine Schlüssel heraus und stehe vor meinem Auto.

Als die Reifen quietschen blicke ich auf, und sehe einen schwarzen Geländewagen, der abrupt neben meinem Auto zum Stehen kommt.

Zwei bewaffnete Männer mit Pistolen springen aus dem Fahrzeug und packen mich, bevor ich weglaufen kann. „Du kommst mit uns", sagt einer von ihnen. Er ist klein, hat eine Glatze und eine große Nase.

Ich erkenne ihn nicht.

Ich erkenne auch keinen der Männer, die mich auf den Rücksitz schieben. Der andere Mann auf dem Rücksitz verursacht mir eine Gänsehaut.

„Vance", flüstere ich und erinnere mich an ihn, als wir uns im Club begegneten und er mich in der Agentur einstellte.

„Ich bin froh, dass ich einen bleibenden Eindruck hinterlassen habe."

34

MORENO

PAIGES AUTO IST NIRGENDS zu sehen. Sawyer fährt uns zurück zum Gelände und ich kann mich eines überwältigenden Gefühls der Angst nicht erwehren.

Etwas stimmt nicht.

Ich will nicht überreagieren, aber ich kann mir nicht vorstellen, warum sie nicht zurückgekommen ist, obwohl sie ausdrücklich gesagt hat, dass sie direkt zum Gelände fährt.

Ich reiße die Tür auf und schnalle Nova ab, sie springt von dem Autositz herunter und hüpft zur Haustür, ohne meine Sorge zu bemerken.

Das ist wahrscheinlich auch besser so.

Sawyer schließt die Haustür auf und öffnet sie für uns.

„Geh ins Spielzimmer", sage ich zu Nova und zeige ihr, dass sie gehen und tun soll, was ich ihr sage.

Sie lässt die Schultern sinken. Das Hüpfen in ihrem Schritt verschwindet, als sie über den Flur ins Spielzimmer schlendert, wo sie nicht mehr gesehen wird.

„Wo ist Paige?" Rhys ist der erste Wächter, den ich sehe, abgesehen von Sawyer, der bei mir ist.

„Sie ist nicht hier."

„Was soll das heißen, sie ist nicht hier?", dröhnt meine Stimme.

Das ist keine akzeptable Antwort auf meine Frage.

Ich starre Rhys an und erwarte eine Antwort.

„Sie ist nicht zurückgekommen, Sir." Rhys sieht erschrocken aus.

Ich möchte mich irre, dass ich mir ohne Grund Sorgen mache, und es ihr gut geht. Aber sie wäre doch nicht ohne mich zu einem weiteren Ausflug aufgebrochen, oder?

Ich ziehe mein Handy aus der Tasche und öffne die Ortungs-App, um festzustellen, dass ihr Standort deaktiviert ist.

So ein Mist.

Warum ist ihr Telefon ausgeschaltet?

Wo zum Teufel ist sie?

Alles in mir schreit, dass Vance DeLuca für ihr Verschwinden verantwortlich ist. Ich will mich irren, ich hoffe, dass ich falsch liege. Aber tief in mir weiß ich, dass sie nicht weglaufen würde. Nicht noch einmal.

———

Nikki, Luca und Nova sind im Panikraum eingesperrt. Wir können nicht darauf vertrauen, dass Vance nicht mit Paige als Geisel auftaucht und Forderungen an uns stellt.

Ich stehe an Dantes Schreibtisch und halte mich mit meinen Finger an der Kante des Holztisches fest. Dante steht mir gegenüber. Die Capos, Sawyer, Caden und Halsey, sind im Raum, um unsere Optionen zu besprechen.

Rhys steht an der Eingangstür Wache, falls jemand auftaucht. Er benachrichtigt uns sofort, wenn Paige oder jemand anderes uneingeladen eintritt. Auch die Wachen auf dem Posten haben die gleichen Befehle.

Obwohl ich vermute, dass wir Schüsse hören werden, bevor uns jemand anfunken kann.

„Haben wir eine Ahnung, wo Vance seine neue Basis eingerichtet hat? frage ich.

Es ist kein Geheimnis, dass Vance wieder in die Stadt gezogen ist. Seine Warnung vor Wochen wurde nicht vergessen.

Sawyer zeigt auf die Karte, die auf dem Schreibtisch liegt. „Ich habe Vance in dieser Gegend überwacht, aber wenn er wieder mit Frauen und Kindern handelt, wird sich sein Büro nicht am selben Ort wie die Auktion befinden."

Mein Magen überschlägt sich. Ich schlucke die Galle hinunter, die in meiner Kehle aufsteigt. Ich löse meine Krawatte; der Raum ist schwül.

„Das bedeutet, dass er sie an einem von mindestens zwei Orten festhalten könnte", sagt Dante. Er zieht die Stirn in Falten.

„Was sollen wir tun, Boss?", fragt Sawyer. „Wenn wir uns zu sehr verteilen, riskieren wir einen Hinterhalt hier auf dem Gelände."

„Das wird nicht passieren. Dieser Ort ist eine Festung", sagt Dante. In seiner Stimme liegt Überzeugung. Wenn er auch nur einen Hauch von Sorge oder Zweifel hat, zeigt er das nicht.

Es gehört zu seinem Job, der Chef zu sein und immer alles im Griff zu haben.

Sawyer hat recht, aber ich möchte nicht vorschlagen, nur einen Ort anzugreifen. Wenn es eine Möglichkeit gibt, sie zu retten, müssen wir sie ergreifen.

„Wir gehen mit zwei Crews rein und schlagen an beiden Orten zu. Unser Ziel ist es, Paige zu retten und Vance auszuschalten, aber wenn wir andere Mädchen finden, die gegen ihren Willen festgehalten werden, hast du den Befehl, sie zu befreien."

Dante ist kein Heiliger, aber im Vergleich zu Vance sieht er sicher wie einer aus.

Sawyer zeigt auf den nächstgelegenen der beiden Orte, der immer noch mehrere Meilen entfernt ist und mitten im Nirgendwo liegt. „Ich glaube, das ist der Ort, an dem die Mädchen für den Menschenhandel festgehalten werden."

„Ich werde das Team anführen", sage ich. Ich kann nicht einfach herumstehen und abwarten, was mit Paige passiert. Sie bedeutet mir zu viel, und wenn Vance sie noch nicht getötet hat, kann ich nur vermuten, dass er sie an den Meistbietenden verkaufen will.

Sie ist nicht nur ein Kindermädchen, sie hat so viel für meine Tochter und meine Familie getan. Das Mindeste, was ich tun kann, ist zu versuchen, sie von dem Feind zu befreien.

„Gut", sagt Dante. „Ich werde den Ort der Auktion aufsuchen. Es ist aber unwahrscheinlich, dass sie dort sein wird. Sie ist erst seit ein paar Stunden weg und sie neigen dazu, die Mädchen geistig zu brechen, bevor sie sie verkaufen."

Die Bilder von Paige, die gezwungen wird, Dinge für beliebige Männer zu tun, vernebeln mir die Sicht. Ich stürme aus dem Büro, ohne Luft zu holen.

Ich stolpere durch den Flur, öffne die Haustür und schaffe es gerade noch, die Treppe hinunter und auf den Rasen. Die Luft kühlt mich nicht schnell genug ab. Ich bücke mich, mir ist schlecht.

Schwäche.

Ich muss mich zusammenreißen, wenn ich Paige retten und DeLucas Männer zur Strecke bringen will.

Die Übelkeit ist so schnell verschwunden, wie sie aufgetaucht ist, und wird nun durch wütende Hitze und Wut ersetzt. Ich stürme hinein und schlage die Tür zu.

Rhys springt erschrocken aus dem Weg.

In Windeseile bin ich wieder in Dantes Büro. „Lass uns aufrüsten", sage ich.

Ich will keine weitere Minute mit Reden verschwenden. Wir haben einen Plan. Wir wissen, wohin wir gehen und wer in welchem Team ist. Wir haben Funkgeräte, mit denen wir miteinander kommunizieren können, wenn wir etwas finden.

Gut oder schlecht.

„Wegtreten", sagt Dante und winkt die Capos aus dem Raum. „Moreno, auf ein Wort."

Sawyer schließt auf dem Weg nach draußen die Tür und lässt Dante und mich allein.

„Ja, Boss."

„Lass Vance nicht in deinen Kopf", warnt er.

Ich schnaube leise vor mich hin. Vance ist immer da drin, die Erkenntnis, dass er meine Frau ermordet, meiner Tochter die Mutter gestohlen und meine Familie zerstört hat.

Jetzt hat er auch noch Paige entführt.

„Dafür ist es zu spät, Sir." Ich bin weit davon entfernt, einen klaren Kopf zu haben. In dem Moment, in dem ich Vance sehe, gebe ich den Todesschuss ab.

35

PAIGE

„SCHÖN, DASS DU UNS GESELLSCHAFT LEISTEST", sagt Vance.

Die Tür knallt hinter mir zu. Ich versuche, die Klinke zu drücken, aber sie ist mit einer Kindersicherung versehen.

Warum sollte ich von Männern wie Vance etwas anderes erwarten?

„Als ob ich eine Wahl gehabt hätte." Seine Schläger zogen mich mit vorgehaltener Waffe von der Straße und stießen mich auf den Rücksitz des Geländewagens.

Der Fahrer rast davon, weg von der kleinen Innenstadt von Breckenridge.

Vance schnappt sich meine Handtasche, kurbelt das Fenster herunter und wirft sie aus dem Fenster.

„Hey!", schreie ich.

„Dein Handy kann geortet werden", sagt Vance.

Er hätte auch einfach mein Handy herausnehmen können, aber er hat sich dafür entschieden, meine Handtasche, mein Portemonnaie und den gesamten Inhalt auf die Straße zu werfen, um von dem nächsten vorbeifahrenden Auto überfahren zu werden.

Idiot.

„Was willst du von mir?", frage ich. Wenn er vorhat, mich zu töten, hätte er sich dann überhaupt die Mühe gemacht, mich vorher von der Straße zu holen?

Ich weiß immer noch nicht, was mit Serene oder Laura passiert ist. Wurden sie gefoltert, bevor sie starben?

Ein Schauer durchfährt meinen Körper.

Hat er sie ermordet oder haben es seine Schläger getan? Könnte sich Moreno irren?

Vance streckt seine Hand aus und streichelt meine Wange. „Ich will nur ein bisschen Spaß haben. Mach dir keine Sorgen, Prinzessin."

Ich ziehe mich zurück. Ich kann nirgendwo hingehen.

„Ich bin nicht deine Prinzessin", knurre ich ihn

an. Er sollte besser seine schmutzigen Pfoten von mir lassen.

Ich sitze mit dem Rücken an der Scheibe des Geländewagens. Der Türgriff kann nicht geöffnet werden . Ich könnte versuchen, das Fenster herunterzudrehen und durch die offene Scheibe zu klettern, aber der Fahrer wird schneller und ich bezweifle, dass ich mehr als zur Hälfte durchkomme, bevor Vance mich packt und zurück ins Auto zerrt.

Aber das setzt voraus, dass ich das Fenster überhaupt öffnen kann.

Je weiter wir uns von Breckenridge entfernen, desto weniger Fahrzeuge begegnen uns auf der Straße.

Ich hätte Morenos Warnung beherzigen und Sawyer mitnehmen sollen. Dann hätte ich wenigstens eine Chance zum kämpfen bekommen.

Aber was wäre, wenn Vance auf Moreno und Nova losgegangen wäre, wenn Sawyer mich beschützt hätte?

Vance beugt sich vor und jedes Haar auf meinem Körper steht zu Berge.

Eine Warnung, dass mein Leben in Gefahr ist.

Das ist kein Witz.

Mein Herz hämmert gegen meinen Brustkorb

und erinnert mich daran, dass ich in der Falle sitze, aber einmal muss das Fahrzeug zum Stehen kommen und wenn jemand die Hintertür öffnet, werde ich rennen.

„Ich mag es, wenn ein Mädchen etwas Biss hat", sagt Vance. Er lächelt nicht. Ich bezweifle, dass er jemals in seinem Leben gegrinst hat.

Er greift mit einer Hand in mein Haar und zieht mein Gesicht näher zu sich heran.

Ich schlucke meine Angst hinunter. Ich werde mich nicht vor ihm verstecken. Wahrscheinlich gefällt es ihm, wenn Frauen um ihr Leben betteln.

„Was willst du von mir?", frage ich ihn zum zweiten Mal.

„Klug und hübsch. Eine seltene Kombination", sagt Vance. „Ich habe einen Vorschlag für dich."

„Nein." Meine Antwort kommt, bevor ich sein Angebot überhaupt hören oder darüber nachdenken kann. Was auch immer es ist, es wird nicht gut sein.

„Niemand sagt zu Don DeLuca nein." Vance packt mich im Nacken und zieht mich nah genug heran, um mich zu küssen.

Mein Atem stockt vor lauter Angst. Sein Atem ist faulig. Sein Körpergeruch brennt in meinen

Nasenlöchern. Sein Geruch bringt mich zum Kotzen.

Wenn er versucht, mich zu küssen, werde ich ihm in den Mund beißen.

„Ich habe vor, Moreno zur Strecke zu bringen, und brauche deine Hilfe. Du wirst mir helfen, Prinzessin."

Hat er den Verstand verloren? „Warum sollte ich dir jemals helfen?"

Er muss verrückt sein, wenn er glaubt, dass ich Moreno verraten werde.

„Wenn du es nicht tust, hole ich mir das kleine Mädchen, vergewaltige und töte es und Moreno wird dir nie verzeihen, wenn er erfährt, dass es deine Schuld ist. Du hast von Anfang an für mich gearbeitet. Weißt du noch?"

„Du bist ein Monster", krächze ich zwischen zusammengebissenen Zähnen.

Vance lässt seinen Griff los, aber ich habe das Gefühl, dass ich auf dem Rücksitz des Fahrzeugs ersticke.

Moreno würde mir das nicht übel nehmen. Oder doch? Ich hätte ihm von der Agentur erzählen sollen, auch das Vance die Agentur geleitet hat.

Aber ich kann nicht zulassen, dass er Nova etwas antut.

„Du wirst sie nicht anfassen", sage ich. „Nur ein Feigling würde einem Kind etwas antun, geschweige denn es bedrohen."

Vance verpasst mir einen Schlag ins Gesicht. „Pass auf, wen du sagst, Prinzessin."

Der Stich brennt und treibt mir Tränen in die Augen. Ich will nicht weinen, schon gar nicht vor ihm, aber der Schmerz ist genauso überwältigend wie das emotionale Trauma seiner Worte.

Die Vorstellung, dass Nova um Hilfe schreit und Vance anfleht, sie gehen zu lassen, macht mir Angst.

Ich kann nicht zulassen, dass Nova etwas zustößt.

„Wenn du diesem Kind auch nur ein Haar krümmst, bringe ich dich persönlich um."

Vance und die anderen Männer im Fahrzeug lachen über meine Drohung.

„Ich werde sie nicht anfassen, wenn du genau das tust, was ich sage."

Ich habe Angst, zu fragen, was er von mir will. Ich würde Moreno nie etwas antun wollen, aber ich kann auch nicht zulassen, dass Nova etwas zustößt. Ich könnte nicht damit leben, wenn er diesem Kind auch nur ein Haar krümmen würde.

Vance nimmt mein Schweigen als Zustimmung.

Was auch immer er von mir will, es wird ein Verrat sein.

Moreno wird mir nie verzeihen.

––––––––

Er sagt mir nicht, was er vorhat und was er von mir erwartet, um ihm zu helfen. Ich warte darauf, dass der Anker, der auf meinem Bauch lastet, verschwindet.

Bei diesem Tempo wird er das nie tun. Ich ertrinke und Vance wird mich mit in den Abgrund reißen.

Ich schaue aus dem Seitenfenster und erkenne die Route, die wir nehmen. Es ist eine Nebenstraße durch den Wald, und wenn ich mich nicht irre, ist sie nur ein paar Kilometer vom Haus entfernt, in der ich mit der Familie Ricci gewohnt habe.

Der Geländewagen kommt abrupt zum Stehen.

„Einer unserer Männer ist drinnen und arbeitet für uns." Vance starrt mich grimmig an. „Er wird dich beobachten."

Ich bin mir nicht sicher, ob ich ihm glauben soll oder nicht.

Abgesehen von meiner Entführung gibt es keine Beweise dafür, dass jemand für Vance arbeitet. Ist es möglich, dass er wusste, dass ich heute allein war? Aber warum hat er mich dann nach dem Mittagessen entführt und nicht vorher?

Ich muss vorsichtig vorgehen.

„Dein Arbeitgeber wird nicht mehr lange da sein. Sagen wir einfach, der Rauch wird ihm zu schaffen machen."

Ist das ein Spiel für ihn? Ein Rätsel? Spricht er von dem Feuer, das Nova gelegt hat, oder von einem anderen bevorstehenden Feuer?

Die Galle steigt mir in die Kehle. „Was erwartest du von mir?", frage ich.

Er will, dass ich etwas tue, er sagt mir das nicht aus reiner Herzensgüte. Ich bezweifle, dass der Mann mehr als nur ein Herz aus Stein hat.

„Wenn du das kleine Mädchen retten willst, solltest du schnell verschwinden."

Will er, dass ich das Kind aus dem Haus hole?

Ist er verrückt?

„Bumm!", schreit er, ballt seine Hände zu Fäusten und öffnet sie dann schnell wie eine Explosion. „Die Riccis werden brennen, zusammen mit allen, die darin sind."

Die Tür des Fahrzeugs klickt. Mein Herz klopft wie wild in meiner Brust. Ich öffne die Autotür und stürze hinaus, bevor sie mich packen können.

Lassen sie mich gehen?

Ich schaue nicht über meine Schulter zurück, als ich in den Wald rase, um zu entkommen.

Alles, was ich höre, ist lautes, tiefes Lachen und Rufe. „Lauf, Prinzessin!"

36

MORENO

ICH FÜHRE DAS TEAM AN, mit Sawyer, Caden und sechs weiteren Soldaten hinter mir. Wir haben keine aktive Überwachung und keinen Ton.

Es ist riskant, blind hineinzugehen, aber wir müssen Paige finden.

Ich werde nicht zulassen, dass ihr etwas zustößt.

Das Walkie-Talkie ist an meiner Gürtelschlaufe befestigt. Es herrscht nur Funkstille.

Mein Handy hat auch nicht geklingelt.

Obwohl das Signal an unserem derzeitigen Standort stark ist und es in der Nähe einen Mobilfunkmast gibt, hat niemand geantwortet, was bedeutet, dass es keine Neuigkeiten gibt.

Paige ist immer noch unauffindbar. Sie ist da draußen und wird gegen ihren Willen von Vance festgehalten. Wenn ich mir nur ausmale, was er ihr alles antut, dreht sich mir der Magen um.

Wenn er ihren Tod gewollt hätte, wäre er nicht schüchtern gewesen und hätte sie am helllichten Tag ermordet, so wie er es mit meiner Frau Serene getan hat.

Vance ist ein Monster. Er hat es auf das abgesehen, was mir am wichtigsten ist: meine Familie.

Warum ich? Warum meine Familie? Nicht, dass ich will, dass Luca oder Nikki etwas passiert, aber seine Faszination, mich zu quälen, muss ein Ende haben.

Wir schalten zuerst die Wachen am Eingang ihres Verstecks aus. Zwei Wachen gegen neun von uns - es ist kein Problem, durch das Haupttor zu kommen, obwohl wir übereifrig mit den Kugeln sind und mehrere Schüsse zu jeder Wache abfeuern.

Sobald wir das Tor durchschritten haben, rennen wir zum Haupteingang des Backsteingebäudes. Das ist nicht das Gebäude, in dem sie die Mädchen untergebracht haben. Es ist neu gebaut, aber nicht so gut gesichert, wie man es für den Menschenhandel erwarten würde.

Wo sind die zusätzlichen Wachen an der Absperrung?

„Weitergehen", befehle ich meinen Männern, sie sollen in das Innere der Einrichtung gehen. Die Zeit ist nicht auf unserer Seite.

Der Lärm von Schüssen müsste bemerkt worden sein. DieMänner sind wahrscheinlich bewaffnet und warten auf uns.

Caden schießt auf die Klinke der Tür und gewährt uns Einlass. Er und zwei seiner Soldaten gehen zuerst hinein, durchkämmen die Räume und erschießen jeden, der eine Bedrohung darstellt.

Weibliche Schreie hallen von unten herauf.

Die Dielen knarren und keuchen und wackeln, wenn wir gehen. Jeder Schritt hallt. Es ist offensichtlich, dass es dort unten einen Keller, einen Bunker oder eine Art unterirdisches Gefängnis gibt.

Wir haben die Tür dazu noch nicht gefunden.

Es gibt zu viele von Vances Männern mit Waffen, die auf uns schießen, während wir zurückschießen.

Eine Schuss folgt auf den nächsten.

Blut spritzt, als wir vier Männer ausschalten.

Vier.

Es sind zu wenige, um ein Gelände dieser Größenordnung zu bewachen.

Weibliche Stimmen schreien und schreien unter unseren Füßen.

„Paige!" Ich erkenne ihre Stimme nicht zwischen

den Frauen, die um Hilfe schreien und um Sicherheit und Freiheit betteln.

Ich stoße eine Waffe von einem der toten Männer weg.

„Etwas stimmt nicht", sage ich und schaue Sawyer an.

Caden hüpft auf die Dielen, die zu sehr nachgeben. Er bückt sich und stößt eine der Holzlatten auf.

„Hallo?" Caden beugt sich weiter nach unten und ruft dorthin, wo das Echo der Stimmen nach Hilfe klang.

Ich beuge mich herunter und ziehe zwei weitere Bretter raus. „Helft uns!"

Sawyer und ein weiterer Soldat lösen die Bretter, eines nach dem anderen, und finden vier Frauen, die in der Dunkelheit gefangen sind, bedeckt mit Schmutz und Dreck.

„Paige?" Ich sehe keine Spur von ihr.

„Sir", sagt ein jüngerer Wachmann, Giovanni. In seiner Stimme schwingt ein Hauch von Zittern mit.

„Was ist los?" Ich werfe nicht einmal einen Blick über meine Schulter. Wir reißen die letzten Dielen weg, um die Mädchen aus ihrem Gefängnis zu befreien.

Wir haben keine Zeit, um herumzutrödeln.

Jeden Moment könnte weitere Verstärkung anrücken und wir müssen Paige finden.

„Da ist eine Bombe."

Mir dreht sich der Magen um. Keiner von uns weiß, wie man eine Bombe entschärft. „Ist sie mit einem Timer versehen?", frage ich Giovanni.

Mein Blick bleibt auf der Blondine unter den Dielen hängen. Ich lege mich auf den Holzboden, strecke meine Arme aus und ziehe sie hoch. Sawyer tut das Gleiche, um dem jüngsten Mädchen, das nicht älter als zwölf sein kann, zu helfen.

Was zum Teufel ist mit Vance los?

Warum sollte er ein Kind von zu Hause wegholen?

Ich kenne die Antwort und mir kommt die Galle hoch, wenn ich nur daran denke, was für ein Monster er ist, der Frauen und Kinder verkauft, um sie zu verheiraten.

Das ist ekelhaft.

„Ja. Eine Minute und fünfunddreißig Sekunden, Sir." Er beginnt herunterzuzählen.

Caden holt ein weiteres Mädchen, Anfang zwanzig, aus dem Erdreich.

Es ist nur noch ein Mädchen übrig.

„Raus hier!", fordere ich.

Das kleine Mädchen steht nur da und zittert vor

Schreck. Sawyer hebt sie hoch und trägt sie zur Vordertür hinaus.

„Gib mir deine Hand." Ich werde das letzte Mädchen nicht zurücklassen. Es spielt keine Rolle, dass uns die Zeit davonläuft.

„Ich kann nicht. Rette dich", sagt sie.

Ich lasse mich wieder auf den Boden fallen und strecke meine Arme aus, um ihr zu helfen, sie herauszuheben. Es ist klar, dass ihr Arm bereits ausgekugelt ist, deshalb zögert sie, sich von mir anheben zu lassen.

Es ist schwer, sie hochzuziehen, ganz zu schweigen von der Bombe, die nur ein paar Meter entfernt ist.

Kaum habe ich sie hochgehoben, rennen wir auf demselben Weg hinaus, auf dem ich hereingekommen bin, in Richtung der offenen Tür.

Bumm!

37

PAIGE

ICH RENNE EILIG durch den Wald. Ich bin nicht im Geringsten vorsichtig. Äste schrammen meine Arme und Beine. Ich ignoriere das Stechen. Er ist nichts im Vergleich zu meinem Puls, der so laut pocht, dass ich glaube, taub zu werden .

In der Ferne hinter mir sind Geräusche zu hören.

Holen Vances Männer mich ein.

Ihre Stimmen sind gedämpft, aber sie verfolgen mich.

Warum haben sie mich gehen lassen, wenn sie mich nur jagen wollten? Ist das ein Spiel für Vance? Soll ich glauben, dass ich meine Freiheit gewonnen habe, nur um sie mir gleich wieder zu nehmen?

Was meinten sie mit *Bumm*?

Dutzende von Fragen schwirren mir durch den

Kopf, während ich weiter durch den Wald laufe und mein Tempo nicht im geringsten verlangsame.

Haben sie eine Bombe gelegt? Wenn ja, muss ich Moreno und die anderen warnen. Aber wer arbeitet mit den DeLucas zusammen?

Ich kenne die Wachen nicht gut genug, um zu wissen, ob einer von ihnen Moreno verraten würde. Dante würde niemals die Ratte sein. Er ist der Boss und mit Nikki verheiratet. Ich kann mir nicht vorstellen, dass sie für Vance arbeitet, obwohl sie Teil der Familie war.

Zumindest eine Zeit lang.

Hat sie mit Dante und Moreno gespielt?

Ich bezweifle das, aber ich kann nicht riskieren, dass sie oder jemand anderes Nova etwas antut.

Meine Fußsohlen pochen, als ich mich dem Metallzaun nähere, der das Gelände begrenzt. Ich bin noch nicht am Tor, also beeile ich mich und folge dem Zaun, bis ich den Wachposten am Eingang erreiche.

Ich bin völlig außer Atem—mein Herz hämmert in meiner Brust.

„Paige", Leones Stimme ist wie Musik in meinen Ohren.

Sicherheit.

Sicherheit.

Schutz.

Ich muss zu Nova gehen, um sie zu schützen und die anderen vor Vance warnen.

„Ich muss mit Moreno sprechen ", sage ich. Ich muss genauso schmutzig und eklig aussehen, wie ich mich fühle. Ich bin schweiß überströmt vom Laufen. Meine Füße schmerzen, meine Haut ist zerkratzt und blutig.

Leone schließt das Tor auf, die Metalltüren quietschen, als sie sich öffnen.

„Vance ist nicht weit hinter mir ", warne ich die Wache. „Ich bin geflohen und durch den Wald gerannt, aber ich bin sicher, dass sie mir gefolgt sind. Einige der Männer waren zu Fuß unterwegs, andere sitzen in einem schwarzen Geländewagen."

Sie haben mich nicht aus der Stadt entführt, um eine Spritztour zu machen und die Familie zu bedrohen. Es steckt mehr hinter Vance. Er ist ein Mörder und ein Monster.

„Geh rein", sagt Leone und zeigt auf das Haus.

„Wo ist Nova?" Geht es ihr gut?

„Nova ist im Panikraum mit Nikki und Luca. Du solltest selbst hineingehen. Los!" schreit Leone.

Er scheint nicht glücklich darüber zu sein, dass ich hier stehe und Fragen stelle, obwohl ich ihm gesagt habe, dass Vance und die anderen auf dem Weg sind.

Ich eile ins Gebäude. Leone funkt jemanden über sein Walkie-Talkie an, aber ich kann nicht hören, was gesagt wird.

Normalerweise würde ich meine Schuhe ausziehen, bevor ich das Haus betrete, vor allem, nachdem ich durch den Wald gestapft bin, aber meine Hauptsorge gilt im Moment Nova.

Wenn das, was Vance angedeutet hat, wahr ist und sich im Haus eine Bombe befindet, darf Nova nichts zustoßen.

Ich laufe die Treppe zum Panikraum hoch.

Ich habe den Code nicht. „Nikki!" Ich weiß, wo die Tür ist und klopfe mehrmals. Sie kann mich durch eine Kamera sehen, wenn sie sichergehen will, dass ich allein bin.

Das Schloss klickt und die Tür öffnet sich langsam. Nikki hat sie für mich aufgeschlossen.

Sie vertraut mir.

Warum sollte sie auch nicht?

„Ist es vorbei?" fragt Nikki und mustert mich von oben bis unten, sie runzelt die Stirn über mein Aussehen.

Ich stürme in den Panikraum und Nova kommt

direkt auf mich zu, wirft ihre Arme um mich, während ich mich bücke, um sie hochzuheben.

„Ich muss gehen", sage ich und trage Nova aus dem Panikraum den Flur entlang.

„Wo willst du hin? Wo sind Moreno und Dante? Sind sie schon zurück?" fragt Nikki.

Bruno, eine der Wachen, die ich am wenigsten kenne, wirft Nova und mir einen Blick zu. Ich bin vorsichtig mit meinen Worten. Was ist, wenn er für Vance arbeitet?

Ich kann Nikki nicht warnen. Ich kann nur hoffen, dass sie in den Panikraum zurückkehrt und dieser feuerfest ist.

„Sie sind auf dem Rückweg", sage ich. Es ist eine einfache Lüge. Sie hat es eingefädelt, indem sie mir gesagt hat, dass sie weg sind.

Ich weiß nicht, wann einer der beiden Männer zurückkommt. Ich nehme an, dass sie versuchen, mich zu finden, aber Vance scheint uns einen Schritt voraus zu sein.

Ich eile die Treppe hinunter zur Tür.

„Wohin gehst du mit Nova?", fragt Nikki. Ihr Tonfall ist viel eindringlicher.

„Ich muss sie an einen sicheren Ort bringen. Geh zurück in den Panikraum", weise ich sie an.

„Aber du hast gesagt, dass Dante und Moreno

auf dem Rückweg sind. Nikkis Augen weiten sich und sie schnappt sich Luca und schiebt ihn vor sich her, als die Eingangstür aufschwingt.

„Paige, Nikki", sagt Vance mit einem verschmitzten Lächeln. „Es ist so schön, euch beide wiederzusehen." Er hält die Tür auf und gibt mir ein Zeichen, Nova nach draußen zu bringen.

Ich greife nach den Schlüsseln, die neben der Tür hängen. Es ist nicht mein Auto, dass steht noch in der Stadt, aber ich nehme alles, was ich in die Finger bekomme, wenn es losgeht.

Ich drücke den Entriegelungsknopf und der Geländewagen ein paar Meter weiter blinkt mit den Scheinwerfern, als ich das Fahrzeug entriegele. Ich beeile mich mit Nova und öffne die Hintertür.

Es gibt keinen Sitz für sie.

Nun, das ist ein Notfall. Ich schnalle sie auf dem mittleren Sitz an und bete, dass ich nicht in einen Unfall verwickelt werde.

Ich schließe die Tür, eile nach vorn und springe auf den Fahrersitz. Ich starte den Motor, lege den Rückwärtsgang ein und trete das Gaspedal durch. Ich wende das Fahrzeug, lege den Gang ein und fahre auf das Haupttor zu.

Wird Leone mich durch den Haupteingang fahren lassen?

Als ich mich nähere, sind die Tore weit geöffnet, der Wachturm ist leer.

Wo ist Leone?

Ist er tot?

Arbeitet er für Vance? Konnte Vance so die Sicherheitsvorkehrungen umgehen?

Ein Schauer durchfährt meinen Körper.

Ich trete aufs Gas und schaue nicht zurück.

„Wohin fahren wir?", fragt Nova.

Es ist das erste Mal, dass ich ihr Schweigen vermisse.

38

MORENO

MEINE OHREN KLINGELN.

Alles schmerzt.

Aber ich bin noch am Leben.

Die Druckwelle schleudert uns auf den Boden. Die Hitze des Feuers aus der Explosion brennt hinter uns, während das Gebäude in Schutt und Asche liegt.

„Paige", flüstere ich.

Wo ist sie?

Ich sollte erleichtert sein, dass sie nicht im Gebäude war, aber wir hatten keine Zeit, vor der Explosion alle Räume und Stockwerke von oben bis unten zu durchsuchen. Wir haben uns darauf konzentriert, die Mädchen zu retten die um Hilfe geschrien haben.

Mein Funkgerät ist kaputt. Mein Telefon ist tot.

Die Explosion hat meine Ausrüstung zerstört, aber Sawyers Telefon scheint zu funktionieren. Er kommuniziert mit jemandem, aber ich höre nur ein Klingeln in meinen Ohren.

Ich fühlt sich an, als würde ich schreien, wenn ich spreche.

„Paige?"

Ich muss wissen, dass es ihr gut geht.

Er nickt langsam und ich kann sehen, wie er das Wort „Ja" murmelt, aber das ist alles, was ich verstehen kann.

———

Wir waren mit drei Fahrzeugen auf unserer Mission. Die Soldaten fuhren zusammen in einem Geländewagen.

Sawyer fährt mit den Mädchen zurück und setzt sie an der Polizeistation ab. Wir wollen ihnen helfen, aber wir wollen uns auch nicht weiter einmischen und uns von der Polizei ausfragen lassen.

Caden und ich fahren direkt zurück zum Gelände.

Paige ist dort.

Oder war sie dort?

Ich kann mir keinen Reim darauf machen, was gesagt wurde, nur dass ich sofort zurückkehren muss.

Ich habe ein komisches Gefühl im Magen , als wir uns nähern. Das Tor steht weit offen.

Leone hat das Tor bewacht. Warum zum Teufel ist es nicht geschlossen? Wo zum Teufel ist er?

Die Kabine ist leer. Es gibt keine Spur von ihm, nur eine Blutspur.

„Das sieht nicht gut aus", sagt Caden.

Was du nicht sagst.

Drei Fahrzeuge, die ich nicht kenne, parken vor unserem Gelände.

Vance und seine Männer.

Das ist die einzige Erklärung, die Sinn ergibt. Er hat uns weggelockt, um unser Zuhause, unsere Burg, zu erobern.

Ist er hinter Nikki her? Oder Luca?

Er hat Paige bereits geschnappt, aber sie war wieder auf dem Gelände. So stand es in der Nachricht, die uns zugestellt wurde.

Es sei denn, sie haben gelogen und wollten, dass wir zurückkehren.

„Gib mir dein Handy." Wir müssen Dante erreichen. Ich sehe sein Fahrzeug nicht, was bedeutet, dass er noch nicht zurück ist.

Vance hatte uns mit der Bombe eine Falle gestellt. Wer weiß, in welche Gefahr sich Dante am Ort der Auktion begeben hat.

Hatten sie eine zweite Bombe gezündet?

———

Caden gelingt es, Dante zu erreichen. Er ist bereits mit Rhys, Halsey und einigen Soldaten, die ihn begleitet haben, auf dem Weg zurück zum Gelände.

Nur wenige Minuten später fährt Dante durch das Tor, er ist direkt hinter uns. Wir stehen draußen und holen unsere Waffen aus dem Kofferraum, damit wir auf alles vorbereitet sind, was vor uns liegt.

Wir stürmen durch die Vordertür ins Innere des Gebäudes.

Dante führt die Offensive an. Gemeinsam schalten wir mehrere Wachen beim Betreten des Gebäudes aus. Sawyer und Caden sind uns dicht auf den Fersen und halten uns den Rücken frei, während wir uns durch den Korridor bewegen.

Das Feuergefecht hat gerade erst begonnen.

Aus dem Büro schallt Vance' raue Stimme durch den Korridor.

Unsere Soldaten sichern den Rest des Hauses.

Dante, Sawyer, Rhys und ich machen uns auf den Weg zum Büro.

Dante geht voran, und ich bin ihm dicht auf den Fersen.

„So, so, so", sagt Vance. Er legt seine Füße auf Dantes Schreibtisch und lehnt sich in den Ledersessel zurück. „Seht mal, wer uns endlich einen Besuch abstattet."

Unmittelbar vor der Tür stehen zwei Wachen, Marco und Rafael, und vier weitere hinter Vance, die ich nicht kenne.

„Gewehre auf den Boden, Jungs", sagt Vance.

„Das ist mein Zuhause. Nimm deine Füße von meinem verdammten Schreibtisch und deinen Arsch aus meinem Stuhl", schnauzt Dante.

Meine Waffe ist gezogen und auf Vance gerichtet. Ich weiß, wenn ich abdrücke, wird es ein Blutbad geben.

Vance nimmt seine Füße vom Tisch, steht aber nicht auf. „So spricht man nicht mit Gästen."

„Du bist kein Gast. Du bist Ungeziefer", sage ich.

Warum ist er hier? Was will er?

„Du wirst Nikki nicht anfassen", sagt Dante. Er hält seine Waffe auf Vance gerichtet.

„Denkst du, ich will sie noch? Ihr Vater ist tot. Wenn sie noch da gewesen wäre, hätte ich mit ihr um den Thron kämpfen müssen", sagt Vance. „Stattdessen gehört die Familie mir, und ich kontrolliere alles." Er schlägt seine Hände auf dem Schreibtisch zusammen.

„Warum bist du hier? Wo ist Paige?" Es kostet mich alles, um mich nicht auf ihn zu stürzen, meine Hände um seinen Hals zu legen und ihm das Leben zu nehmen.

„Paige ist mit deiner Tochter abgehauen", sagt Vance mit einem schiefen Grinsen. „Sie hat deinen kleinen Star entführt."

Ich schlucke den Kloß in meinem Hals hinunter.

Er lügt.

Paige würde Nova niemals entführen.

„Was willst du?", fauche ich zwischen zusammengebissenen Zähnen.

„Nichts weiter, als dich leiden zu sehen." Vance hat Freude an meinem Schmerz.

Ich möchte so tun, als würde mich das nicht stören, aber Nova ist mein Fleisch und Blut, meine Tochter. Sie im Stich zu lassen, liegt nicht in meiner DNA. „Warum?", frage ich.

Wut durchströmt mich, und ich stürme an den Wachen vorbei, schiebe den Lauf meiner Waffe unter Vances Kinn und richte sie nach oben.

Alles, was er je getan hat, war, mir Schmerzen zu

bereiten.

Zwei Männer richten ihre Pistolen auf mich, eine Pistole auf meinem Rücken, die andere auf meinem Kopf gerichtet. Das ist alles nicht wichtig.

Ich brauche Antworten. „Warum hast du meine Frau ermordet?"

„Lass die Waffe fallen, Moreno", sagt Rafael.

Ich ignoriere ihn. „Antworte mir!", fordere ich Vance auf.

„Serene hat für mich gearbeitet. Ich habe sie angeheuert, um deine Familie zu infiltrieren und dich von innen heraus zu zerstören. Ich habe sie dafür bezahlt, dich zu heiraten." Sein selbstgefälliger Gesichtsausdruck bringt mein Blut zum Kochen.

Lügen.

„Das glaube ich dir nicht." Was wird er als Nächstes sagen? Dass er Paige angeheuert hat, um sich als Kindermädchen auszugeben?

„Ich habe Serene getötet, weil sie dich verlassen und mir Nova bringen sollte. Als sie sich weigerte, habe ich ihr Kindermädchen als Warnung erschossen, und als sie nicht mit kam, habe ich mich um das Problem gekümmert. Ich will deine Göre nicht. Ich wollte dir nur weh tun. Gut, dass Paige eine gute Zuhörerin ist."

„Raus aus meinem Haus", schimpft Dante.

Im Obergeschoss fallen Schüsse.

Vance blinzelt bei dem Geräusch nicht einmal. Es scheint ihn nicht zu stören, ob seine Männer unter Beschuss stehen oder ob er selbst getötet wird.

„Du legst das besser weg", sagt Vance und deutet auf die Waffe unter seinem Kinn. „Vorausgesetzt, du willst deine Tochter wiedersehen."

„Wo ist Nova?"

„Du hörst nicht zu", sagt Vance. „Ich habe dir doch gesagt, dass sie mit Paige weit weg von hier ist." Seine Augen glänzen vor Vergnügen.

Ich schlucke die Galle hinunter, die mir in der Kehle hochsteigt.

Nein.

Er lügt.

„Raus aus meinem Haus!" Dantes Stimme hallt durch den Raum.

Vance hebt seine Hände, um zu zeigen, dass er sich ergeben hat, und steht langsam auf.

Für ihn sind das alles nur Psychospielchen, Manipulationen, er versucht uns auf jede erdenkliche Weise zu quälen. Es kostet mich alles, die Waffe zu senken und ihn nicht kaltblütig zu erschießen.

Er hat Serene ermordet, aber wenn ich ihn töte, sehe ich meine Tochter vielleicht nie wieder.

39

PAIGE

„WO IST DADDY?", fragt Nova. Sie fährt mit ihren Fragen fort, angeschnallt auf dem Rücksitz, hüpft herum und will nicht still sitzen.

Ich kann es ihr nicht verdenken. Das Mädchen hat in so kurzer Zeit eine Menge durchgemacht.

Ich muss Nova beschützen, aber ich bin mir nicht sicher, wie. Auf der Flucht zu sein, ist eine gefährliche Sache. Ich versuche nicht, Morenos Tochter zu entführen.

Ich will sie beschützen.

Der einzige Weg ist, mich in der Öffentlichkeit zu verstecken.

Ich habe mein Handy nicht dabei, aber ich erinnere mich an die Adresse, die Ariella mir gegeben hat, und an die Lage ihres Hauses.

Als ich in der Einfahrt ankomme, stelle ich den Motor ab und öffne die Hintertür, um Nova aus dem Geländewagen zu helfen.

„Wo sind wir?", fragt Nova.

Ich beantworte ihre Frage nicht. Ich weiß nicht, wie ich es machen soll, ohne sie zu erschrecken. „Wir gehen zu einem Überraschungsspiel", sage ich. „Erinnerst du dich an Ariella vom Mittagessen?"

Nova nickt und umklammert meine Hand.

Ich bin schmutzig und mit Dreck bedeckt. Ich brauche eine Dusche, aber das ist im Moment egal. Ich klopfe energisch an die Haustür und warte, dass jemand antwortet.

Hoffentlich ist Ariella zu Hause. Draußen stand ein Auto.

Das Schloss klickt und im nächsten Moment reißt sie die Tür auf und starrt mich an.

„Geht es dir gut?", fragt Ariella.

Ein Blick auf mich, und sie spürt die Gefahr.

„Wer ist an der Tür?" Jaxsons Stimme dringt aus der Küche ins Foyer.

„Kommt rein", sagt Ariella und bittet uns ins Haus. Sie wirft einen Blick an uns vorbei, offensichtlich auf der Suche nach der Gefahr, die uns folgen könnte. Sie schließt die Tür hinter uns ab und schaltet die Alarmanlage ein.

„Danke", sage ich.

„Jaxson, das ist das neue Kindermädchen, von dem ich dir erzählt habe, mit dem ich mich im Park angefreundet habe."

Jaxson schaltet die Spülemaschine in der Küche aus und eilt herbei, um uns zu begrüßen.

„Paige", sagt er und schaut mich von oben bis unten an.

„Ich verspreche, dass ich nicht lange bleiben werde. Ich brauche nur einen Ort, an dem Nova sicher ist."

„Die Polizeiwache ist normalerweise der richtige Ort, wenn etwas mit Moreno oder der Familie passiert ist und dein Leben in Gefahr ist..."

„So ist es nicht", sage ich und halte meine Hand hoch. „Vielleicht sollten wir diese Diskussion unter vier Augen führen." Ich möchte Nova nicht noch mehr Angst einjagen, als sie nach dem, was heute passiert ist, ohnehin schon hat.

Jaxson nickt entschlossen. „Gute Idee. Ariella wird ein Auge auf Nova haben und ihr etwas zu essen geben, während wir uns ein wenig unterhalten.

Er deutet mir an, ihm durch die Küche in ein hinteres Schlafzimmer zu folgen.

Jaxson schließt die Tür hinter mir mit einem lauten Knall.

Das Geräusch lässt mich zusammenzucken. Nach allem, was heute passiert ist, bin ich immer noch nervös.

„Ariella hat mir bereits erzählt, dass du für die Riccis arbeitest.

Das hatte ich schon vermutet, als er Moreno erwähnte. „Ja, aber sie sind nicht das Problem. Kennst du einen Mann mit dem Namen Vance DeLuca?" Ich atme einen schweren Seufzer aus.

Meine Brust ist schwer alles in mir tut weh.

Allein die Tatsache, dass ich Nova nicht in Sichtweite habe, macht mich rasend vor Aufregung, aber ich vertraue Ariella.

„Ich weiß von ihm", sagt Jaxson. Er verschränkt die Arme vor der Brust. „Was ist los, Paige?"

„Vance hat mich heute Nachmittag auf der Straße gepackt, als ich auf dem Weg zu meinem Auto war. Er entführte mich, bedrohte mich und sagte mir, dass er Nova etwas antun würde, wenn ich ihm nicht helfen würde. Dann hat er angedeutet, dass er den Ricci-Haushalt in die Luft jagen will, deshalb habe ich mir Nova geschnappt, um sie zu beschützen."

Jaxsons Gesicht ist hart.

Ich kann nicht sagen, ob er mir glaubt oder denkt, dass ich verrückt bin.

„Da ich nicht zulassen kann, dass dem kleinen Mädchen etwas passiert", flehe ich ihn an, mir zu helfen. Er muss das verstehen. Er ist doch auch ein Vater.

„Und du hast Moreno erzählt, dass du seine Tochter entführt hast?", fragt Jaxson. Sein Ton ist ruhig, aber ich kann sehen, wie die Rädchen in seinem Kopf arbeiten.

„Nun, nein. Er war nicht zu Hause. Und ich konnte keine Nachricht hinterlassen. Vance brach in dem Moment ein, als ich mit Nova die Treppe herunterkam. Es sieht schlecht aus, und ich verstehe das. Nikki denkt wahrscheinlich, dass ich Nova entführt habe."

„Du hast sie entführt." Jaxson kneift sich in den Nasenrücken.

„Nein, so war es nicht." Er muss das aus meiner Sicht sehen: Novas Leben war in Gefahr und ich habe alles getan, um sie zu beschützen, indem sie aus dem Haus brachte um sie vor einer Explosion zu bewahrte, die Vance auslösen will.

„Moreno wird nach dir suchen."

Ich hätte nichts anderes von ihm erwartet. Er

liebt seine Tochter und er wird nicht aufhören, bis er sie gefunden hat.

„Ich weiß, und deshalb brauche ich dich, um sie zu beschützen. Wenn ich bleibe, weiß ich nicht, was er mit mir machen wird."

Die Worte schwirren mir durch den Kopf, *Mafiaprinz* und ein Schauer läuft mir über den Rücken.

Moreno hat mir noch nie etwas getan, aber wenn er denkt, dass ich ihn verraten habe, ist mein Leben noch mehr in Gefahr.

40

MORENO

MEIN HERZ POCHT HART gegen meinen Brustkorb. Es fühlt sich an, als würde es durch meine Brust platzen, während mir der Schweiß auf der Stirn steht.

„Wo ist Nova?" Ich muss meine Tochter sehen und wissen, dass sie in Sicherheit ist.

Vance ist voller Lügen. Paige würde nie für ihn arbeiten.

Dante ruft den Capos und Soldaten zu, die Leichen zu beseitigen und das Gelände zu sichern.

Nikki kommt mit Luca an ihrer Seite die Treppe herunter. Dante hat sie bereits wissen lassen, dass es sicher ist, wieder aufzutauchen und dass ich Fragen an sie habe.

Ich eile durch den Korridor.

„Wo ist Nova?" Sie war im Panikraum mit Nikki und Luca eingeschlossen, bevor ich ging.

Wie ist sie herausgekommen?

„Es tut mir so leid", Nikkis Stimme zittert. „Paige kam und ich habe die Tür geöffnet. Ich hätte es nicht tun sollen, aber ich dachte, ihr beide seid zurück und alles wäre vorbei." Die Schuld lastet schwer auf ihren Zügen.

Das ist blass im Vergleich zu der Verzweiflung, die ich empfinde.

Ich werde meine Tochter nicht verlieren.

„Wo wurde sie hingebracht, Nikki?" Ich bin in diesem Moment kein bisschen ruhig oder rational.

Ich brauche Antworten.

„Ich weiß es nicht. Vance kam herein und ließ sie gehen. Sie arbeitet mit ihm zusammen!"

Ich kann das nicht glauben, aber nach dem, was Vance über Serene gesagt hat, ist mein Kopf wie leer gefegt. Ich weiß nicht mehr, was ich glauben oder wem ich vertrauen soll.

Aber ich muss meine Tochter finden. Ihre Sicherheit hat für mich oberste Priorität. „Wie ist sie gegangen?" frage ich.

Ihr Auto stand noch in der Stadt, als sie entführt wurde.

„Ich weiß es nicht. Sie hat sich einen Satz Autoschlüssel geschnappt", sagt Nikki.

Ich eile nach draußen, um zu schauen, welche Fahrzeuge fehlen. „Sie hat den SUV genommen. Dante, ich brauche dein Handy." Ich mache mir nicht die Mühe, es zu erklären, sondern unterbreche ihn nur.

„Warum kannst du deins nicht benutzen?", fragt er, holt sein Handy heraus und entsperrt es, bevor er es mir gibt.

„Es ist bei der Explosion kaputt gegangen", sage ich. Ich öffne die Ortungs-App und rufe das Fahrzeug auf, das sie geschnappt hat.

Tatsächlich zeigt das GPS auf der Karte an, dass sie die Stadt noch nicht verlassen hat.

Ich schnappe mir die Schlüssel und stürme aus der Tür.

Nikki rennt mir hinterher. „Brauchst du Verstärkung?"

Ich bezweifle, dass sie mir Hilfe anbietet, außer dass sie den Soldaten mitteilt, dass ich eine Eskorte benötige.

„Nein, ich habe alles im Griff." Ich will Paige nicht erschrecken.

Wenn die Möglichkeit besteht, dass sie für Vance arbeitet, muss ich das wissen, und eine Armee mitzubringen, würde nur noch mehr Ärger verursachen.

Außerdem, allem Anschein nach, werden wir einen Krieg auslösen, wenn ich Soldaten mitbringe. Wir müssen unter dem Radar bleiben.

41

PAIGE

„HAST DU VOR ZU FLIEHEN?", fragt Jaxson.

„Welche andere Wahl habe ich denn? Ich habe für Vance gearbeitet! Moreno wird mir nie verzeihen, und solange Vance lebt, werde ich für ihn immer ein Spielball sein, ein Werkzeug, mit dem er Moreno schaden kann. Nächstes Mal lässt er mich vielleicht nicht mehr gehen, und ich habe gehört, dass er Serene und Laura ermordet hat. Ich werde nicht die Nächste sein."

Ich bin mir zwar nicht sicher, ob er Serene und Laura wirklich ermordet hat oder ob es seine Männer waren, aber er ist auf jeden Fall für den Tod der beiden verantwortlich.

Jaxson presst seine Lippen zusammen. „Darf ich einen Vorschlag machen?"

Ich verschränke meine Arme abwehrend vor der Brust. „Was?"

„Sprich mit Moreno, bevor du gehst."

Ich will weder Jaxson noch sonst jemandem gegenüber zugeben, dass ich Angst davor habe, wie Moreno reagieren wird, wenn er mich findet.

„Das ist keine gute Idee", sage ich, während ich zur Tür gehe. Je schneller ich gehe, desto weiter kann ich kommen, bevor er auftaucht und Nova sucht.

Zu Ariella und Jaxson zu gehen, war der erste Ort, an den ich gedacht habe, was bedeutet, dass Moreno die gleiche Idee haben wird. Es ist kein Geheimnis, dass Ariella und ich Freunde geworden sind.

„Wir haben Besuch!", ruft Ariella aus dem Wohnzimmer.

Ich habe die Tür noch nicht gehört. Vielleicht schaut sie aus dem Fenster?

„Bleib hier", weist Jaxson an, während er aus dem Schlafzimmer geht und die Tür hinter sich schließt.

Ich eile zum Fenster im Schlafzimmer und werfe einen Blick durch die Jalousien.

Mein Magen verkrampft sich, als ich sehe, wie

Moreno aus seinem SUV steigt. Ich glaube, mir wird schlecht.

Streichen Sie das. Ich weiß, dass mir schlecht wird.

Ich möchte weglaufen.

Vielleicht sollte ich das tun.

Moreno geht zur Vordertür, ich öffne das Fenster, steige raus und mache mich auf den Weg zu dem Geländewagen, den ich mir vorhin geliehen habe.

Ich krame die Schlüssel aus meiner Tasche, springe in den Wagen und drücke den Startknopf für den Motor. Ich schalte den Geländewagen an und die Haustür von Ariellas Haus fliegt auf.

Moreno steht da und beobachtet mich, während ich das Gaspedal durchdrücke.

Alles, was ich in seinem Blick sehe, ist Enttäuschung.

Vielleicht mischt sich auch Wut darunter.

Er ist nicht froh, mich zu sehen. Warum sollte ich das auch von ihm erwarten?

Meine Reifen quietschen und Moreno nimmt seine Waffe von der Hüfte und richtet sie auf das Auto, als er näher kommt.

Er wird mich nicht wirklich erschießen.

Oder doch?

Er feuert mehrere Schüsse auf den Boden ab

und lässt die Reifen platzen, bevor ich die Einfahrt verlassen kann.

Ich schlage mit der Faust auf das Lenkrad.

Moreno deutet mir an, aus dem Fahrzeug auszusteigen.

Will er mich etwa erschießen?

„Hast du Handschellen dabei?", schreit er Jaxson an.

Ich habe mir nicht einmal die Mühe gemacht, die Autotür zu verschließen, als ich ins Auto stürzte.

Moreno reißt den Griff des Wagens auf und zielt mit seiner Waffe auf mich. Ich weiß nicht, wie viele Kugeln er noch hat, aber ich möchte es nicht herausfinden.

„Willst du mich verhaften lassen?", frage ich.

Besteht er deshalb darauf, mich in Handschellen zu legen? Wird er mich in den Knast verfrachten? Wird er die Polizei rufen und mich wegen Entführung von Nova und Diebstahls seines Autos anzeigen?

„Nein", sagt Moreno.

Jaxson ist im Handumdrehen bei ihm und übergibt ihm einen Satz Metallhandschellen.

Moreno zerrt mich aus dem Auto und zwingt mich meine Hände hinter den Rücken zu legen, während er mich gegen den Geländewagen drückt.

Ich spüre das kalte Metall an meinen Handgelenken.

„Was hast du vor, zu tun?" Ich bin mir nicht sicher, ob ich wissen will, was passieren wird, aber ich habe trotzdem das Bedürfnis zu fragen.

„Das wirst du schon bald herausfinden." Er öffnet die Beifahrertür seines Wagens und schiebt mich hinein.

Moreno schnappt sich den Sicherheitsgurt, lehnt sich über meinen Körper und lässt das Schloss einrasten, bevor er die Tür zuschlägt.

Ariella kommt mit Nova an der Hand heraus. Sie wirft mir einen entschuldigenden Blick zu, als hätte sie ein schlechtes Gewissen, weil sie mich verraten hat.

Das sollte sie nicht.

Ich habe mir das selbst angetan.

Moreno zu verraten, war eine Entscheidung, die ich getroffen habe, um Nova zu retten. Ich würde es immer wieder tun.

Es ist Zeit, dass ich mit den Konsequenzen lebe.

42

MORENO

„NIKKI, kannst du Nova ins Bett bringen?", frage ich und gehe in den Hof.

Nova hat geschwiegen. Nicht, dass ich viel von ihr erwartet hätte.

Paige scheint eine Lektion von Nova erhalten zu haben.

„Klar, komm schon", sagt Nikki und führt sie die Treppe hinauf.

Ich warte, bis sie im Flur verschwunden ist, bevor ich zum SUV zurückkehre und Paige in Handschellen aus dem Fahrzeug begleite.

„Sind die Handschellen wirklich nötig?" Das ist das erste, was sie zu mir sagt, seit ich mit ihr in den Wagen gestiegen bin.

Keine Entschuldigung.

Keine Erklärung.

Nur Schweigen.

„Bis ich Antworten habe und dir wieder vertrauen kann, ja." Ich ziehe sie ins Haus und halte ihren Arm fest, während ich sie zu den Arrestzellen führe.

„Wohin gehen wir?", bricht ihre Stimme.

Diesmal antworte ich mit Schweigen. Ich drücke den Lichtschalter und das Licht flackert auf, als wir die Treppe hinunter in den Keller gehen.

Im Keller sind mehrere Gefängniszellen mit Eisengittern und ohne Fenster aufgereiht. Die Wände sind aus Zement, und der Raum ist selbst für den Sommer ziemlich kühl.

Ich öffne die Zellentür und schiebe sie hinein. „Dreh dich um", befehle ich und löse die Handschellen, damit sie die Hände freihat.

Ich stecke die Handschellen ein, sperre sie in die Gefängniszelle und schließe die Tür, bevor ich zum Treppenhaus gehe.

„Moreno", sagt sie und ihre Stimme klingt gebrochen. Woher soll ich wissen, dass es für sie nicht nur ein Spiel ist? „Bitte, lass es mich erklären."

Ich stürme die Treppe hinauf. Ich muss Nova ins Bett bringen und sehen, wie es meiner Kleinen nach dem Tag geht, den sie erlebt hat.

Sobald Nova schläft, werde ich Paige einen weiteren Besuch abstatten, aber im Moment lasse ich sie lieber warten und frage mich, wann ich wieder zu ihr gehe.

In der Gefängniszelle gibt es kein Bett. Es gibt einen Eimer zum Reinpinkeln. Es gibt keine Decken, keine warmen Annehmlichkeiten, nicht einmal einen Stuhl. Obwohl wir gelegentlich einen Gefangenen hereinbringen und ihn sitzen lassen, während wir ihn fesseln und die Bastarde foltern.

Ich stapfe die Treppe hinauf und lasse das Licht im Gefängnis an.

Ich schließe die Kellertür und gehe den Flur hinunter und die Treppe hinauf, um nach Nova zu sehen.

Nikki kommt gerade aus Novas Schlafzimmer. „Sie hat sich ihren Schlafanzug angezogen und zugedeckt. Sie scheint nicht müde zu sein, aber sie hat sich umgedreht und so getan, als würde sie schlafen, als ich ihr eine Gute-Nacht-Geschichte vorlesen wollte."

„Danke, Nikki." Ich weiß die Hilfe zu schätzen.

Nikki steht aufrecht und starrt zu mir hoch. Sie scheint nicht zu bemerken, dass sie entlassen wurde.

„Warum hast du Paige hierher zurückgebracht,

unter unser Dach? Sie hat deine Tochter entführt."
Nikki wartet auf eine Antwort von mir.

Wenn sie Nova entführt hat, dann hat sie einen schrecklichen Fehler gemacht, indem sie sie zu Ariella und Jaxson gebracht hat. Und Paige wäre am Nachmittag nicht freiwillig mit Vance mitgegangen. Ich werde den nagenden Verdacht nicht los, dass sie genau wie ich bei der Explosion in der Einrichtung, in die wir eingedrungen sind, hereingelegt wurde.

„Ich muss mich vor dir nicht rechtfertigen", sage ich.

Nikki spottet. „Dann musst du dich eben vor Dante rechtfertigen." Sie stürmt den Flur hinunter, wobei ihre Absätze kräftig gegen die Dielen klacken.

Versucht sie, Nova zu wecken? Sie macht auf jeden Fall eine Szene.

Mehrere Wachen blicken in unsere Richtung, als Nikki die Treppe hinunter donnert.

Seufzend gehe ich in Novas Zimmer, um mein kleines Mädchen ins Bett zu bringen. Bis auf ihr Einhorn-Nachtlicht neben dem Bett ist das Licht aus.

Sie wälzt sich herum und lugt durch die halbgeschlossenen Augenlider, als sie mich sieht. „Wo ist Paige?", fragt Nova.

„Sie kann dich heute Nacht nicht zudecken."

Der Schmollmund auf ihrer Unterlippe lässt meinen Magen umkippen. Das Mädchen ist in ihr Kindermädchen verliebt.

Ja, das bin ich auch.

Jetzt bin ich in einem ewigen Zwiespalt.

„Willst du mir erzählen, was heute passiert ist?", frage ich. Ich vertraue auf Novas Erzählung der Ereignisse, wie auch immer sie sein mögen.

Nova lässt sich zurück auf die Matratze plumpsen und zieht die Decke um sich herum. Sie macht ihre Augen zu.

Das ist ein Nein.

Ich setze mich an den Rand von Novas Bett und hoffe, sie dazu zu bringen, mit mir zu reden und sich zu öffnen. „Hat Paige dir gesagt, wo sie dich hinbringen will?"

Wieder werde ich mit Schweigen empfangen.

„Nova, ich muss wissen, was passiert ist, sonst muss ich Paige wegschicken."

„Nein!", quiekt sie und setzt sich mit großen Augen und schweißnasser Stirn im Bett auf. Es ist, als hätte sie einen schlechten Traum gehabt, aber es ist alles zu real.

Ich bin mir nicht sicher, was ich von einer Vierjährigen erwarte. Vielleicht traue ich Nova zu viel zu, um mir zu erklären, was passiert ist, und Paige zu verteidigen oder sie zu beschuldigen.

———

Ich eile die Treppe zum Gefängnis hinunter.

Nova liegt schon im Bett und ich kann nicht lange genug stillstehen, um mir etwas zu essen, zu holen, geschweige denn ein Glas Wasser. Wenn ich so weitermache, werfe ich es aus Frust gegen die Wand.

Paige ist mir eine Erklärung schuldig.

Ich verlange Antworten.

„Wie lange arbeitest du schon für Vance DeLuca?" Bei meiner Annäherung gibt es keine Höflichkeiten.

Sie sitzt auf dem Boden. Es ist kalt und staubig. Paige macht nicht einmal den Versuch aufzustehen, als ich die Treppe in den Keller hinunterstürme.

„Er leitet die Nanny-Agentur, die du engagiert hast. Ich hatte keine Ahnung, wer er ist, keine Verbindung zu deiner Familie, nichts davon, bis er in der Nacht im Club auftauchte. Ich bin ihm gegenüber nicht loyal", sagt sie.

Paige starrt zu mir hoch. Sie steht nicht auf und bewegt sich nicht von ihrer Position auf dem Boden.

Ich beobachte ihren Gesichtsausdruck und versuche, in ihren Augen zu lesen, ob sie zusammenzuckt. Ich beobachte ihre Lippen, ob ihre Stimme zittert, wenn sie spricht.

Ich habe schon Dutzende von Männern in diesen Zellen verhört und die meisten von ihnen gefoltert.

Ich erkenne keine Anzeichen dafür, dass sie mich anlügt, aber das heißt nicht, dass sie mich nicht täuschen kann. Das hat Serene ganz sicher getan, wenn das, was Vance gesagt hat, wahr ist.

„Und als er im Club auftauchte und ich dir von Serene erzählt habe, hast du immer noch nicht die Wahrheit gesagt!"

„Es tut mir leid", flüstert sie und sieht mich direkt an. „Ich hatte Angst."

Die Wut steigt in mir auf. „Du dachtest also, du könntest meine Tochter entführen und mit ihr eine Spritztour zu Jaxson machen?"

Paige stößt einen schweren Seufzer aus. „So ist es nicht gewesen."

„Dann erzähl mir deine Version, Paige. Ich will unbedingt wissen, warum du meine Tochter entführt hast", schnauze ich.

Sie zieht eine Grimasse und ihre Augen funkeln bei meinen Worten.

„Vance und seine Männer haben mich heute Nachmittag in ihr Fahrzeug gezwungen."

Das passt zu der Geschichte, die ich kenne, und zu dem Grund, warum sie nicht nach Hause gekommen ist, aber ich kann nicht anders, als an ihren Worten zu zweifeln. „Gezwungen oder bist du freiwillig gegangen? Du arbeitest doch für ihn."

„Sie haben mich mit einer Waffe bedroht", sagt sie.

„Und?" Ich will mehr von ihr hören.

Sie zögert. Ihre Augen zucken und sie rutscht unruhig auf dem Boden hin und her, während sie ihre Beine ausstreckt und sie dann an die Brust zieht.

„Und nichts. Du willst mich hier einsperren, ich habe es verdient. Ich wurde hereingelegt", sagt Paige. Sie stützt ihr Kinn auf ihre Knie. „Ich war dumm genug, durch die Tür der Agentur zu gehen und um einen Job zu bitten. Ich habe geglaubt, dass die Drohungen von Vance echt waren. Es gab wahrscheinlich keinen Verräter in deinem Haus oder eine Bombe, die explodieren sollte. Er hat mich ausgetrickst."

„Es war dumm, auf ihn zu hören", sage ich, aber die Wut, die ich in mir trage, beginnt sich langsam zu verflüchtigen. „Es gab eine Bombe, aber sie war nicht hier."

„Was?" Ihre Augen weiten sich vor lauter Schock. Sie wusste nicht, was ich durchgemacht hatte. Ein Blick auf ihre schmutzige und zerrissene Kleidung, die roten Flecken und getrockneten Blutspuren, und ich weiß auch nicht, was sie durchgemacht hat.

„DeLuca hat versucht, meine Männer und mich zu töten", sage ich. „Dante hatte Glück, dass er nicht auch in die Luft geflogen ist." Ich fahre mir mit einer Hand durch die Haare.

Ich spüre noch immer die Welle der Explosion und die Hitze, die mich zu Boden geworfen hat.

Meine Männer würden mich nie verraten. Sie kennen den Preis, ihr Leben.

„Arbeitest du immer noch für Vance DeLuca?", frage ich erneut.

Ich muss zweifelsfrei wissen, dass Paige der Familie Ricci und mir gegenüber loyal ist.

Ihre Augen sind groß und leuchtend, als sie zu mir aufschaut. „Meine einzige Verbindung zu ihm war die Nanny-Agentur, und du gibst mir meinen Gehaltsscheck. Ich habe keine weiteren Verbindungen zu ihm."

Sie hat recht. Ich habe die Nanny Agency Inc. für

die Einstellung von Paige großzügig bezahlt. Ich hatte keine Ahnung, wen ich damit finanziere.

Ich glaube ihr, aber das mindert trotzdem nicht die Wut und den Schmerz, den Verrat, der in mir brennt.

„Ruft er dich an? Schreibt er dir SMS?" frage ich.

„Nein. Er hat mich von der Straße entführt und seine Männer haben mich durch den Wald gejagt. Ich schwöre, ich habe keinen Kontakt zu ihm, seit ich in sein Büro gegangen bin und um einen Job gebeten habe."

Für Vance ist das alles nur ein Spiel.

Manipulation.

Furcht.

Macht.

Er will die Kontrolle über Dantes Imperium und die Familie Ricci. Aber er wird sie nie bekommen. Er hat versucht, uns auseinanderzureißen, unsere Familie von innen heraus zu zerstören, angefangen mit Paige.

Nun, er hat versagt.

Ich schließe die Metalltür des Gefängniskellers auf und helfe Paige auf die Beine.

„Wo bringst du mich hin?", fragt sie. Ihre Stimme zittert, und als ich ihr die Treppe hinauf helfe, zittert sie.

Hat sie Angst vor mir?

„Nach oben zum Duschen und dann ins Bett",
sage ich. Wir müssen noch reden. Es gibt viel zu
sagen, aber nicht hier, nicht im Gefängniskeller, wo
sie wie ein Tier eingesperrt ist.

Ich möchte mich entschuldigen, aber ich kann es
nicht.

Sie hat Nova entführt.

Paige hat für Vance gearbeitet, und obwohl sie
vielleicht gute Absichten hatte, bin ich immer noch
von ihren Taten erschüttert.

43

PAIGE

WÄHREND ICH EINE heiße Dusche nehme, liegt Moreno auf meinem Bett und wartet darauf, dass ich wieder auftauche.

Wir haben viel zu besprechen, aber alles, was ich spüre, sind Schuldgefühle, die schwer auf mir lasten. Meine Intuition schrie mir zu, dass mit der Nanny Agency Inc. etwas nicht stimmt.

Ich hätte nie gedacht, dass der Grund dafür Vance ist und die Tatsache, dass er für eine gegnerische Mafiafamilie arbeitet.

Nachdem ich mich nach dem duschen abgetrocknet, ein T-Shirt und einen Baumwollshort angezogen habe, fahre ich mir mit einem Handtuch durch die Haare, bevor ich ins Schlafzimmer gehe.

Moreno hat die Schuhe ausgezogen, seine Krawatte ist gelockert.

Er hat sich auf meinem Bett ausgebreitet und sieht sündhaft heiß aus.

„Setz dich", flüstert er mit rauer Stimme. Er versucht, leise zu sprechen, um Nova im Nebenzimmer nicht zu wecken.

Sie sollte schon tief und fest schlafen.

Er tätschelt das Bett und ich setze mich neben ihn, wobei ich viel Platz zwischen uns lasse.

Moreno scheint darüber nicht erfreut zu sein, packt mich an den Hüften, um mich näher zu sich zu ziehen.

Ich habe nicht mit seiner Dreistigkeit gerechnet und seine Berührung lässt mich kichern, während ich auf das Bett falle.

Er zieht eine Augenbraue hoch und starrt auf mich herab, während er mich mit einem Arm festhält.

Ich atme seinen Duft ein. Er ist moschusartig und mit Rauch vermischt. Er benötigt genauso dringend eine Dusche wie ich, aber ich werde ihn nicht darauf hinweisen.

Seine Kraft, seine Nähe und die Art, wie er mich anschaut, haben etwas Heißes. Ich presse meine Lippen aufeinander.

„Was hast du gesagt?"

„Lüg mich nie wieder an", sagt Moreno. Er rutscht auf der Matratze hin und her, packt meine Handgelenke und drückt sie auf das Bett. „Hast du verstanden?"

Ich nicke.

„Ich muss es hören, Paige."

„Ich verstehe", sage ich und lehne mich nach oben, um seine Lippen zu kosten. Eigentlich sollte es ihm verboten sein, aber das ist mir egal. Alles in mir schreit, dass er hier bei mir ist und mich nicht herausgeworfen oder wegen meines Verrats ermordet hat.

„Willst du das?", fragt Moreno. „Das sind keine leichten Worte, mit denen man um sich wirft. Ich brauche deine Loyalität, deine Ehre, dein Engagement für die Familie und mich."

Ich lächle ihn an. „Ist das die Rede, die du allen deinen Rekruten hältst?" stichle ich.

Er schnaubt, beugt sich vor und drückt mir einen heißen Kuss auf die Lippen.

Mein Inneres kribbelt und ist warm, als ich meine Beine um ihn schlinge.

Ich will ihn.

Ich will ihn schon länger, als ich zugeben möchte.

Aus Angst habe ich gegen das wachsende Verlangen in mir angekämpft, aber der Gedanke, nicht mit ihm zusammen zu sein, schmerzt mehr als alles, was ich mir vorstellen kann.

Ist es zu früh, um mich in ihn zu verlieben?

„Willst du dich der Familie Ricci und mir gegenüber verpflichten?", fragt Moreno. Seine Stirn lehnt an meiner.

„Ich bin dir gegenüber loyal", sage ich. „Das ist alles, was ich je war", gestehe ich.

Morenos Augen strahlen vor Wärme. „Gut." Ich spüre seinen Atem in meinen Nacken und er saugt an dem empfindlichen Fleisch. „Sag mir, dass du mich willst." Seine Küsse sind warm und lassen mein Inneres vor Lust kribbeln.

Ich möchte ihn wirklich.

Ich will mehr als nur seine Küsse.

„Bitte", flüstere ich und meine Stimme bricht.

Es fällt mir schwer, zu sprechen, denn meine Gedanken sind verworren. Er drückt meine Handgelenke nicht mehr auf das Bett. Seine Handfläche streichelt meine Brust durch das Hemd, als er seine Lippen wieder auf meine presst und mich erneut küsst.

Er reizt mich mit diesem langsamen Tanz.

Ich hebe meine Hüften, drehe mich und will

mehr als nur einen einfachen Kuss. „Ich will, dass du mich fickst", sage ich und starre ihn an.

Ein schiefes Lächeln umspielt seine Lippen.

„Unanständige Sprache, Paige. Ich hoffe, du sprichst nicht so vor meiner Tochter."

Morenos Augen glänzen vor Vergnügen. Er schiebt mein Hemd hoch und lässt seine Lippen darauf verweilen, dann streichelt er meine nackte Haut, bevor er mir mein Hemd auszieht.

Seine Augen leuchten, als er meine Brüste bewundert und jede einzelne mit Aufmerksamkeit überhäuft.

Aber ich will mehr.

„Du hast zu viele Klamotten an." Ich zerrte an seinem Hemd und reiße die Knöpfe ab, um sein Hemd zu öffnen.

Er starrt auf mich herab. „Das wird von deinem Gehalt abgezogen."

Ich glaube, er macht Witze. Ich bin mir nicht ganz sicher. „Dann verlange ich eine Gehaltserhöhung."

Moreno kichert und zieht sich weit genug zurück, um seine Hose auszuziehen, bevor ich sie aufreiße. „Runter, Tiger", sagt er.

Was macht er mit mir, macht mich wild vor Verlangen.

Noch nie in meinem Leben habe ich solchen Sex erlebt, ursprünglich, instinktiv und lodernd, intensiv wie die Hitze von tausend Sonnen.

Seine Hand ist rau und warm, und er schiebt seine Finger in meine Shorts. Er reibt mit zwei Fingern an meinem Höschen, streichelt meinen Schlitz und reizt mich.

„Du bist schon ganz feucht für mich", flüstert Moreno mir ins Ohr.

Er klatscht auf mein Geschlecht und ich kann mein Stöhnen nicht mehr länger unterdrücken und dämpfen.

Moreno schiebt seinen Mund auf meinen, um mich zum Schweigen zu bringen. Seine Zunge schiebt sich an meine Lippen und er streift meine Shorts und mein Höschen mit einem Ruck nach unten.

Er gleitet an meinem Oberkörper hinunter, seine Zunge schnippt an meiner kleinen Perle, zwei Finger stoßen in mein Lustspalte hinein und wieder heraus.

Meine Finger ballen sich zu Fäusten und verheddern sich in den Bettlaken, während Wärme und Nässe in mir aufsteigen.

Das Zimmer ist einige Grad wärmer und ich

spüre, wie sich das Crescendo eines bevorstehenden Orgasmus aufbaut.

Meine Zehen krümmen sich und mein Rücken wölbt sich von der Matratze.

Er hört nicht auf. Seine Zunge arbeitet weiter mit der gleichen Geschwindigkeit und macht mich wild.

Moreno weiß genau, was zu tun ist, und ich bin kurz davor, in Vergessenheit zu geraten.

Während ich nach Luft schnappe, pocht mein Herz gegen meine Brust.

Mein Lustorgan pocht nach mehr von ihm.

Ein Orgasmus war nicht genug. Ich sehne mich nach einem weiteren. Ich will ihn.

„Ich bin gleich wieder da", flüstert er und steigt vom Bett.

Ich wimmere protestierend und setze mich auf, während ich seinen nackten Hintern ins Bad huschen sehe. Er öffnet den unteren Schrank und wühlt in einem Haufen Sachen, die ich immer aufgeräumt und versteckt habe.

„Wehe, du hast meine Kondome ohne mich benutzt", sagt Moreno.

„Mit wem?" Ich lache über seine Absurdität. Es ist ja nicht so, dass sich Männer in mein Schlafzimmer schleichen.

Ich habe schon seit Monaten keinen Mann mehr angefasst, lange bevor ich nach Breckenridge kam.

„Nicht mit wem. Sondern was. Du hast einen Vibrator." Er schnappt sich den Sockel und zeigt mir unter dem Waschbecken, dass er mein Spielzeug entdeckt hat. Als ob ich nicht wüsste, dass ich es unter der Spüle im Schrank versteckt habe.

Ich hätte nicht gedacht, dass er meine Sachen durchwühlen würde.

„Töte mich jetzt", murmele ich vor mich hin.

Ich kann ja nicht lügen und sagen, dass es mir nicht gehört.

„Das Ding wird weggeworfen. Ich lasse meine Frau nicht von einem Spielzeug befriedigen."

Seine Frau? Ich beiße mir auf die Unterlippe, um mir ein Grinsen zu verkneifen.

„Dann komm lieber wieder her und beende, was du angefangen hast", sage ich. „Sonst muss ich es vielleicht selbst zu Ende bringen."

„Oh verdammt, nein." Er wühlt noch ein paar Sekunden im Schrank unter der Spüle. „Ich habe es gefunden!" Er schnappt sich ein Kondom und bringt es zurück ins Schlafzimmer, öffnet die Packung und wirft die Folienverpackung auf den Nachttisch.

Das wurde auch Zeit.

Er zieht das Kondom an und innerhalb weniger

Sekunden stürzt er sich auf mich, spreizt mich auf dem Bett und drückt seine Lippen auf die meinen.

Ich greife zwischen uns hinunter, weil ich ihn in mir spüren will. Mein Körper brummt vor Erregung.

Ein Stöhnen entweicht meinen Lippen, als er in mich eindringt. Während er tiefer eindringt, schlinge ich meine Beine um ihn und werfe meinen Kopf zurück.

Jeder Stoß ist langsam und langwierig, denn wir entwickeln einen gemeinsamen Rhythmus.

Ich streiche mit meinen Fingern über seine Brust und dann über seinen Rücken bis hinunter zu seinem Hintern und ziehe ihn fester an mich.

Er lässt sich Zeit und genießt jeden Moment.

Seine Lippen bedecken meine, und ich drücke zu und spüre den bevorstehenden Orgasmus.

Moreno knurrt, als er meine Lippen küsst, und sein Mund wandert zu meinem Hals und saugt an der Haut.

Jeder Stoß ist tiefer, härter und schneller, während ich ihn fester an mich ziehe.

Mein Herz schlägt wie wild gegen meine Brust und ich kneife die Augen zusammen, während sich mein Rücken krümmt, während er mich über den Rand treibt.

Er grunzt in mein Ohr, lässt mich los und sackt gegen meinen Körper.

Ich will mich nicht von ihm losreißen, aber er macht sich los und zieht sich ins Bad zurück, um das Kondom zu entsorgen.

Ich klettere unter die Decke, greife nach der Lampe neben dem Bett und schalte sie aus.

Moreno schaltet das Licht im Bad aus und schlüpft neben mir unter die Decke, wobei er mich an sich zieht. „Schlaf, Paige", sagt er und küsst mich sanft.

Ich möchte ihn daran erinnern, dass seine Tochter uns morgen früh wahrscheinlich nackt zusammen sehen wird. Ich will ihn daran erinnern, dass wir uns beide etwas anziehen sollten, weil die Tür nebenan nicht abschließbar ist, aber ich bin zu müde und hoffe, dass wir wach sind, bevor Nova sich in mein Schlafzimmer schleicht.

EPILOG

Moreno

SECHZEHN MONATE SPÄTER...

Dieser Bastard, Vance, sollte genau das bekommen, was er verdient hat.

Die Justiz sollte seinen Arsch einsperren und den Schlüssel wegwerfen.

Er dachte, er könnte mich manipulieren? Paige?

Auf keinen Fall.

Für Vance gibt es ein böses Erwachen.

Er wird wegen Entführung, Körperverletzung, Menschenhandel, Geldwäsche, Mord und so weiter angeklagt und verhaftet.

Die Mädchen, die wir gerettet haben, um Paige

zu befreien, haben sich bereit erklärt, gegen Vance auszusagen.

Nachdem wir von seiner Verhaftung erfahren haben, sprechen Paige und ich mit dem örtlichen Polizeirevier in Breckenridge über die Nanny Agency, Inc.

Wir haben beide den Verdacht, dass das Unternehmen eine Tarnung ist.

Ich habe den Verdacht, dass er auf diese Weise aktiv junge Frauen für seinen Menschenhandel rekrutiert.

Paige glaubt, dass der ganze Laden nur eine Fassade ist, um Geld zu waschen.

Da hat sie auch nicht unrecht.

Ich habe zwar keine direkten Beweise, aber wir sprechen mit dem örtlichen Sheriff und es gelingt ihm, eine junge FBI-Agentin von außerhalb als Undercover-Agentin einzuschleusen.

Zur gleichen Zeit untersucht das FBI auch die Morde an Serene und Laura und kann Vance mit der Mordwaffe in Verbindung bringen.

Alles in allem haben wir ausreichend Beweise gesammelt, um Vance, die Nanny Agency, Inc. sowie seinen Stellvertreter Rafael und einen seiner Capos, Marco, zu Fall zu bringen.

Wenigstens können Paige und ich dieses Kapitel zu einem Abschluss bringen.

Obwohl Paige Vorbehalte gegen einen Insider hatte, gibt es zum Glück keine Beweise dafür, dass jemand unsere Organisation oder die Familie infiltriert hat.

Vance ist ein Lügner.

Das war er schon immer.

Und wird es immer sein.

Es ist eine Erleichterung zu wissen, dass ich meinen Männern trauen kann.

Nova ist sehr gewachsen, hat den Kindergarten besucht und ist noch gesprächiger als vor dem Tod ihrer Mutter.

Sie hat ein halbes Dutzend neuer Freunde gefunden, obwohl ich sie nur zögerlich zum Spielen kommen lasse, weiß ich zu schätzen, dass sie in der Schule ein kleiner sozialer Schmetterling ist.

Ich bin sicher, dass ich alle Hände voll zu tun haben werde, wenn sie älter wird, hauptsächlich mit den Jungs. Ich freue mich nicht darauf, wenn sie sich verabredet.

Paige erinnert mich immer wieder daran, dass es noch Jahre dauert, aber ich kann nicht anders, als mir Sorgen zumachen, welche Art von jungen Männern sie anziehen wird.

Ich betrachte mich im Spiegel und weiß, dass ich etwas Besseres für meine Tochter möchte.

Sie soll sich mit niemandem von der Mafia treffen.

Niemals.

Meine Beziehung zu Paige hat sich in den letzten sechzehn Monaten weiterentwickelt.

Ich vertraue ihr bedingungslos meine Tochter und mein Herz an.

Ich wage zu sagen, dass ich sie liebe.

Und ich will sie heiraten.

Sie zu meiner Frau machen.

Für immer.

Ich möchte sie für mich beanspruchen, sie anbeten und sie zu einem Teil der Ricci-Familie machen.

Paige ist von ihrem Schlafzimmer neben Nova, in mein Zimmer gezogen. Das habe ich ihr schon im ersten Monat unserer Beziehung vorgeschlagen, damit wir uns mit dem Anziehen nicht beeilen müssen, und uns keine Sorgen machen müssen, dass ein kleiner Eindringling unser kleines Geheimnis entdeckt.

Was kein Geheimnis ist.

Nova weiß es.

In der ersten Nacht, in der wir zusammen

schliefen, schlich sie sich in unser Zimmer, um uns zu wecken.Sie kletterte auf unser Bett und sprang auf der Matratze herum. Zum Glück waren wir unter den Laken begraben.

Dante weiß es.

Er hat uns in der ersten Nacht, als wir zusammen in mein Schlafzimmer gezogen sind, durch die Wände gehört.

Wir waren nicht gerade leise.

Nikki weiß es.

Ich weiß nicht, wie oder wann sie es herausgefunden hat, aber ich wusste, dass unser Geheimnis gelüftet war, sobald Dante es mir gegenüber erwähnte.

Alle Wachmänner wissen, dass Paige mir gehört, und wenn sie sie auch nur schief ansehen, müssen sie sich vor mir verantworten.

Sehr beschützend?

Ja, aber das gehört dazu, wenn man der zweite Befehlshaber ist. Ich muss bereit sein, wenn Dante etwas zustößt, wenn das passieren sollte und er stirbt, schwöre ich, dass ich ihn zurückholen werde, nur um ihn selbst zu töten.

So sehr möchte ich Don sein.

Zum Glück läuft unser Geschäft gut, seit Vance aus dem Spiel ist.

Wir müssen trotzdem vorsichtig sein, weil das FBI in unserem Hinterhof gegen die DeLucas ermittelt.

Vance wartet derzeit auf seinen Prozess. Ich vermute, dass er lange vor der Urteilsverkündung tot sein wird. Feiglinge wie er, die sich an unschuldigen Frauen und Kindern vergreifen, überleben im Gefängnis nicht lange.

Männer wie ich beenden ihr Leben.

Zum Glück für ihn bin ich draußen. Das heißt aber nicht, dass ich nicht ein paar Männer kenne, die hinter Gittern sitzen und mir einen Gefallen tun wollen.

Sie schulden mir etwas.

Und ich werde es einfordern.

———

Danke, dass du Gefangenschafts Gelübde gelesen hast. Setze das Abenteuer mit Wildes Gelübde fort.

Mir wurde befohlen, sie zu exekutieren...
Ich hätte nie erwartet, sie wiederzusehen.

Wir hatten vor einigen Jahren eine wilde Nacht miteinander verbracht.

Sie hatte keine Ahnung, dass ich für die Mafia arbeite.

Ich bin ein wilder, skrupelloser Killer, aber sie ist unschuldig.

Sie rettet Leben.

Ich nehme sie.

Sie ist eine Krankenschwester in der Kinderonkologie.

Könnte sie noch mehr eine Heilige sein?

Sie betrat das falsche Hotelzimmer.

Es darf keine Zeugen geben.

Mein Chef will sie tot sehen.

Ihr Leben liegt in meinen Händen.

Ich habe vor, sie zu meiner Frau zu machen, um sie zu beschützen.

Sie wird mich hassen, aber wenigstens kann ich

sie beschützen.

Diese geheime Mafia-Baby-Romanze handelt von einer arrangierten Ehe und ist das dritte Buch der Mafia-Ehen-Reihe. Dieses Buch kann als Einzelband gelesen werden und endet mit einem Happy End.

Wildes Gelübde jetzt mit einem Klick!

Bist du bereit für deine nächste One-Click-Lektüre? Binge die Eagle Tactical Series ab Enthüllt: Jaxson.

Und melde dich für meinen Newsletter an, um über neue Bücher, Verlosungen und Gratisgeschenke informiert zu werden: www.authorwillowfox.com/subscribe

Ich freue mich, wenn du mir hilfst, das Buch weiterzuempfehlen, indem du einem Freund oder einer Freundin davon erzählst. Rezensionen helfen Lesern, Bücher zu finden! Bitte hinterlasse eine Rezension auf deiner Lieblingsbuchseite.

WERBEGESCHENKE, KOSTENLOSE BÜCHER UND WEITERE LECKEREIEN

Ich hoffe, dass Ihnen Gefangenschafts Gelübde gefallen hat und Sie die Geschichte von Moreno und Paige lieben.

Melden Sie sich für meinen Willow Fox Newsletter an

Wenn Ihnen Gefangenschafts Gelübde gefallen hat, nehmen Sie sich bitte einen Moment Zeit, um eine Rezension zu hinterlassen. Rezensionen helfen anderen Lesern, meine Bücher zu entdecken.

Sie wissen nicht, was Sie schreiben sollen? Das ist nicht schlimm. Er muss nicht lang sein. Sie können erzählen, wie Sie auf mein Buch gestoßen sind; war es eine Empfehlung eines Freundes oder eines Buchclubs? Teilen Sie den Lesern mit, wer Ihre Lieblingsfigur ist oder was Sie sich als Nächstes wünschen würden.

Vielen Dank fürs Lesen! Ich hoffe, Sie denken darüber nach, sich in meine Mailingliste einzutragen, um über kostenlose Bücher, Sonderangebote, Werbegeschenke und Neuerscheinungen informiert zu werden.

ÜBER DEN AUTOR

Willow Fox liebt das Schreiben seit ihrer Highschoolzeit (vor vielen Jahren). Ihre Kleinstadtromane spiegeln das Leben in einer Kleinstadt im ländlichen Amerika wider.

Ob sie nun Liebesromane schreibt oder draußen am Lagerfeuer sitzt und ein gutes Buch liest - Willow liebt die Magie des geschriebenen Wortes.

Sie träumt davon, von den Füßen gerissen zu werden, und hofft, das auch bei ihren Lesern zu erreichen!

Besuchen Sie ihre Website unter:
https://authorwillowfox.com

AUCH VON WILLOW FOX

Brutaler Boss

Böser Boss

Besitzergreifender Boss

Zwanghafter Boss